醉翁亭畔话醉翁

ZUIWENGTING PAN HUA ZUIWENG

裘新江 著

全国百佳图书出版单位
时代出版传媒股份有限公司
黄山书社

图书在版编目(CIP)数据

醉翁亭畔话醉翁 / 滁州市文联编；裘新江著．—合肥：黄山书社，2020.11

ISBN 978-7-5461-9443-1

Ⅰ．①醉…　Ⅱ．①滁…　②裘…　Ⅲ．①随笔－作品集－中国－当代　Ⅳ．①I267.1

中国版本图书馆 CIP 数据核字（2020）第 238597 号

醉翁亭畔话醉翁
ZUI WENG TING PAN HUA ZUI WENG

裘新江　著

出 品 人　贾兴权
责任编辑　向　焱
责任印制　李晓明　李　磊
装帧设计　钱志刚
出版发行　黄山书社(http://www.hspress.cn)
地址邮编　安徽省合肥市蜀山区翡翠路 1118 号出版传媒广场 7 层 230071
印　　刷　永清县畔盛亚胶印有限公司
版　　次　2020 年 12 月第 1 版
印　　次　2023 年 6 月第 3 次印刷
开　　本　700 mm × 1000 mm　1/16
字　　数　196 千字
印　　张　17.75
书　　号　ISBN 978-7-5461-9443-1
定　　价　66.00 元

服务热线　0551-63533768

销售热线　0551-63533788

官方直营书店(https://hsss.tmall.com)

总 序

滁州雄峙皖东，襟江带淮，春秋时期即为吴头楚尾之地。自隋开皇三年（583年）设州至今已1400多年，有“金陵锁钥、江淮保障”“形兼吴楚、气越淮扬”之誉。千百年来，长江文化、淮河文化、淮扬文化在这里交融传承，形成了滁州开创性、开放性和包容性兼备的文化特征。这些文化特征，孕育了滁州丰富多元而又有自身独特魅力的文化森林。

滁州人文荟萃，底蕴深厚。西晋末年，琅琊王司马睿由此东渡，建立东晋；五代后周，赵匡胤在此击败南唐主力，奠定北宋帝业根基；元朝末年，朱元璋肇建“滁阳一旅”，开创大明王朝。鲁肃、徐达、戚继光、憨山、吴敬梓、吴棠、章益等诸多名人光耀故里。唐宋年间，韦应物、李绅、李德裕、王禹偁、欧阳修、辛弃疾等文学家、政治家先后治滁，留下德政遗风和《滁州西涧》《醉翁亭记》等千古华章。明朝中期，一代儒学宗师王阳明任太仆寺少卿，讲学滁州，“儒风之盛、夙贯淮东”。

滁州敢为人先，具有光荣的革命传统。抗日战争时期，滁州是全国19个抗日根据地之一，刘少奇、罗炳辉、方毅、张云逸等老一辈革命家在此留下了光辉的战斗足迹。1978年，凤阳县小岗村18户农民首创农业“大包干”，揭开中国农村改革的序幕。历经四十多年的改革开放，滁州积极融入长三角，经济社会发展取得长足进展，主要经济指标稳居全省前列。

为弘扬和传承地域文化，由滁州市委、市政府提出，市委宣传部牵头，市文联组织创作了《滁州文化丛书》，收录的 8 本作品逾 150 万字，多角度讲述滁州文化故事，力求深层次挖掘滁州文化底蕴、展现滁州文化魅力。《醉翁亭畔话醉翁》以通俗活泼的文字勾勒了欧阳修在滁州为官两年多时间里的生动图景，深入发掘醉翁文化的当代价值。《朱元璋与淮西集团》重点描绘朱元璋与跟随他起兵的淮西籍（主要为现滁州市地域）将臣的卓著功勋、恩怨情仇，突出了“滁阳一旅”在朱元璋军事生涯中的独特作用，是朱元璋与凤阳、滁州故土关系的全新视角，史料翔实，逻辑严密。《王阳明在滁州》描写了王阳明在滁州任南京太仆寺少卿期间，广纳弟子，传授“心学”的脉络轨迹。晚清名臣四川总督吴棠，是从滁州走出的“天下知名淮海吏”，《封疆大吏吴棠》一书，依据大量的文献资料和吴氏宗亲的口述，对吴棠一生的功绩及吴棠故居做了详细介绍，很多资料、图片为业内首次披露。章益与其父章心培，均为滁州文化名人。他于 1943 年至 1949 年间出任国立复旦大学校长，将复旦大学完整地交给了新中国。《国立复旦校长章益》叙写了章益的生平事迹、学术成就等。《故事里的琅琊山》汇集了琅琊山说不完的故事，帝王将相、文人墨客、一木二瓦、片石半碣，都在传达这座滁州名山的文化情愫。滁州古建筑是滁州文明史的实物见证，是和古人对话的重要通道，《滁州古建筑的前世今生》一书，介绍了滁州市代表性古建筑，希望能让读者追书而行。《滁州民俗面面观》一书则介绍了滁州文化中积淀的岁时习俗、信仰习俗、生活生产经营习俗、婚育寿庆习俗等，对了解江淮地区民风民俗及其流变具有重要意义。

丛书的作者都长期致力于滁州地域文化研究，他们积极搜集资料，广泛开展田野调查，潜心开展创作，力求以最切合的形式，将作品的文化内涵表达完整，故事讲述生动活泼。书稿完成后，我们又先后聘请了刘思祥（安徽省社会科学院人物研究所原副所长、副研究员）、倪阳（滁州学院原党委副书记、市地情人文研究会会长）、许恒贵（滁州市委党史和地方志研究室副主任）、卜平（滁州市政协原调研员、章益生平研究专家）、骆跃泉（滁州市委党校总务处处长、市地情人文研究会副秘书长）、贡发芹（安徽省文史馆特聘研究员、明光市政协文史委主任、吴棠研究专家）等专家对8部作品分别进行审读，提出修改意见。在此，我们向各位作者、各位专家表示衷心感谢！

习近平总书记说："要讲清楚中华优秀传统文化的历史渊源、发展脉络、基本走向，讲清楚中华文化的独特创造、价值理念、鲜明特色，增强文化自信和价值自信。"同时强调，"在历史进程中凝聚下来的优秀文化传统，决不会随着时间推移而变成落后的东西。"《滁州文化丛书》的创作出版，正是践行习近平总书记讲话精神的具体体现。希望这套丛书能够继续延展下去，将滁州优秀历史文化不断发扬光大。

是为序！

《滁州文化丛书》推进工作领导小组

2020年12月23日

目　录

下编 醉翁行乐处，草木亦可敬——欧阳修与醉翁文化

滁州文化丛书

CHUZHOU WENHUA CONGSHU

上编

醉翁之意不在酒

——欧阳修与滁州

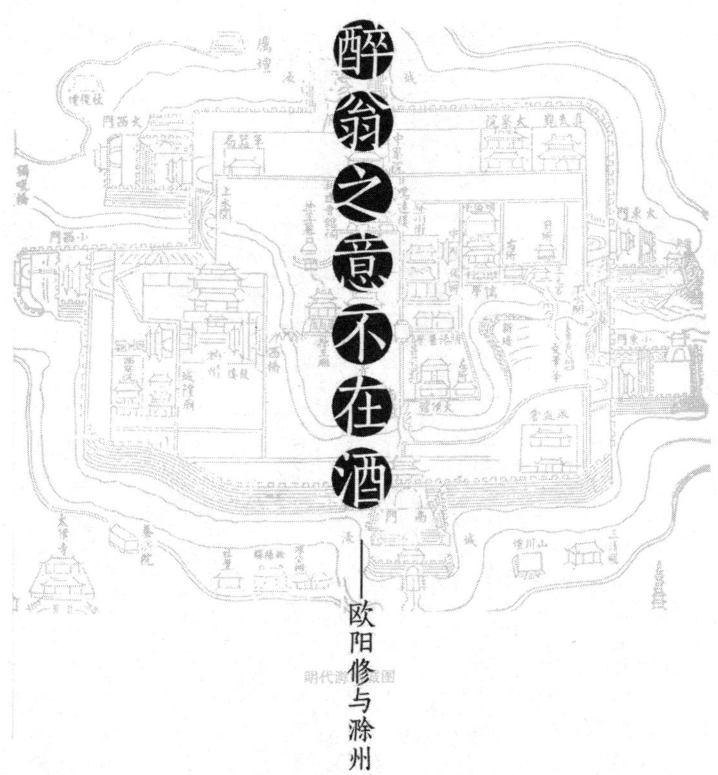

明代滁州城图

第一章 ‖ 一代文宗，醉翁扬名

第一节　出生天府，四海为家

宋真宗（赵恒）景德四年丁未（1007），农历六月二十一日（8月6日）寅时，一代文宗欧阳修诞生在四川绵阳，迄今已有一千多年。他初仕洛阳，初贬夷陵，再贬滁州，致仕颍州，葬在新郑，一生辗转各地，升降起伏，曲折坎坷，却都给当地百姓留下较好的口碑，增添了当地地方文化的魅力。因此，当2007年欧阳修千年诞辰日到来之际，许多留下欧阳修重要遗迹的地方，都纷纷举办规模不等的纪念活动，或集体祭奠，或征文评奖，或拍摄电视，或发行邮票，或学术研讨等等，以各

扬州平山堂欧阳修石刻小像

种形式寄托对欧阳修的仰慕之情。然而，文化若只是停留在形式上，那是难以获得永久魅力的。我们今天缅怀欧阳修，就是应当把欧阳修作为中国传统知识分子的典范去学习，努力挖掘其身上所表现出来的可贵品格和道德风范，并将其发扬光大。

欧阳修，北宋政治家、文学家，唐宋八大家之一。字永叔，号醉翁，晚号六一居士。祖籍吉州永丰（今属江西永丰县沙溪镇），出生于四川绵州（今四川省绵阳市）。欧阳修自称庐陵人，因为历史上吉州一度改称庐陵郡，而州治郡治就设在庐陵县。

欧阳修祖上系宦海清廉之家。祖父欧阳偃，以文学著称，曾仕南唐为南京街院判官，后定居于江西吉水县沙溪乡。宋仁宗至和二年（1055），沙溪乡划归永丰县。父亲欧阳观，字仲宾，真宗咸平三年（1000）进士，仕为道州（今湖南道县）军事判官，迁泗州（今江苏盱眙）推官、绵州（今四川绵阳）推官，调泰州（今属江苏）任军事判官，卒于任。其为人禀性仁恕，刚直不阿，为官清廉，乐善好施。欧阳观前妻遗有一子，叫欧阳昞，继室郑氏，生一子一女，子即欧阳修。欧阳修四岁时，五十九岁的欧阳观就病逝了，欧阳修对其父亲的印象主要来自他的母亲郑氏。郑氏出身江南名门，知书达礼，丈夫死后，由于家境贫寒，她便以芦荻画地，教欧阳修识字。她尤其注重教欧阳修怎样做人，曾多次对欧阳修讲述其先父欧阳观的事迹。有一次，欧阳观深夜烛光下审案卷，却屡屡合上卷宗叹息，郑氏就问他为什么，欧阳观说：“有个死刑犯，我欲替他求生而不可得。做官，就是为他人求生路的。”说罢，欧阳观回头看见奶娘抱着欧阳修站在旁边，就对郑氏说：“我大概看不到这孩子长大成人了，以后你要常把我这些话告诉他呀！”父亲的为官清廉与心地仁厚，在欧阳修幼小的心灵埋下正直仁爱的种子。郑氏后因生活艰难，就带着孩子投奔在随州（今湖南随县）做推官的欧阳修的二叔欧阳晔，郑氏告诉欧阳修："你二叔的外貌、言谈、举止都非常像你的父亲，见到他就如同见到你父亲一样。"欧阳晔对寡嫂侄子也的确非常照顾，还教欧阳修读书。欧阳修酷爱读书，随州较偏僻，加上无钱买书，就向富户人家借书抄诵。有一个家里藏书丰富的小朋友叫李尧辅，与他交往甚笃，小欧阳修在李家玩耍时意外获得《昌黎先生文集》残本，为其日后"追崇韩愈""使古文粲然复兴"打下基础。19年后欧阳修写了《李秀才东园亭记》，记叙了童年的这段生活；晚年又写了《记旧本韩文后》，追忆他倾心于韩愈古文的最初机缘。

尽管欧阳修勤奋好学，但他还是经过多次应试始才中第。天圣元年（1023），十七岁的欧阳修在湖北随州的首次应举就失败了，因为当时科举流行的是西昆体和杨刘时文，而欧阳修崇尚韩愈古文。两年后，他通过州试，被荐名礼部，但在京试的省试中再遭失败。两度落第，使他不免沮丧，不得不改变应举策略，开始把创作注意力转移到"时文"上，所谓"仆少孤贫，贪禄仕以养亲，不暇就师穷经，以学圣人之遗业，而涉猎书史，姑随世俗作所谓时文者……"（《与荆南乐秀才书》）。天圣六年（1028）欧阳修以《上胥学士偃启》为贽（礼物），去拜会汉阳军长官胥偃，胥偃"一见而奇之"，说"子当有名于世"，并收下欧阳修为门徒。天圣七年（1029）春，欧阳修随着胥偃来到京师应试，在国子监考试中，获得第一名，同年秋国学解试，仍名列第一。第二年，在晏殊主持的礼部省试中，又名列第一。三月崇文殿御试，他名列第十四名，荣选为科进士，被特授洛阳留守推官。天圣九年（1031），胥偃把年方十五的小女胥氏许配给欧阳修，两人婚后感情较深。两年后，年方十七的胥氏生子未满月因病而逝，五年后遗子也染病夭折，欧阳修曾撰《绿竹堂独饮》诗及《述梦赋》等作品，深情表达了对胥夫人的怀念。

宋仁宗景祐元年（1034），欧阳修再娶谏议大夫杨大雅之女杨氏为妻，不料一年后杨氏夫人也病故，直至景祐四年（1037）再娶资政殿学士尚书户部侍郎薛奎之女薛氏为妻。第三夫人薛氏享年七十有三，宋哲宗元祐四年（1089）八月戊午终于京师，为欧阳修家庭生活的主要伴侣，为欧阳修生八男三女，儿子中欧阳发、欧阳奕、欧阳棐、欧阳辩，有官职，其他四位皆未名而卒，三个女儿均未及嫁而卒。[①]

欧阳修中进士后，在洛阳做了三年西京留守钱惟演的幕僚，结识了同在洛阳的著名诗人梅尧臣和古文家尹师鲁。宋仁宗景祐元年（1034）入朝，为馆阁校勘，参与编辑“藏书总目”（后来定名为《崇文总目》）。景祐三年（1036）范仲淹因政治斗争遭贬，欧阳修出于义愤，写了《与高司谏书》，刺痛了以吕夷简为首的保守派，首次被贬为夷陵（今湖北省宜昌市）令，次年迁移乾德（今湖北省光化县）令。宋仁宗宝元二年（1039），欧阳修任武成军（治所在今河南省滑县）节度判官。宋仁宗康定元年（1040）范仲淹知永兴军（治所在今陕西省西安市），又以龙图阁直学士为

---

① 参见苏辙《宋安康郡太夫人薛氏墓志铭》，1985 年新郑市辛店镇欧阳寺村出土。

陕西经略安抚副使，征召欧阳修为掌书记，修推辞不就，声言“同其退，不同其进”。同年六月，修奉诏回京复职，任馆阁校勘，仍修《崇文总目》，次年书成，升任集贤校理。

宋仁宗庆历二年（1042）欧阳修自请外任滑州（今河南省滑县）通判，次年回京，任太常丞、知谏院；又升任同修起居注，不试直接以右正言知制诰（北宋不经考试而任此职的，仅有陈尧佐、梁周翰、杨亿、欧阳修四人），足见宋仁宗对他的器重。此时范仲淹为参知政事（副宰相），杜衍为枢密使，韩琦、富弼为副使。范仲淹积极推行十条政治革新主张，史称“庆历新政”，欧阳修为支持者。由于“新政”触犯大官僚、贵族等保守派的利益，因而保守派诬蔑他们结党营私，欧阳修作《朋党论》以回击。庆历四年（1044）四月钦差河东路（治所在今山西省太原市），八月以龙图阁直学士出任河北（治所在今河北省保定市）都转运使，次年，范、杜、韩、富等革新派大臣都以“朋党”罪名被罢官，欧阳修上书为他们辩护，更加遭到保守派忌恨，以“盗甥案”相侮，后虽查无实据，但欧阳修还是于庆历五年（1045）八月被贬，以知制诰出知滁州（今安徽省滁州市）。两年后，改知扬州（今江苏省扬州市）、颍州（今安徽省阜阳市）。宋仁宗皇祐二年（1050），改知应天府兼南京（今河南省商丘市）留守。宋仁宗至和元年（1054），迁翰林学士兼史馆修撰，次年出使契丹。

宋仁宗嘉祐元年（1056）判太常寺，欧阳修上书举荐包拯、张瑰、吕公著、王安石四人，又荐梅尧臣充国学直讲。二年，知贡举（任礼部主考官），主张以“古文”取士，禁写“时文”，反对浮靡空谈的骈俪文风，大胆选拔苏轼、苏辙、曾巩等古文才俊，推动宋代“古文运动”发展。此举难免遭受崇尚“时文”的人的围攻，据载欧阳修上早朝时，曾遭到一群落选的举子围攻辱骂，令街头维护治安的人员都无计可施，欧阳修急中生智，拿出皇帝为己题写的“文儒”二字，这才驱散掉人群，当夜还有人送“祭文”到他家里相威胁。更有人通过作词辱骂欧阳修，据钱世昭《钱氏私志》载：“欧知贡举时，落第举人作《醉蓬莱》词以讥之，词极丑诋，今不录。”

是年欧阳修转任右谏议大夫，判尚书礼部，兼判秘阁、秘书省。宋仁宗嘉祐三年（1058）加龙图阁学士，权知开封府。四年，罢知开封府，转给事中、同提举在京诸司库务，又充御试进士详定官，兼充群牧使。五年，与宋祁合撰《新唐书》，成书后，转礼部侍郎，兼翰林侍读学士。六年，任参知政事（副宰相），封开国公。

宋仁宗三个儿子早亡，嘉祐七年（1062）将濮王之子赵仲实立为太子，改名赵曙。次年仁宗崩，赵曙继立，为英宗。英宗生父濮安懿王，名赵允让，仁宗堂兄，死后追封濮王，谥号安懿。宋英宗治平二年（1065），英宗欲追崇生父濮王，王硅、司马光、吕诲等上书请称濮王为皇伯，改封大国的爵位，而韩琦、欧阳修等以未见明据，请再议，各不相让，相互攻讦，史称“濮议之争”。受其影响，御史中丞彭思永、御史蒋之奇以“帷薄不修”诬陷欧阳修，即诬修与其长媳吴氏有暧昧关系，宋神宗（赵顼）亲自审理此案，以无罪结案，并出榜朝堂，为他恢复名誉，但仍罢其参知政事，除观文殿学士，转刑部尚书，知亳州（今安徽省亳州市）。宋神宗熙宁元年（1068）改知青州（今山东省益都县），三年改知蔡州（今河南省汝南县）。四年，以太子少师致仕（退休），归颍州（今安徽省阜阳市）。宋神宗（赵顼）熙宁五年闰七月二十三日（1072年9月8日）欧阳修卒于颍州，享年六十六岁，赠太尉、太师，追封康国公，改封兖国公、秦国公、楚国公，谥号“文忠”。三年后的九月，葬于开封府新郑县旌贤乡刘村[①]。

总之，踏入仕途后的欧阳修，虽经历了风风雨雨，但最终还是以三朝元老、太子少师退休，结庐颍州西湖之滨，可谓功成名就后的自然隐退，践行了一个传统知识分子“达则兼济天下，穷则独善其身”的人生理想。欧阳修退休后，其学生、同僚、朋友等纷纷有贺诗贺启寄赠，如苏轼云：“全德难名，巨才不器，事业三朝之望，文章百世之师。功存社稷，而人不知；躬履艰难，而节乃见，纵使耄期笃老，犹当就见质疑。”苏辙云：“道德在人，术学盖世。”曾巩云：“四海文章伯，三朝社稷臣。功名垂竹帛，风义动簪绅。”韩琦云：“独步文章世孰先，直声孤节亦无前。”王安石与欧阳修晚年政见不合，但在欧阳修死后，王安石撰《祭欧阳文忠公文》，高度赞扬了欧阳修的人生境界：“功名成就，不居而去，其出处进退，又庶乎英魂灵气，不随异物腐散，而长在乎箕山之侧与颍水之湄。”所有这些评价绝非虚言，实际上概括了欧阳修所能达到的人生境界，即儒家所倡导的立功、立言、立德“三不朽”的境界，体现着“穷独达兼”的人生哲学。这种人生哲学深深地影响了封建时代一代又一代的知识分子，甚至转化

① 今河南省郑州市新郑州辛店镇欧阳寺村，今辟有欧阳修陵园，为欧阳修祠堂和他的家族墓群园，2006年被评为全国重点文物保护单位。

为知识分子一种较普遍的人格心理和文化心态，吸引着无数人为之奋斗。不过，历史上真正能将为官为人统一起来而实现人生“三不朽”理想的人微乎其微，欧阳修似乎是个例外。撇开欧阳修身上固有的封建因素，仅从其把奋斗进取、有所作为与人格独立、心理平衡相结合的人生价值观上看，还是有它积极的现实意义，也是欧阳修之所以还能吸引当下有良知的文化人的重要内因。

第二节　人生理想，践行滁州

欧阳修的创作境界与道德境界，其核心的内容就是为后人津津乐道的“六一风神”和“为政风流”。“六一风神”在当今学界常被人用来形容欧阳修散文的主体风格——平易晓畅，真率自然，纡余委备，委婉含情。然而风格即人，“六一风神”实际上也是欧阳修内在主体精神的集中体现。

欧阳修晚年退居颍州作《六一居士传》，改号为“六一居士”，其传文曰：

六一居士初谪滁山，自号醉翁。既老而衰且病，将退休于颍水之上，则又更号六一居士。客有问曰：“六一，何谓也？”居士曰：“吾家藏书一万卷，集录三代以来金石遗文一千卷，有琴一张，有棋一局，而常置酒一壶。”客曰：“是为五一尔，奈何？”居士曰：“以吾一翁，老于此五物之间，是岂不为六一乎？”客笑曰："子欲逃名者乎？而屡易其号，此庄生所诮畏影而走乎日中者也；余将见子疾走大喘渴死，而名不得逃也。"居士曰："吾因知名之不可逃，然亦知夫不必逃也；吾为此名，聊以志吾之乐尔。"

所谓"六一"，即"吾家藏书一万卷，集录三代以来金石遗文一千卷，有琴一张，有棋一局，而常置酒一壶"，再加上"以吾一翁，老于此五物之间"。欧阳修之所以更号，并不是怕自己为名声所累，因为此时欧阳修名声已经很大了，自然没有必要去有意躲避，也躲避不了，只是借更号聊以表达一下自己晚年的爱好而已。所以，我们认为"六一居士"号与"醉翁"的号并不冲突，反而更明显地印证了保持终生的"醉翁"情怀，即"聊以志吾之乐尔"，也就是抱有传统知识分子人生信条的文人情怀，因为爱读书学习，拥有琴棋书画，并寄意于酒，恰恰是古代文人真性情的反映。更号"六一"只不过在急流勇退中完全回归一个文人的本真性情，与"醉翁"精神一脉相承。欧阳修一生为官，奔走各地，却始终没有丢掉作为文人的真性情，不因依傍政治而忘记圣贤的教导，泯灭做人的良知，丧失作文的真心。而当功成名就后，欲完全回归本真自我的心情自然就更迫切了。

单从作文角度看，标志着欧阳修"六一风神"成熟的代表作就是《醉翁亭记》和《丰乐亭记》。欧阳修因替范仲淹辩诬初贬夷陵时，年方三十，锐气未减，所以能很快从郁闷中解脱出来，仍对未来充满自信，勤于政事，刻苦文字，保持了比较平和乐观的心态，所谓"残雪压枝犹有桔，冻雷惊笋欲抽芽"（《戏答元珍》）。而再贬滁州时，面临的却是来自政治和人格上的双重打击，加上人近不惑之年，苍颜白发，壮志未酬，反遭诬陷，其郁愤的心情已非初贬时可比。最终是琅琊秀美的山川又重新唤醒他作为传统文人的真性情，欧阳修认同“古之君子所以异乎常人者，能安常人之所不能安”“自古贤达之士，固常有所屈伸”等观念，以退为进，以让为乐，以醉为醒，在兼济和独善之间寻找心理上的平衡点，从而以更加乐观开朗的人生态度待世待己，去获得精神上的极大快乐，并成全他深受后代为官者羡慕的“为政风流”。

明代文人苏茂相在醉翁亭旁留有题诗碑，诗云：“为政风流

明代苏茂相题刻诗

乐岁丰，每将公事了亭中。泉香鸟语还依旧，太守何人似醉翁。”“为政风流”的第一层内涵是欧阳修身为地方官，仍心系天下百姓，崇尚儒家“弦歌为政”的仁政理想，反对繁政、暴政、苛政，倡导一种宽简爱民的政风，所谓“乐岁丰”“了亭中”。第二层内涵就是指保持传统文人的本真性情。所谓“香泉鸟语”，代表自然的美景，也暗扣欧阳修《醉翁亭记》中“泉香而酒冽”和其诗作《啼鸟》中“花开鸟语辄自醉”句意。的确，身为文学家的欧阳修，在朝廷为官时，繁务缠身，又身陷政治风波，多受拘束，少有闲暇去亲近自然，优游山水，搜寻胜迹，专注文学创作。贬滁后，欧阳修渐渐消磨的文人本色被恢复，既有陶醉山水之乐，又有任情恣性的行文之乐（如《醉翁亭记》中 21 个“也”字），还有满足文人性情需求的琴酒之乐，故而在滁“愈久愈乐，不独为学之外，有山水琴酒之适而已”（《与梅圣俞》）。“为政风流”的最后一层内涵就是指欧阳修的为官之道，堪称楷模，却又极难仿效。儒家所说的人生境界三不朽，一般人很难占全，而欧阳修在偏僻的滁州竟然将三者完美地统一起来，既成为当地百姓拥戴的清廉刚正的父母官，又成全了其文学家的真性情，形成了创作上令人称道的“六一风神”，进而成为扭转北宋一代文风的领军人物，这又焉何不堪称“风流”？

古代士人讲究“文行出处”的人生理想，没想到在滁州变成了现实，这怎么能不让欧阳修“乐亦无穷”呢？欧阳修在《醉翁亭记》中“乐”字“醉”字满篇，并自号为“醉翁”，便是其人生情结得以舒展的真实写照。欧阳修自号“醉翁”，并非要逃避现实，也没有纵酒浇愁之意，而是一个迈入不惑之年的人以不惑姿态感悟人生后的潇洒自喻。“饮既不多缘何能醉，年犹未迈奚自称翁。”（醉翁亭联）在欧阳修看来，与其卷入朝廷无谓的纷争，倒不如在地方为百姓踏实做些工作。身在山林，心在朝廷，醉中能醒，醉中寄托着高尚的人格与道德风范，是《醉翁亭记》的精神实质。而这并不违背儒家有关进退出处的处世原则，故曾巩赞己恩师欧阳修说：“所要在道德，不愧丘与回。”（《游琅琊山》）在这个意义上，《醉翁亭记》不仅是一篇千古美文，也是一篇道德文章，它和欧阳修在滁州所作《丰乐亭记》等一系列诗文共同阐释着中国传统文化的道德境界、人生境界和审美境界，凝聚着中国传统正直知识分子的人格美和精神美。

醉翁亭畔话醉翁，意不在酒乐岁丰；翁去千年醉乡在，国强民富著新功。我们今天走进欧阳修，走进欧阳修的心灵，就是要把他身上所形成的醉翁精神风范继承下来，让它融入我们新时代的文化之中，为实现中华民族伟大复兴梦提供强大的精神动力。

第二章 ‖ 朋党风波，贬谪山城

第一节 仗义执言，人格受辱

景祐三年（1036）五月，欧阳修的好友范仲淹为革除弊端，上章批评时政，指陈时弊，惹恼了当时的宰相吕夷简。吕夷简指责范仲淹越职言事，荐引“朋党”，离间君臣，范仲淹因此被贬饶州。肩负言谏之责的高若讷不仅不伸张正义，反而肆意诋毁范仲淹的人格。欧阳修气愤不过便写下著名的《与高司谏书》，痛斥谏官高若讷诋毁范仲淹，说他“非君子也”，“不复知人间有羞耻事耳”。结果，高司谏将书信转呈给仁宗而导致欧阳修被贬为湖北夷陵县令。康定元年（1040），欧阳修重回开封，升为集贤校理。

庆历三年（1043），宋仁宗迫于国势的积弱积贫、内忧外患，重新起用范仲淹为参知政事（副相），寻求拯救危局的方略。范仲淹呈《答手诏条陈十事》，提出了十项改革主张：明黜陟（严明官吏升降制度）、抑侥幸（限制侥幸做官和升迁途径）、精贡举（严密贡举制度）、择官长（督查官员，能上能下）、均公田（均衡职田收入）、厚农桑（重视农桑等生产事业）、修武备（整治军备，寓兵于农）、推恩信（兑现朝廷宣布过的赋税赦免）、重命令（严肃对待和慎重发布朝廷号令）、减徭役（减免繁重的徭役）。宋仁宗对此表示赞同，便逐渐以诏令形式颁发全国，这便是历史上著名的“庆历新政”。作为谏官的欧阳修力挺范仲淹等人的庆历改革，同时建议实行“按察法”，即选精明强干的人做按察使，监察各路、州、县官吏，定期向朝廷报告。而此时的吕夷简虽然被免职，但在朝廷内以夏竦为首的保守派势力还很强，他们指责范仲淹、欧阳修等是“党人”，借“朋党”之说攻击改革派结党营私，图谋架空皇上。于是，被激怒的欧阳修写下著名的《朋党论》，上呈仁宗辩说，其曰：

臣闻朋党之说，自古有之，惟幸人君辨其君子小人而已。大凡君子与君子以同道为朋，小人与小人以同利为朋，此自然之理也。然臣谓小人无朋，惟君子则有之。其故何哉？小人所好者禄利也，所贪者财货也。当其同利之时，暂相党引以为朋者，伪也；及其见利而争先，或利尽而交疏，则反相贼害，虽其兄弟亲戚，不能相保。故臣谓小人无朋，其暂为朋者，伪也。君子则不然。所守者道义，所行者忠信，所惜者名节。以之修身，则同道而相益；以之事国，则同心而共济；终始如一，此君子之朋也。故为人君者，但当退小人之伪朋，用君子之真朋，则天下治矣。

该文虽然用笔犀利，文情畅达，论证有理有据，正如金圣叹的批语：“最明畅之文，却甚幽细；最条直之文，却甚郁勃；最平夷之文，却甚跳跃鼓舞。”（清·金圣叹《天下才子必读书》卷十三），但是难免打击面太广，更加激起保守势力的反对。迫于压力，宋仁宗不得不下旨废止新政，保守的反对派官员重新得势，新政失败。

庆历五年（1045）正月，范仲淹、杜衍、韩琦、富弼等相继罢官外放。这时欧阳修正在河北都转运使任上。他一面“自劾乞罢”，以“同其退”，一面上奏《论杜衍范仲淹等罢政事状》，更引起“群邪”忌恨。恰巧此时发生了一件事情。欧阳修有一个妹妹，先前嫁给襄城张龟正做继室，张龟正不幸病故，与前妻留下一个女儿，才七岁。寡母孤女，无依无靠，只得回娘家居住。外甥女张氏长大后，欧阳修做主将之嫁给了堂侄欧阳晟，没想到张氏与男仆陈谏勾搭成奸，事情败露后入开封府狱。新政的反对派便借题发挥，先让谏官钱明逸以“欧阳修与出嫁前的外甥女有染并霸占张氏家产”罪名，在仁宗面前弹劾欧阳修。仁宗自然不会相信欧阳修会做出如此乱伦之事，但又没有办法否认，于是便命新任参知政事贾昌朝过问此事。贾昌朝派户部判官苏安世、内侍供奉官王昭明勘察此案，请当时开封府尹杨日严审理此案。杨日严益州任上曾因贪污渎职被欧阳修弹劾过，一直怀恨在心，便借机制造假口供，诬称罪名成立。另据钱世昭《钱氏私志》载，有人还拿欧阳修所作一首《望江南》词大做文章，作为欧阳修与他的外甥女有染以及生活作风有问题的“铁证”。词曰：

江南柳，叶小未成阴。人为丝轻那忍折，莺怜枝嫩不胜吟。留取待春深。

十四五，闲抱琵琶寻。堂上簸钱堂下走，恁时相见已留心。何况到如今。

众所周知，欧阳修天性随和浪漫，喜欢宴乐冶游，词风承接花间南唐做派，与其诗文风格截然不同，难免有不少婉约绮丽的所谓“艳词”，于是就被那些别有用心者拿来作为攻击他的把柄。从词的表现看，全篇用嫩柳来比喻尚未长成的少女之美，描写活泼天真的小姑娘堂上堂下地跑着在玩簸钱游戏的情景，都是“以婉约为宗”的“艳科”词惯用的写法，出于“宴酣之乐”考虑，却被反对者解读为“为老不尊”，真是欲加之罪，何患无辞啊。对此，冯梦龙在《情史类略》中曾感慨道：“意赠婢之词也，而忌者诬公为盗甥。噫！词之不可轻作也如此。”整个事件，后经军巡判官孙揆查证无实，只治了陈、张通奸之罪，未株连欧氏家门。但仁宗为了摆平关系，还是于庆历五年（1045）八月二十一日下诏黜除欧阳修河北都转运按察使、龙图阁直学士，以知制诰知滁州。欧阳修于这年十月二十二日抵达“舟车商贾四方宾客之所不至”的偏僻山城滁州。

第二节　多重打击，悲愤难抑

欧阳修贬滁是踏入仕途后第二次被贬，与景祐三年（1036）首次被贬峡州夷陵（今湖北宜昌市）不同，这次被贬不仅仅由于政治上的打击，更增添了来自人格上的受辱与家庭变故所带来的愤懑感与人生沧桑感。欧阳修被贬夷陵时，虽然也是由于支持范仲淹献“百官图”反对权相吕夷简遭贬，但因为年轻气盛，欧阳修心里总的来说还比较坦然。而这次被贬滁州，距被贬夷陵又过去了九年的时间，政治上的是非沉浮已让他心生倦意，又在人格上招致极大的侮辱，这对恪守传统儒家道德的欧阳修来说是最难容忍的，甚至可以说欧阳修身心受到了极大摧残，乃至到任后在上表中还要为自己申辩：

臣某言：臣伏蒙圣恩，授臣依前右正言、知制诰、知滁州军州事，已于今月二十二日赴上讫者。谤谗始作，大喧群口而可惊；诬罔终明，幸赖圣君之在上。列职尚叨于清近，为邦仍窃于安闲。祇荷恩荣，惟知感涕。臣某〈中谢。〉伏念臣生而孤苦，少则贱贫。同母之亲，惟存一妹，丧厥夫而无，携孤女以来归。张氏此时，生才七岁。臣愧无蓍龟前知之识，不能逆料其长大所为，在人情难弃于路隅，缘臣妹遂养于私室。方今公私嫁娶，皆行姑舅婚姻。况晟于臣宗，已隔再从；而张非已出，因谓无嫌。乃未及笄，遽令出适。然其既嫁五六年后，相去数千里间，不幸其人自为丑秽，臣之耳目不能接，思虑不能知。而言者及臣，诚为非意，以至究穷于资产，固已吹析于毫毛。若以攻臣之人，恶臣之甚，苟罹纤过，奚逭深文？盖荷圣明之主张，得免罗织之冤枉。然臣自蒙睿奖，尝列谏垣，论议多及于贵权，指目不胜于怨怒。若臣身不黜，则攻者不休，苟令谗巧之愈多，是速倾危于不保。必欲为臣明辩，莫若付于狱官；必欲措臣少安，莫若置之闲处。使其脱风波而远去，避陷阱之危机。虽臣善自为谋，所欲不过如此。斯盖尊号皇帝陛下，推天地之赐，廓日月之明，知臣幸逢主圣而敢危言，悯臣不顾身微而当众怨，始终爱惜，委曲保全。臣虽木石之心顽，实知君父之恩厚。敢不虔遵明训，上体宽仁，永坚不转之心，更励匪躬之节。

（《滁州谢上表》庆历五年十月）

从家庭来说，庆历五年（1045）这一年夏末秋初，欧阳修心爱的八岁长女欧阳师不幸病故，更使得他承受着国难家忧的双重煎熬，他为爱女写下了声泪俱下的《哭女师》辞：

暮入门兮迎我笑，朝出门兮牵我衣。戏我怀兮走而驰，旦不觉夜兮不知四时。忽然不见兮一日千思。日难度兮何长，夜不寐兮何迟！暮入门兮何望，朝出门兮何之？恍疑在兮杳难追，髧两毛兮秀双眉。不可见兮如酒醒睡觉，追惟梦醉之时。八年几日兮百岁难期，于汝有顷刻之爱兮，使我有终身之悲。

后又在一首《白发丧女师作》诗中写道：

吾年未四十，三断哭子肠。
一割痛莫忍，屡痛谁能当。
割肠痛连心，心碎骨亦伤。
出我心骨血，洒为清泪行。
泪多血已竭，毛肤冷无光。
自然须与鬓，未老先苍苍。

的确，欧阳修年未四十，就有了痛失一子二女的经历，使得本当盛年的他，早早地就是一副两鬓苍苍、未老先衰的模样。说到这，我们再回头来看看欧阳修赴滁途中所作的那首《自河北贬滁州初入汴河闻雁》诗：

阳城淀里新来雁，趁伴南飞逐越船。
野岸柳黄霜正白，五更惊破客愁眠。

作品以雁叫、野岸、柳黄、霜白这些凄清萧索的意象，衬托出诗人沉重而无法排解的客愁，显然已不是一般的客愁，而是纠缠着诸多复杂感情成分的人生体验。欧阳修带领全家离开汴京后，走水路沿蔡河、颍水、淮河，先后经过颍州、寿州、濠州、泗州、楚州、扬州，从真州沿滁水，最终于庆历五年十月二十二日（1045年12月3日）到达滁州。

第三章 ‖ 地僻事简，调适心情

第一节　寄情山水，排遣烦闷

毫无疑问，欧阳修是怀着相当郁闷的心情来到滁州的。特别是“张甥案”对欧阳修人格的侮辱，让欧阳修难以接受，也更激起他对那些当政小人们的愤怒，对自己深受不公而又不得不“委曲保全”感到愤懑。这种愤懑心情在欧阳修贬滁后应该是持续了一段时间。在庆历五年（1045）冬《上提刑司封启》中，他感谢转为京西提刑的前任滁州知州赵良规的“屡辱诲音”，即多次开导劝慰自己，并以“霜雪方严，见不雕之雅操；蕙兰其意，佩可服之清芬”之语赞扬赵良规有霜雪之下而不凋谢的操守，有如蕙兰般芳香洁美的德行，其实这也是对自己的勉励，以此来努力摆脱自己的愤闷心情。他在庆历六年早春送别赵良规时，作《送京西提刑赵学士》诗，借春寒梅香以自振，流露出逆境中安贫独善之意，诗曰：

题舆尝屈佐留京，揽辔今行按属城。

楚馆尚看淮月色，嵩云应过虎关迎。
春寒酒力风中醒，日暖梅香雪后清。
野俗经年留惠爱，莫辞临别醉冠倾。

直到庆历六年春，欧阳修在其所作《啼鸟》诗中仍在表达其蒙冤遭贬的愤懑不平之气，所谓“我遭谗口身落此，每闻巧言宜可憎”。而作于庆历六年夏的《憎蚊》诗更是对朝上当道小人表示了极大的愤慨与憎恨。如《啼鸟》诗：

穷山候至阳气生，百物如与时节争。
官居荒凉草树密，撩乱红紫开繁英。
花深叶暗耀朝日，日暖众鸟皆嘤鸣。
鸟言我岂解尔意，绵蛮但爱声可听。
南窗睡多春正美，百舌未晓催天明。
黄鹂颜色已可爱，舌端哑咤如娇婴。
竹林静啼青竹笋，深处不见惟闻声。
陂田绕郭白水满，戴胜谷谷催春耕。
谁谓鸣鸠拙无用，雄雌各自知阴晴。
雨声萧萧泥滑滑，草深苔绿无人行。
独有花上提葫芦，劝我沽酒花前倾。
其余百种各嘲哳，异乡殊俗难知名。
我遭谗口身落此，每闻巧舌宜可憎。
春到山城苦寂寞，把盏常恨无娉婷。
花开鸟语辄自醉，醉与花鸟为交朋。

花能嫣然顾我笑，鸟劝我饮非无情。
身闲酒美惜光景，惟恐鸟散花飘零。
可笑灵均楚泽畔，离骚憔悴愁独醒。

在古代文人看来，排遣寂寞忧愁最好的方式似乎就是喝酒了。然而“举杯消愁愁更愁”，单纯的喝酒并不能完全排解心中的忧愁。当然，愤懑之余，欧阳修并没有放下国事民生，反倒因为才志难伸而更加忧愁满腹，心生愧意。庆历五年（1045）初冬，欧阳修曾作一首绝句《鹭鸶》，诗曰：

激石滩声如战鼓，翻天浪色似银山。
滩惊浪打风兼雨，独立亭亭意愈闲。

诗人咏物托志，通过描绘鹭鸶（即白鹭）独立不倚、高雅娴静的品格，寄寓自己任凭政治风浪打击而要保持气定神闲的心境。

初至滁州的欧阳修，首先为琅琊山秀美的风光所吸引，闲暇

原全国人大常委会委员长乔石题“琅琊山”

无事时便到山里走一走，看一看。如庆历五年冬所作诗《游琅琊山》：

南山一尺雪，雪尽山苍然。
涧谷深自暖，梅花应已繁。
使君厌骑从，车马留山前。
行歌招野叟，共步青林间。
长松得高荫，盘石堪醉眠。
止乐听山鸟，携琴写幽泉。
爱之欲忘返，但苦世俗牵。
归时始觉远，明月高峰巅。

再如庆历六年春作《琅琊山六题》：

归云洞

洞门常自起烟霞，洞穴傍穿透溪谷。
朝看石上片云阴，夜半山前春雨足。

琅琊溪

空山雪消溪水涨，游客渡溪横古槎。
不知溪源来远近，但见流出山中花。

石屏路

石屏自倚浮云外，石路久无人迹行。
我来携酒醉其下，卧看千峰秋月明。

斑春亭

信马寻春踏雪泥，醉中山水弄清辉。

野僧不用相迎送，乘兴闲来兴尽归。

庶子泉

庶子遗踪留此地，寒岩徙倚弄飞泉。

古人不见心可见，一片清光长皎然。

惠觉方丈

青松行尽到山门，乱峰深处开方丈。

已能宴坐老山中，何用声名传海上。

诗人刚至滁州，面对琅琊山第一个春天的美景流连忘返，“醉中山水弄清辉”，“乘兴闲来兴尽归”，与山水为朋，与山僧为友，悲凉寂寞的心情似乎也变得畅快起来。

山城滁州第一个夏天的景色也能让欧阳修诗情荡漾，感慨万千，其所作五律《晚步绿阴园遂登凝翠亭》（庆历六年夏），描绘了滁州山城初夏时节绿水荡漾、树荫浓密、绕郭山长、岚曛微茫的美景，并寓情于景，寄寓了自己未忘国事、失意苦闷的情怀。全诗写道：

余春去已远，绿水涵新塘。

渐爱树阴密，初迎蕙风凉。

高亭可四望，绕郭青山长。

野色晚更好，岚曛共微茫。

幽怀不可写，雅咏同谁觞。

明月如慰我，开轩送清光。

山城滁州的秋天更是牵动着欧阳修的悲秋情怀。在庆历六年秋所作《新霜》二首，或在无边落木萧萧声中感叹时光易逝、壮志难酬，或借兰枯蕙死喻同道友人的含冤遭贬，流露不平之气，或借青松守节、残菊争艳，表达自己不甘消沉，拂尘磨剑的雄心壮志。诗曰：

其一

天云惨惨秋阴薄，卧听北风鸣屋角。
平明惊鸟四散飞，一夜新霜群木落。
南山郁郁旧可爱，千仞巉岩如刻削。
林枯山瘦失颜色，我意岂能无寂寞。
衰颜得酒犹强发，可醉岂须嫌酒浊。
泉傍菊花方烂漫，短日寒辉相照灼。
无情木石尚须老，有酒人生何不乐！

其二

荒城草树多阴暗，日夕霜云意浓淡。
长淮渐落见洲渚，野潦初清收潋滟。
兰枯蕙死谁复吊，残菊篱根争艳艳。
青松守节见临危，正色凛凛不可犯。
芭蕉芰荷不足数，狼藉徒能污池槛。
时行收敛岁将穷，冰雪严凝从此渐。
咿呦儿女感时节，爱惜朱颜屡窥鉴。
惟有壮士独悲歌，拂拭尘埃磨古剑。

滁州节气分明，四时之景不同。欧阳修通过山水疗法，在与自然山水为朋中感悟到了人生的不同妙理，也在心理上获得了极大宽慰。

第二节　寻古探幽，随性任物

滁州山水的秀美、人情风俗的淳朴、文化爱好的满足（如发现庶子泉铭篆刻、王禹偁画像等）以及外地朋友书信的安慰等等，都使得欧阳修能够迅速放下心中的芥蒂，重新唤醒他久违的文人性情。尤其让欧阳修感到欣慰的是，偏僻的滁州并不缺少文化底蕴。滁州地处江淮丘陵地带，吴风楚韵，气贯淮扬，自古就有“金陵锁钥、江淮保障”之称。北宋时滁州属淮南东路，属县有清流、全椒、来安，当时有人口 40026 户，计 97089 人，因东靠扬州、南接江宁这些繁华都会，所以这里虽偏僻，但仍不失有深厚的历史文化积淀。经考证，滁州最早历史可追溯到新石器时代，今陆续发现了西王遗址、泊岗遗址、侯家寨遗址、何郢遗址、卜家墩遗址、石梁古城遗址、钟离城遗址、阴陵城遗址等重要文化遗址。夏、商、周时，分布着钟离国、椒国等一些部落方国。春秋战国时，这里被吴国、楚国分据，号称“吴头楚尾”。楚汉相争时，这里流传着“霸王别姬”的传说。三国时，这里是魏、吴交兵的战场。西晋“八王之乱”，琅琊王司马睿曾驻跸滁州西南古摩陀岭，琅琊山因此得名。经历两晋南北朝战乱，滁州建置基本形成，于隋开皇九年（589）始称滁州。唐宋时滁州城池已初具规模。公元956年，时任后周大将、后为宋太祖的赵匡胤与南唐中主李璟的部将皇甫晖、姚凤战于滁州清流关，大败南唐军队，生擒二将，奠定大宋基业。此距离欧阳修贬滁之时，已过去90年，经过休养生息，已经脱离战火袭扰的滁州，其独特的地理位置，使之变成一个相对闭塞而又安定平和的世外桃源般的地方。

欧阳修来到滁州，由于为政宽简，“日少郡事”（梅尧臣语），得以优游山水，访古探奇，吟诗作文，进而成就了他人生与文学创作上的新境界。唐代所建宝刹琅琊寺住着“何用声名传海上”的道行高深的惠觉方丈，在他的引导指点下，欧阳修考察了中唐大历年间滁州刺史李幼卿开凿的“琅琊溪”“庶子泉”等文化遗迹，特别是欣赏到了历来为学篆者所推崇的唐代著名书法家李阳冰作文篆书的《庶子泉铭》碑刻。要知道早在十年前，欧阳修初任馆阁校勘参与编修《崇文总目》时，就曾见过篆铭拓本，如今亲临其地，能够细赏保存完好的真迹——尽管庶子泉已不在，为山中和尚填平，建屋其上，只剩一口大井——对酷爱金石学的欧阳修来说不失为谪居生活中的一大快事。他还在崖壁上惊喜地发现了李阳冰篆铭之外的十八个篆字，比铭文更为奇绝，回来后激动地写下了著名的《石篆诗》：

寒岩飞流落青苔，旁斫石篆何奇哉。
其人已死骨已朽，此字不灭留山隈。
山中老僧忧石泐，印之以纸磨松煤。
欲令留传在人世，持以赠客比琼瑰。

我疑此字非律画，又疑人力非能为。
始从天地胚浑判，元气结此高崔嵬。
当时野鸟踏山石，万古遗迹于苍崖。
山只不欲人屡见，每吐云雾深藏埋。
群仙发空欲下读，常借海月清光来。
嗟我岂能识字法，见之但觉心眼开。
辞悭语鄙不足记，封题远寄苏与梅。

随后他还将诗稿与拓本分寄梅尧臣、苏舜钦两位好友，邀请他们赋诗题咏，并刻石山崖。很快欧阳修就接到了梅、苏的和诗：

欧阳永叔寄琅琊山李阳冰篆十八字并永叔诗一首欲予继作因成十四韵奉答

梅尧臣

我坐许昌尘土中，山翠泉声违眼耳。
公虽被谪守滁阳，日少郡事穷山水。
东南有风西北来，忽得书诗连数纸。
并寄阳冰古篆字，字形矫矫龙蛇起。
其文乃只题姓名，大历六年春气尾。
报云此篆无人知，野僧好事为公指。
公留岩下久徘徊，公剔莓苔汲泉洗。
点画虽然未苦讹，霜侵风剥多皴理。
公疑鸟迹踏苍崖，山只爱惜将有以。
云藏至今不近俗，月伴古源清且泚。

此石公知石不知，公与前人定知己。
墨模几幅许传玩，譬於玦玉终可喜。
况复为诗刻其下，句奇字峻惊山鬼。
何当少得从公游，为公挥笔宁非美。

——［宋］梅尧臣《宛陵集》卷二十六

和永叔琅邪山庶子泉阳冰石篆诗

苏舜钦

一气破散万事起，独有篆籀含其真。
周鼓秦山坏已久，下至唐室始有人。
宗臣转注得天法，质虽浑厚气乃振。
人间所存十数处，丰疏异体世共珍。
其中琅邪石泉记，比之他法殊不伦。
铁锁关连玉钩壮，曲处力可挂万钧。
复疑蛟虬植爪角，隐入翠壁蟠未伸。
近来俗眼苦不赏，惟有风月时相亲。
紫微仙人谪此守，此地胜绝旧喜闻。
公余往观领宾从，猎猎画隼摇青春。
远休车骑步泉侧，酌泉爱篆移朝昏。
挥弄潺湲玩点画，情通恍惚疑前身。
作诗缄本远相寄，邀我共赋意甚勤。
昨承见教久阁笔，压以大句尤难文。
高风胜事日倾倒，安得身寄西飞云。

——［宋］苏舜钦《苏学士集》卷四

当时，琅琊山还建有一座祠堂，供奉着宋初著名诗人、散文家王禹偁的画像，欧阳修也不止一次去拜谒过。王禹偁，字元之，宋太宗太平兴国八年（983）进士，历任右拾遗、左司谏、知制诰、翰林学士，为人刚直，直言敢谏，曾三次担任知制诰，而三次被黜外放。后贬至黄州，故世称王黄州，后病死蕲州。作为北宋诗文革新运动的先驱，王禹偁文崇韩愈、柳宗元，诗崇杜甫、白居易，风格清新平易，自编有《小畜集》30卷，代表作《黄州新建小竹楼记》等，在改变宋初柔弱文风方面有开创之功，苏轼称他“以雄文直道独立当世”，“耿然如秋霜夏日，不可狎玩”（《王元之画像赞并序》）。宋太宗至道元年（995），王禹偁曾因言事贬知滁州，任上为政清廉宽简，深得滁州百姓爱戴，后滁人设祠堂祭祀，留有画像，今滁州醉翁亭建有二贤堂塑像纪念他和欧阳修二人。应当说，王禹偁为人品格、为政风格和文学追求是欧阳修所欣赏追慕的，能够在先贤大德工作生活过的地方做官也会在心理上获得极大的安慰。面对着王禹偁的画像，欧阳修暗暗下定决心要以他为榜样，踏实为滁州百姓做一些事情，于是写下《书王元之画像侧》诗激励自己，诗曰：

偶然来继前贤迹，信矣皆如昔日言。
诸县丰登少公事，一家饱暖荷君恩。
想公风采常如在，顾我文章不足论。
名姓已光青史上，壁间容貌任尘昏。

在诗中，欧阳修的敬仰之情溢于言表，坚信岁月的风尘固然可以侵蚀壁间的元之画像，但先贤的高风亮节必将名垂千史，光耀万代。欧阳修要见贤思齐，引之为同调，所谓“诸县丰登少公事，一家饱暖荷君恩”句，化用王禹偁《滁州谢上表》中的名句：“诸县丰登，绝少公事；全家饱暖，共荷君恩。”王禹偁在其《今冬》诗中也留下过“况是丰年公事少，为郎为郡似闲人”句，这构成欧阳修在滁“为政风流”的形成因素；“顾我文章不足论”，则说明欧阳修要重新振作起来，高举起诗文革新的大旗，通过精心创作，成为其“六一风神”形成的重要支撑。

醉翁亭景区纪念欧阳修、王禹偁的二贤堂

第四章 ‖ 凿泉建亭，名为丰乐

第一节 中隐心理，山州郡趣

欧阳修对当下在滁州的生活状态，之前是早有心理准备的。其作于庆历五年（1045）春河北转运使任上的诗《镇阳读书》，就透露过“又欲求一州，俸钱买归装”的心态，即要远离中央权力中枢，到地方为官，只是不想背负道德上的恶名达成这种心愿而已。其在庆历五年十月所作《自勉》诗也有所透露，所谓“引水浇花不厌勤，便须已有镇阳春。官居处处如邮传，谁得三年作主人？”意指当下滁州虽然天气寒冷，但毕竟还有菊花可赏，已有年初在镇阳任上春天的感觉。欧阳修自踏入仕途后，仕宦生活就极不安定，景祐三年（1036）十月第一次贬为夷陵县令，景祐四年十二月改乾德县令，宝元二年（1039）六月权武成军节度判官厅公事，康定元年（1040）六月召还京师复充馆阁校勘，庆历二年（1042）九月通判滑州，庆历三年三月召还任太常丞、知谏院，庆历四年四月出使河东，八月出使河北，为政一地最长不过两年，短的只有几个月，为官就如同住驿站一样，这次难得在滁州被朝廷正式差遣，可以安稳地做上三年的一州之主。其在庆历六年春所作七律《春日独居》，也再次表明了这种心迹：

众喧争去逐春游，独静谁知味最优。
雨霁日长花烂漫，春深睡美梦飘浮。
常忧任重才难了，偶得身闲乐暂偷。
因此益知为郡趣，乞州仍拟乞山州。

诗人借众人争相去春游，而本人愿意在家独处（“独静”），享受春梦漂浮、身闲乐偷的清静生活，表达了自己为政一方，更愿意作山州太守的“郡趣”，字里行间虽然还有些许遭贬的不平之气（如“众喧”“谁知”“难了”“益知”等句），但贬谪心态上已经在作理性化的调整。不管怎样，这种“中隐”愿望最终还是达成了，还是值得庆幸的。

及时调整好心态的欧阳修，逐渐把个人屈伸得失抛在脑后，而规划着如何在滁州切实做几件好事。也算是苍天有眼，要助欧阳修一臂之力，恰巧庆历五年的这年冬天，滁州下了一场几十年未见的大雪，有道是“瑞雪兆丰年”，欧阳修为此作《永阳大雪》，期盼来年会是个丰收之年，诗曰：

清流关前一尺雪，鸟飞不度人行绝。
冰连溪谷麋鹿死，风劲野田桑柘折。
江淮卑湿殊北地，岁不苦寒常疫疠。
老农自言身七十，曾见此雪才三四。

新阳渐动爱日辉，微和习习东风吹。
一尺雪，几尺泥，泥深麦苗春始肥。
老农尔岂知帝力，听我歌此丰年诗。

瑞雪兆丰，来年有望，对太守来说充满期待。不管怎么说，欧阳修还拿着朝廷的俸禄，作为太守就必须对滁州百姓负责，也许是苍天眷顾欧阳修，让他才上任就能赶上个好收成。高兴之余，欧阳修也不顾雪大，跑到清流关欣赏雪景。而“清流瑞雪”后来也

滁州古清流关驿道

古清流关残碑

成为滁州十二景之一，明代尹梦璧题画碑诗曰：“岭控江淮高刺天，雪中形胜与云连。鳞飞霄汉龙犹战，步滑关山马不前。乱压长松成盖偃，半凝奔瀑化泉悬。道旁快听山翁语，飞尽遗蝗定有年。”并题字曰：“山阙崔嵬，险要可据。积雪满空，烽烟净尽。河山一色，故题取耳。”

第二节　筑亭丰乐，与民同乐

果不其然，如人所愿，第二年滁州农作物喜获丰收，于是乎欧阳修于庆历六年（1046）夏末秋初修建丰乐亭与民同乐，共贺丰收。其在庆历六年《与韩忠献王稚圭》中曾这样写道：

某再拜启。山州穷绝，比乏水泉。昨夏秋之初，偶得一泉於州城之西南丰山之谷中，水味甘冷。因爱其山势回抱，构小亭於泉侧，又理其傍为教场，时集州兵、弓手，阅其习射，以警饥年之盗，间亦与郡官宴集于其中。方惜此幽致，思得佳木美草植之，忽辱宠示芍药十种，岂胜欣荷！山民虽陋，亦喜遨游。今春寒食，见州人亲装盛服，但于城上巡行，便为春游。自此得与郡人共乐，实出厚赐也。愧刻愧刻。

修建丰乐亭是欧阳修来滁后第一件非常得意的重要文化工程，一年后他在《与梅圣俞四十六通》之十九，再次详细回顾了筑泉作亭以及美化亭四周环境的过程：

某又启。去年夏中，因饮滁水甚甘，问之，有一土泉在城东百步许，遂往访之。乃一山谷中，山势一面高峰，三面竹岭回抱。泉上旧有佳木一二十株，乃天生一好景也。遂引其泉为石池，甚清甘，作亭其上，号丰乐，亭亦宏丽。又于州东五里许菱溪上，有二怪石，乃冯延鲁家旧物，因移在亭前。广陵韩公闻之，以细芍药十株见遗，亦植于其侧。其他花竹，不可胜纪。山下一径，穿入竹筱蒙密中，豁然路尽，遂得幽谷。〈泉名幽谷。〉已作一记，未曾刻石。亦有诗托王仲仪寄去，不知达否？告乞一篇留亭中，因便望示及，千万千万。

上述两书简透露了建丰乐亭的缘由：一是因泉因景构亭；二是便于处理公务（傍为教场、郡官宴集）；三是与郡人共乐（滁民喜游）。丰乐亭建成后，欧阳修很快完成了《丰乐亭记》的写作，但并没有马上刻石。全文如下：

修既治滁之明年，夏，始饮滁水而甘。问诸滁人，得于州南百步之近。其上则丰山，耸然而特立；下则幽谷，窈然而深藏；中有清泉，滃然而仰出。俯仰左右，顾而乐之。于是疏泉凿石，辟地以为亭，而与滁人往游其间。

滁于五代干戈之际，用武之地也。昔太祖皇帝，尝以周师破李景兵十五万于清流山下，生擒其将皇甫晖、姚凤于滁东门之外，遂以平滁。修尝考其山川，按其图记，升高以望清流之关，欲求晖、凤

滁州丰乐亭

就擒之所。而故老皆无在者，盖天下之平久矣。自唐失其政，海内分裂，豪杰并起而争，所在为敌国，何可胜数？及宋受命，圣人出而四海一。向之凭恃险阻，铲削消磨，百年之间，漠然徒见山高而水清。欲问其事，而遗老尽矣！

今滁介江淮之间，舟车商贾、四方宾客之所不至，民生不见外事，而安于畎亩衣食，以乐生送死。而孰知上之功德，休养生息，涵煦百年之深也。

修之来此，乐其地僻而事简，又爱其俗之安闲。既得斯泉于山谷之间，乃日与滁人仰而望山，俯而听泉。掇幽芳而荫乔木，风霜冰雪，刻露清秀，四时之景，无不可爱。又幸其民乐其岁物之丰成，而喜与予游也。因为本其山川，道其风俗之美，使民知所以安此丰年之乐者，幸生无事之时也。

夫宣上恩德，以与民共乐，刺史之事也。遂书以名其亭云。

全文开头先交代建亭的缘由，从寻泉到得泉，又从疏泉到筑亭，前后照应，脉络分明，文字简洁，语意平朴，《古文观止》评这段纪事说“为下文发议论张本”。然后文章笔锋一转，去写“滁于五代干戈之际，用武之地也”，由现实而联想到历史，将滁之现实丰乐归于开国之功绩。清人对此评论道：“此乃凌空倒影之笔”，“数行文字横空而来，兴象超远，气势淋漓，极瞻高

苏轼楷书丰乐亭记碑

眺远之概。”欧阳修知滁州时，考山川，按图记，欲寻访皇甫晖、姚凤就擒的地点，但由于地理迭变，旧迹难觅，所以在文中慨叹：“盖天下之平久矣！”由此引出滁州当下“以乐生送死”的太平景象，是由于“上之功德，休养生息，涵煦于百年之深”，所以百姓才能“乐其岁物之丰成”，建亭的目的就是为了“使民知所以安此丰年之乐者，幸生无事之时也”，全文最终归结到“宣上恩德以与民共乐”的创作主旨上。全文追昔抚今，纵横捭阖，结构严谨，层次自然，清新委婉，气度从容，富于“六一风神”。

关于丰乐亭建造的缘由，欧阳修在书简中已明确表示与他在丰山幽谷所发现的一眼泉水有直接的关联，但具体如何发现的也曾有过一段传说。据宋人吕本中《紫微杂记》记载，欧阳修刚到滁州不久雅聚煎茶，每次都要派衙役前往琅琊山中的醴泉（今已废）取水，某日有人献上新茶，欧阳修邀请同僚前来品尝，循惯例衙役前往醴泉汲水，没想到回来途中，在经过丰山脚下一段路时不慎滑倒，将取来的水泼洒一地，此时若再回去取水，还有好几里地呢，衙役怕累又担心回去迟了受责骂，于是就取了丰山脚下的一泓泉水赶回去应付差事。欧阳修细细品味煎好的新茶，清香无比，发觉与往常用醴泉煎的茶水味道明显不同，经盘问衙役知道了实情，于是由衙吏指引，欧阳修找到山脚路边的那一泓泉水，然后溯流而上，找到处在丰山幽谷之中的泉源，这眼泉便是后来伴随丰乐亭一起扬名的幽谷泉（后改称“丰乐泉”“紫薇泉”）。欧阳修曾作《幽谷泉》诗以记载，足见他对此泉的喜爱，诗曰：

踏石弄泉流，寻源入幽谷。

泉傍野人家，四面深篁竹。
溉稻满春畴，鸣渠绕茅屋。
生长饮泉甘，荫泉栽美木。
潺湲无春冬，日夜响山曲。
自言今白首，未惯逢朱毂。
顾我应可怪，每来听不足。

欧阳修不仅发现了幽谷泉，而且发现这里的幽谷风景也特别美，如《丰乐亭记》所写："其上丰山，耸然而特立，下则幽谷，窈然而深藏，中有清泉，滃然而仰出。俯仰左右，顾而乐之。"以致后来离开滁州以后，还时不时地要提到幽谷，足见其对幽谷喜爱的程度。

修丰乐亭成为欧阳修贬滁心态变化的重要节点，或者说是其贬滁心境发生根本转变的一个重要标志。因为，欧阳修发现贬滁的生活不仅不违背自己的道德价值与人生信仰，而且远离朝廷是非之地后，离自己人生理想和目标反而更近了，同时自己在官场被压抑的久违的文人性情也被激发出来。如此生活状态怎能不让欧阳修陶醉？于是就接连有了《丰乐亭记》《醉翁亭记》等佳篇妙作。

丰乐亭建成后，这里成为欧阳修"与民共乐"的乐园。欧阳修的朋友韩琦闻之，不辞遥远送来芍药花十种，供欧阳修在幽谷栽种。欧阳修曾自称是"洛阳花下客"，堪称是"花痴"，为了一年四季都有花看，他特别交代谢判官，即谢缜（字通微，为梅尧臣妻兄谢绛的堂弟）在幽谷种花时，要注意花色相间、花时早

丰乐亭畔幽谷泉

晚，依次间隔栽种，以便自己随时有花可赏，并于庆历七年（1047）早春作《谢判官幽谷种花》诗曰：

浅深红白宜相间，先后仍须次第栽。
我欲四时携酒去，莫教一日不花开。

诗的最后两句仍然透露着欧阳修希望在花下酒间而忘怀世事的一丝悲慨。不管怎样，欧阳修公事之余来丰乐亭赏景已成为其生活常态。其好友梅尧臣在《寄题滁州丰乐亭》诗中曾这样写道：

泠泠幽谷泉，近在青峰下。
使君去穷源，林外留车马。
一径穿筱深，蔽日复潇洒。

行尽逢泓澄，翠影如可泻。
云树阴其旁，造物将有假。
引水开石池，结宇覆碧瓦。
乃知爱玩心，朝夕未忍舍。
近移溪上石，怪古苍藓惹。
芍药广陵来，山卉杂夭冶。
春禽时相鸣，宾从不应寡。
欲问淮南趣，还思洛阳社。
胜事已不辜，吟觞无倦把。

诗中说欧阳修天生有一种“爱玩心”，实际上是一种文人的情趣，所谓“还思洛阳社”是指欧阳修身上具有“洛社遗风”。据宋代尤袤《全唐诗话》记载：

乐天退居洛中，作尚齿九老之会，其序曰：“胡、吉、刘、郑、卢、张等六贤皆多寿，余亦次焉。于东都履道坊敝居合齿之会。七老相顾，既醉且欢。静而思之，此会希有，因各赋七言诗一章以记之，或传诸好事者。时会昌五年三月二十四日。”乐天云：“其年夏，又有二老，年貌绝伦，同归故乡，亦来斯会，续命书姓名年齿，写其形貌附于图右。与前七老，题为九老图。仍以一绝赠之云：雪作须眉云作衣，辽东华表暮双归。当时一鹤犹稀有，何况今逢两令威。”洛中遗老李元爽，年一百三十六，禅僧如满，年九十五岁。又云：“时秘书狄兼谟、河南尹卢真，以年及七十，虽与会而不列。”

白居易致仕后与志趣相投的八位老人作九老会，并题九老图，乃文坛一段趣话，堪称文人在处理兼济与独善关系上的楷模。天圣、明道间，欧阳修初入仕途，任洛阳留守推官，洛中友人模仿九老而各以“老”自居的，号称“八老”：梅尧臣（圣俞）称“懿老”、尹洙（师鲁）称“辩老”、杨愈（子聪）称“俊老”、王顾（公慥）称“慧老”、王几道称“循老”、张尧夫称“晦老”、张先（子野）称“默老”，欧阳修因行为不检，常脱冠散发、傲卧笑谈，被视为轻浮，评为“逸老”，欧阳修不接受，辩解道：“才辩不窘为逸，我还够不上呢！”后改为“达老”。欧阳修实际上在传承古代文人的这种风范。对此清代薛时雨有一副琅琊山对子写得好：“沿洛邑遗风杯渡轻便增酒趣；仿山阴雅集波流曲折见文心。”（题曲水流觞亭）从中可以窥视“丰乐山前一醉翁”的精神实质。而当春天来临之时，丰乐亭更成为他与滁州百姓同乐的好去处，其在《与韩忠献王稚圭》之四中曾写道：“山民虽陋，亦喜遨游。”为此，庆历七年（1047）暮春他还写下著名绝句《丰乐亭游春》三首：

其一

绿树交加山鸟啼，晴风荡漾落花飞。

鸟歌花舞太守醉，明日酒醒春已归。

其二

春云淡淡日辉辉，草惹行襟絮拂衣。

行到亭西逢太守，篮舆酩酊插花归。

其三

红树青山日欲斜，长郊草色绿无涯。

游人不管春将老，来往亭前踏落花。

诗人描绘滁州暮春时节景象：绿树枝丫重叠，山鸟自在鸣啼，晴空和风荡漾，淡云日耀生辉，鸟歌花舞醉人，落花飞絮拂衣，红树青山夕阳归，长郊草色碧连天。然而，美景虽好转瞬逝去，游人同乐岂知惜春，唯诗人还在追寻着这落英夕景，感悟着这痛并又快乐的人生。

滁州丰乐亭远景

第五章 ‖ 菱溪石奇，诗友唱和

第一节　寻访奇石，立亭南北

丰乐亭建成后，欧阳修还把自己访寻得来的两块嶙峋奇特、莹洁如玉的奇石，装饰在亭之南北，号称“菱溪石”。关于此石的来历，欧阳修特地作了一篇《菱溪石记》加以记载，全文如下：

菱溪石记

菱溪之石有六，其四为人取去，而一差小而尤奇，亦藏民家。其最大者，偃然僵卧于溪侧，以其难徙，故得独存。每岁寒霜落，水涸而石出，溪旁人见其可怪，往往祀以为神。

菱溪，按图与经皆不载。唐会昌中，刺史李濆为《荇溪记》，云水出永阳岭，西经皇道山下。以地求之，今无所谓荇溪者。询于滁州人，曰此溪是也。杨荇密有淮南，淮人为讳其嫌名，以荇为菱，理或然也。

溪旁若有遗址，云故将刘金之宅，石即刘氏之物也。金，为吴时贵将，与荇密俱起合淝，号三十六英雄，金其一也。金本武夫悍卒，而乃能知爱赏奇异，为儿女子之好，岂非遭逢乱世，功成志得，骄于富贵之佚欲而然邪？想其陂池台榭、奇木异草，与此石称，亦一时之盛哉！今刘氏之后散为编民，尚有居溪旁者。

予感夫人物之废兴，惜其可爱而弃也，乃以三牛曳置幽谷，又索其小者，得于白塔民朱氏，遂立于亭之南北。亭负城而近，以为滁人岁时嬉游之好。

夫物之奇者，弃没于幽远则可惜，置之耳目则爱者不免取之而去。嗟夫！刘金者虽不足道，然亦可谓雄勇之士．其平生志意岂不伟哉。及其后世，荒堙零落，至于子孙泯没而无闻，况欲长有此石乎？用此可为富贵者之戒。而好奇之士闻此石者，可以一赏而足，何必取而去也哉。

由《石记》看，菱溪石原有六块，后被人取走四块，最小一块尤为奇特亦藏于民家，最大的一块因太重而独存，横卧在溪侧，每年枯水期会露出水面，因其形状怪异奇特，而被当地百姓视为神物祭祀。欧阳修通过实地走访，得知这六块菱溪石原为唐代末年淮南节度使杨行密的部将刘金建在溪旁豪宅的花园遗物，为刘氏家族一时之盛见证，然而富贵不可久持，随着陵谷变迁，朝代更替，豪宅早已毁于战火，奇石也湮没无闻。对此，欧阳修感慨不已。诚如清代孙琮《山晓阁选宋大家欧阳庐陵全集》卷四所云：“《菱溪石记》，此篇记石、记菱溪平平无奇。至记石为刘金故物，忽然发出一段兴废之感来，无限低徊，无限慨叹，正如晨钟朝发，唤醒无数旧梦，不止作悲伤憔悴语也。”黄震《黄氏日钞》卷六一亦云：“滁州《菱溪石记》，伪吴时贵将刘金园石六，公取其二尚存者置郡治，因以刘氏兴衰为戒，使后来者不复取而去。”故

醉翁亭景区菱溪石

而欧阳修要把现存最大的一块和从民家索要来的最小一块，移至丰乐亭南北两侧供人观赏，既可以“为富贵者之戒”，还可以点缀丰乐亭风景并满足喜爱奇石之人的好奇之心，认为自己没有必要私藏独自欣赏。但是，运送最大的那块菱溪石欧阳修可没有少费力气，自称用了三头牛拉的车来运，一路上还引来滁民的围观，所谓“行穿城中罢市看，但惊可怪谁复珍”（《菱溪大石》），大家不仅争相观看，还纷纷议论本州太守怎么会有如此怪癖，竟然会如此珍爱这块大石头。

的确，欧阳修由菱溪大石生发的感慨和情思，是地处偏僻滁州的“以乐生送死”（《丰乐亭记》）的百姓难以理解的，只能是大惊小怪了。其实，诗歌缘情言志，欧阳修对菱溪大石的热爱，我们通过他那首著名的《菱溪大石》古诗更得以窥见，全诗曰：

新霜夜落秋水浅，有石露出寒溪垠。
苔昏土蚀禽鸟啄，出没溪水秋复春。
溪边老翁生长见，疑我来视何殷勤。
爱之远徙向幽谷，曳以三犊载两轮。
行穿城中罢市看，但惊可怪谁复珍。
荒烟野草埋没久，洗以石窦清泠泉。
朱栏绿竹相掩映，选致佳处当南轩。
南轩旁列千万峰，曾未有此奇嶙峋。
乃知异物世所少，万金争买传几人。
山河百战变陵谷，何为落彼荒溪渍。
山经地志不可究，遂令异说争纷纭。
皆云女娲初锻炼，融结一气凝精纯。
仰视苍苍补其缺，染此绀碧莹且温。
或疑古者燧人氏，钻以出火为炮燔。
苟非神圣亲手迹，不尔孔窍谁雕剜。
又云汉使把汉节，西北万里穷昆仑。
行经于阗得宝玉，流入中国随河源。
沙磨水激自穿穴，所以镌凿无瑕痕。
嗟予有口莫能辩，叹息但以两手扪。
卢仝韩愈不在世，弹压百怪无雄文。
争奇斗异各取胜，遂至荒诞无根原。

天高地厚靡不有，丑好万状奚足论。
惟当扫雪席其侧，日与嘉客陈清樽。

如果说《菱溪石记》是以真实的笔调叙写了菱溪石的发现经过，在夹叙夹议中抒写了时过境迁、物是人非的历史沧桑感，特别是荣华富贵难以持久，“可为富贵者之戒”的深沉感叹，那么《菱溪大石》诗则更是着眼于菱溪大石本身的描绘，咏物寄意，托物寓怀，意在突出这块奇石的与众不同和来历不凡，以至于“卢仝韩愈不在世，弹压百怪无雄文”。当年卢仝曾写过《月蚀诗》（见《全唐诗》卷三八七），讨伐食月亮的虾蟆精怪；韩愈写过《祭鳄鱼文》（见《韩昌黎集》卷三六），讨伐吃人的鳄鱼。可惜现在没有这样的雄文，弹压天下怪异，遂使异说纷纭，莫衷一是，诗人唯有日日坐在此石旁边，与朋友们共赏它的高风峻骨，以寄自己平生的磊落胸怀。

第二节　千年菱溪，风情万种

值得注意的是，欧阳修《菱溪大石》诗在列举异说中，特别提到这块大石是“皆云女娲初锻炼，融结一气凝精纯。仰视苍苍补其缺，染此绀碧莹且温”。它是经过女娲初步锻炼，然后凝结天地精纯之气而成，本可以去补天，却被弃之不用。但因为经过锻炼，这块大石已经是“染此绀碧莹且温”，有了玉一般的光彩，而这与《红楼梦》中所描写的那块顽石的假性宝玉特征恰恰是一致的。青埂峰下那块顽石正因为经过女娲神手的锻炼，所以才局部有了玉的一些特征——绀（红）碧相间、晶莹温润，这也为后来二位仙师大展幻术使之“登时变成一块鲜明莹洁的美玉”打下了基础。无独有偶，在欧阳修笔下，这块菱溪大石也是被冠之以“宝玉”美称的，诗曰：“又云汉使把汉节，西北万里穷昆仑。行经于阗得宝玉，流入中国随河源。沙磨水激自穿穴，所以镌凿无瑕痕。”说这大石本是宝玉，是出使西域的汉使得自于阗，把它置于黄河源头，随河水冲到中原来，经过沙磨水激，所以会有那么多的窟窿。欧阳修的《菱溪石记》和《菱溪大石》诗以及朋友的和诗在文学史上是非常有名的创作，博学多才的曹雪芹不会不知晓，也许是欧阳修的创作启迪了曹雪芹《红楼梦》创作灵感呢！

值得庆幸的是，欧阳修笔下的这块菱溪大石被保留了下来，现存放在醉翁亭院内，经专家鉴定乃太湖石，经考察，其形态确为欧阳修所描述的那样。太湖石最早因产于太湖地区而得名。宋代杜绾《云林石谱》云：“平江府（今苏州市）太湖石产洞庭水中。”太湖石尤以太湖洞庭西山的鼋山、龙洞山和石公山为上乘，简称“湖石”。欧阳修获得的这块奇石是何方太湖石，不得而知，但醉翁喜欢，不仅赋诗作记，还向诗友梅尧臣、苏舜钦报喜。梅、苏两友也致书赠诗贺喜。苏舜钦《和菱溪石歌》亦成名诗，诗云：

滁州信至诧双石，云初得自菱水滨。
长篇称夸语险绝，欲使来者不复言。
画图突兀亦颇怪，张之屋壁惊心魂。

麒麟才生头角异，混沌虽死窍凿存。
琅邪之郡偏且僻，得石固可骇众观。
予尝飞帆入震泽，穷搜异境登龟鼋。
居民百户石为业，日夜采琢山不贫。
山前森列战白浪，犹似万百铁马群。
雨昏浪打岁月古，千株万穴僵复奔。
自嗟才力本衰弱，安敢抵敌为之文？
况兹出产极易致，乡俗见惯不甚尊。
彼以至少合贵重，胡为久弃如隐沦？
偶逢精识见奖拔，众目今乃称奇珍。
百人拥持大车载，城市观走风涛翻。
立于新亭面幽谷，共为澡刷泥沙痕。
凉泉下照嘉树阴，翠影澄澹留烟云。
褒以篇章绘缣素，积岁汩没一旦伸。
苟非高贤独赏激，终古弃卧于穷津。
世人爱憎逐兴废，使我吟叹伤精神。

——［宋］苏舜钦《苏学士集》卷五

苏舜钦诗“穷探异境登龟鼋”句下自注“太湖二山名，最出怪石”，即推测菱溪大石是太湖石，可能产自太湖龟鼋二山，并记述当日经营太湖石的盛况。诗中还描绘了滁人观赏奇石的盛况，所谓“百人拥持大车载，城市观走风涛翻”，因为滁州偏僻，菱溪石“苟非高贤独赏激，终古弃卧于穷津”，由于醉翁到来，“得此固可骇众观”。

第六章 ‖ 结交山僧，筑亭醉翁

第一节 琅琊古刹，智仙情厚

欧阳修虽然不信佛，但与佛徒却保持了较为通融友好的相处关系，所以到滁州后乐于和有道行的佛僧交往，慧觉方丈与智仙和尚便是他的知交。据《五灯会元》载，慧觉方丈，法号广照，宋初西洛人，其父曾为衡阳太守，病死任所。慧觉扶榇归洛，过沣阳药山古刹，宛若夙居，缘此出家。宋仁宗时，慧觉广照住持琅琊山开化禅寺，与雪窦寺（址在今浙江宁波鄞县）明觉法师于南北同时说法弘道。求法者多达500之众，其法嗣分布于安徽、江苏、浙江、福建、江西等省诸多州县，四方皆谓“二甘露门”。欧阳修《琅琊山六题》之一《慧觉方丈》，称赞他的品行。曾巩《奉和滁州九咏九首·慧觉方丈》评价他：“七言老意苍松蟠，百金古字青霞镌。儒林孟子先生是，墨者夷之后代传。”此诗用《孟子》中与墨者论辩使之诚服悦道的事典来赞誉慧觉方丈为浮屠而笃于儒学，这也解释了欧阳修缘何乐于与他结交的原因。

智仙作为慧觉方丈法嗣，后也住持琅琊山开化禅寺，史称其“有

琅琊寺观音站像

戒行而通儒言”(明万历《滁阳志》),欧阳修与他自然是一见如故。智仙考虑到欧阳修游山休息不便，便为他建造了亭子，然后请欧阳修命名，这在《醉翁亭记》中有明确表述：“作亭者谁?山之僧智仙也；名之者谁?太守自谓也。”不过，欧阳修在其它诗文中也曾提及醉翁亭是自己建造的。怎样理解这矛盾的说法?我们认为，《醉翁亭记》的说法应是最可靠的，欧阳修没有必要把功劳推到别人的头上，至于后来又称自己建了醉翁亭，那么可能是欧阳修确实参与了醉翁亭建造策划并出了资的，毕竟琅琊山“野僧”们经济上不会太宽裕，只不过具体操办实施都交给了智仙去做而已。醉翁亭建成后，欧阳修应当是先有亭诗，再有亭记，其在《题滁州醉翁亭》诗中写道：

四十未为老，醉翁偶题篇。
醉中遗万物，岂复记吾年。
但爱亭下水，来从乱峰间。
声如自空落，泻向两檐前。
流入岩下溪，幽泉助涓涓。
响不乱人语，其清非管弦。
岂不美丝竹，丝竹不胜繁。
所以屡携酒，远步就潺湲。
野鸟窥我醉，溪云留我眠。
山花徒能笑，不解与我言。
惟有岩风来，吹我还醒然。

全诗开篇阐明“醉翁亭”缘何题名“醉翁”的缘由，不是自己岁数大了，也不是自己爱酗酒，而是“醉中遗万物，岂复记吾年”，即在悠游山水、神与物游中忘却世上的烦恼，当然也包括自己的年龄。特别是亭下的泉水尤其令人陶醉，胜过丝竹所奏音乐。当然陶醉中的我绝不会沉沦下去，始终还会保持清醒的头脑。也正是这份清醒，奠定了后来成文的《醉翁亭记》乐而不淫，醉而能醒的创作基调。

醉翁亭记

环滁皆山也。其西南诸峰，林壑尤美。望之蔚然而深秀者，琅

滁州醉翁亭

琊也，山行六七里，渐闻水声潺潺，而泻出于两峰之间者，让泉也。峰回路转，有亭翼然临于泉上者，醉翁亭也。作亭者谁？山之僧智仙也。名之者谁？太守自谓也。太守与客来饮于此，饮少辄醉，而年又最高，故自号曰醉翁也。醉翁之意不在酒，在乎山水之间也。山水之乐，得之心而寓之酒也。

若夫日出而林霏开，云归而岩穴暝，晦明变化者，山间之朝暮也。野芳发而幽香，佳木秀而繁阴，风霜高洁，水落而石出者，山间之四时也。朝而往，暮而归，四时之景不同，而乐亦无穷也。

至于负者歌于途，行者休于树，前者呼，后者应，伛偻提携，往来而不绝者，滁人游也。临溪而渔，溪深而鱼肥；酿泉为酒，泉香而酒洌；山肴野蔌，杂然而前陈者，太守宴也。宴酣之乐，非丝非竹，射者中，弈者胜，觥筹交错，起坐而喧哗者，众宾欢也。苍颜白发，颓然乎其间者，太守醉也。

已而夕阳在山，人影散乱，太守归而宾客从也。树林阴翳，鸣声上下，游人去而禽鸟乐也。然而禽鸟知山林之乐，而不知人之乐；人知从太守游而乐，而不知太守之乐其乐也。醉能同其乐，醒能述以文者，太守也。太守谓谁？庐陵欧阳修也。

据说欧阳修完成《醉翁亭记》后，曾将文章抄出来，挂在几个城门口供来往行人帮助修改。太守之文，谁又敢提意见呢？好几天没个动静。又过几日，终于有一个砍柴的老翁来到官署，要给太守文章提意见，说文章开头写滁州四面都是山，叫这个山，叫那个山的，太啰唆了。于是欧阳修接受老翁的建议，大笔一挥删掉几十字啰唆的话，概括为“环滁皆山也”五个字以统领全文，显得非常有气势。对此，宋代朱熹《朱子语类》一百三十九卷载：“欧公文亦多是修改到妙处。顷有人买得他《醉翁亭记》稿，初说滁州四面有山，凡数十字。末后改定，只曰：‘环滁皆山也’五字而已。”当然，由于种种原因，《醉翁亭记》的最初稿本我们已无法看到，不过，可以肯定的是，此文经过了欧阳修的反复修改。欧阳修自称：“予平生所作文章，多在三上，乃马上、枕上、厕上也。”又说：“为文有三多：看多，做多，商量多也。”宋人周煇《清波杂志》卷十一记载，北宋进士、词人孙觉曾向欧阳修请教如何作文，欧阳修道：“此无他，唯勤读书而多为之，自工。世人患作文字少，又懒读书，每一书出，必求过人，如此少有至者。疵病不必待人指摘，多作自见之。”孙觉将此话作为座右铭。南宋周必大《欧阳文忠公集后序》也提到：听前辈人说，欧阳修写文章，常常将文稿挂在墙壁上，早晚出出进进，随见随改。好文章是改出来的，《醉翁亭记》也是这样改出来的。

第二节　欧文苏字，醉意无穷

《醉翁亭记》写成后，据宋人朱弁《曲洧旧闻》卷三载：“天下莫不传诵，家至户到，当时为之纸贵。”不过当时并没有马上刻碑，直到庆历八年三月（当时欧阳修已移知扬州），才由陈知明首次刻碑，后又改为苏轼的大字楷书碑，“欧文苏字”珠联璧合，更

明代冯若愚建宝宋斋

受世人珍重。据说，当时慕名前来拓碑者络绎不绝，连拓摹所用的毛毡都变得十分紧俏，甚至寺庙里老和尚垫床用的毛毡也被拿来使用，而且在过关卡时，可以用拓本抵税费。

与《丰乐亭记》的颂圣主题不同，《醉翁亭记》堪称是欧阳修文人性情的尽情抒发。醉翁亭建造的动机与丰乐亭也不尽相同，除了醉翁亭是智仙和尚为欧阳修而建，另一个重要的区别在于丰乐亭主要是发挥道德教化功能，而醉翁亭则为欧阳修心灵的寄托，因而更富于个性化色彩。可以说，丰乐亭所具有的功能醉翁亭某种程度上也有，但醉翁亭所具有的深厚的文化功能是丰乐亭所欠缺的，这也导致了《醉翁亭记》在写法上不仅与《丰乐亭记》不同（甚至有人称前者为“以文为戏”），更铸就了其极为复杂的思想情感内容，吸引着一代又一代读者去解读其中的“醉翁之意”。那么，何为“醉翁之意”呢？自可仁者见仁智者见智。

我们知道，一篇《醉翁亭记》可谓是“乐”字满篇，21个“也”字的文情畅快透露的也是个“乐”字，以至于很多人感觉到该文的主旨就是个“乐”字，“乐是全文中心”。当然，也有人反对这种看法，认为文中“乐”字的背后隐藏着深深的愤懑与悲痛，“作者写‘山水之乐’，并非是要表现自己真正醉心于自然山水，而在很大程度上是以‘乐’寓忧，以‘乐’托悲，表达对政治贬谪的抗争与蔑视”。甚至还以欧阳修同年在滁所作《梅圣俞诗集序》“穷而后工”理论来印证，说欧阳修“以希望有施于世而贬至滁州，‘内有忧思感愤之郁积’，故‘自放于山巅水涯之外’”。乐乎？忧乎？均不妨碍读者朗读时的一唱三叹的美感。

关于《醉翁亭记》中“与民同乐”主题的建构，也有学者提出质疑，认为太守之“乐”不是个人生理上的放纵之乐，情感上的超然之乐，而是道德上以他人之乐为乐。但此升华显然是有限的。“乐其乐”是“与民为乐”吗？“其”字从上下文看，是指随从欧阳修游观醉翁亭之宾客，并不等同于“民”——滁人。“乐其乐”是以宾客之乐为乐，并不等同于以州民之乐为乐。……“与民同乐”这一主旨，是后世读者不断选择和强化的结果。在读者的反复辨析与诠释中，具有以下两层含义：前提是太守施政惠民，使民安乐。内心欣慰，乐民之乐；结果是岁丰，民得有相携游览之乐。政简，吏得有优游山水之乐，有暇与贤人宾客诗酒为乐。此与民同乐也。以上两层含义不是直接表达于《醉翁亭记》中，《醉翁亭记》表达的是“乐”的结果，其前提要靠读者细心体会。

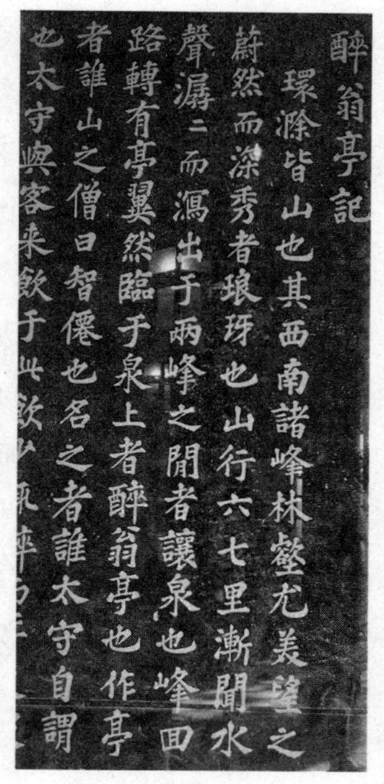

苏轼楷书醉翁亭记碑刻
（拓片局部）

而笔者认为这里对“民”的理解相对来说有些机械，“与民同乐”作为欧阳修在滁所作两亭记的思想基石，也是其“乐”之情怀达到极致的重要支撑。不过，醉翁亭侧重暗示的是醉乐，也就是醉心山水之乐，这在《醉翁亭记》中说得很明白——醉翁之意不在酒，在乎山水之间也；山水之乐，得之心而寓之酒也。当然，若仅仅是山水之乐，则醉翁可能会被人误认为是在消极避世或寄愤懑于山水之中，而山水之乐要变成“乐亦无穷也”，则必须来自内心的醒乐，“得之心”就是得之醒心，于是欧阳修又建造了醒心亭。一篇《醉翁亭记》“醉”字“乐”字满眼，六个“醉”字，十个“乐”字，最终归到一个“醒”字上。因醉而乐，因醒更乐。特别是最后一段议论，针对“与民同乐”的画面而发，由禽鸟乐（知山林之乐），到同僚乐（从太守游而乐），最后到太守乐（乐其乐），其最终是表达作者内心的极乐。太守之乐不同于禽鸟之乐、同僚之乐，就在于禽鸟和同僚是各得其乐而不懂太守之乐，而太守之乐不仅“醉能同其乐”，更为“醒能述以文”，去充分表现自然美景与太平盛景完美融合而在内心感到的无上快乐（至乐）。当然，所以能获得如此的快乐，前提是必须远离朝廷是非之地而抱有让的情怀。

第七章 ‖ 亭建醒心，弟子著文

第一节　曾巩来拜，委托重任

为了更好地寄寓自己贬滁后的心迹，欧阳修后又在离丰乐亭不远的山坡上，亲自策划建造并命名另外一个亭子——醒心亭，取韩愈《北湖》诗“应留醒心处，准拟醉时来”句意，于是醒心亭与丰乐亭、醉翁亭成了“三姊妹”。恰好庆历七年八月，曾巩侍奉父亲进京，途经金陵，他们从宣化镇渡过长江，取道滁州北上，顺便就拜谒了欧阳修。这让欧阳修特别高兴，当时醒心亭才建好，还没有亭记，欧阳修也想检验下弟子曾巩写作水平有无长进，便将写作亭记的重任交给才二十八岁的文学青年曾巩。老师的重托弟子自然是推脱不掉的，当然，曾巩的才华及与老师的交情亦足以担当此写作重任，而曾巩最终也没有辜负老师的重托，于八月十五中秋节那天交上了一份满意的答卷。曾巩的《醒心亭记》的确是出手不凡，阐释欧阳修贬滁心迹十分到位。

醒心亭记

滁州之西南，泉水之涯，欧阳公作州之二年，构亭曰“丰乐”，自为记，以见其名之意。既又直丰乐之东几百步，得山之高，构亭曰“醒心”，使巩记之。

凡公与州之宾客者游焉，则必即丰乐以饮，或醉且劳矣，则必即醒心而望，以见夫群山之相环，云烟之相滋，旷野之无穷，草树众而泉石嘉，使目新乎其所睹，耳新乎其所闻，则其心洒然而醒，更欲久而忘归也。故即其所以然而为名，取韩子退之《北湖》之诗云。噫！其可谓善取乐于山泉之间，而名之以见其实，又善者矣。

虽然，公之乐，吾能言之。吾君优游而无为于上，吾民给足而无憾于下，天下学者皆为材且良，禽鱼鸟兽草木之生者皆得其宜，公乐也。一山之隅，一泉之旁，岂公乐哉？乃公所以寄意于此也。若公之贤，韩子殁数百年而始有之。今同游之宾客，尚未知公之难遇也。后百千年，有慕公之为人而览公之迹，思欲见之，有不可及之叹，然后知公之难遇也。则凡同游于此者，其可不喜且

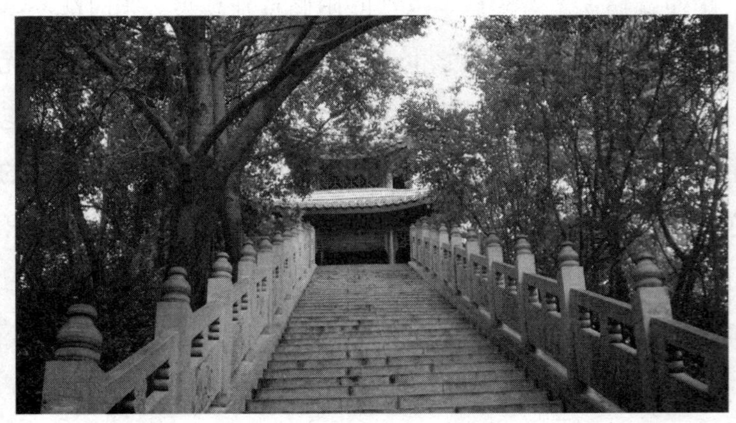

滁州醒心亭（重建）

幸欤？而巩也，又得以文词托名于公文之次，其又不喜且幸欤！庆历七年八月十五日记。

——［宋］曾巩《元丰类稿》卷十七

欧阳修让弟子写《醒心亭记》，除了表现他一贯奖掖后进的作风，从著文角度看其实也是有用意的。《醉翁亭记》是随性之文，《丰乐亭记》是“太守之文”，两文寄意上可谓一隐一显，但都容易造成人们理解上的误解，特别是《醉翁亭记》“乐”“醉”的情感意旨，至今学界还有不少争论，通过《醒心亭记》便可破除那些不必要的误读，但是由欧阳修亲自操刀捉笔，表明心迹，却显得并不合适，交给弟子代写则可避免写作上的这种尴尬，并保持读者阅读上的审美乐趣。所以《醒心亭记》是我们理解欧阳修其它二亭记的重要参照，将三篇亭记联读配合欧阳修其它所作滁州诗文，才能更好地把握欧阳修贬滁后的真实心态。曾巩代老师所作的文章不同于后世那些无数的阐释文章，毕竟《醒心亭记》是欧阳修亲自过目把关的，若弟子曲解自己的用意，老师应当会及时纠正的吧。

曾巩在文中不仅说明了建醒心亭的缘由，还很清楚地阐释了欧阳修建丰乐、醉翁二亭及其二记的用意所在，“醉”“乐”何处，即所谓“公之乐，吾能言之。吾君优游而无为于上，吾民给足而无憾于下。天下之学者，皆为材且良；禽鱼鸟兽草木之生者皆得其宜，公乐也。一山之隅，一泉之旁，岂公乐哉？乃公所寄意于此也”。他还超前预见自己老师的千年不朽，所谓“若公之贤，韩子殁数百年而始有之。今同游之宴客，尚未知公之难遇也”。认为像欧阳修这样的贤德文才，韩愈死后数百年才有这么一位，现在与他同游的宾客们却都还不知道欧阳修的难得，而千百年后当人们都知道仰慕欧阳修时，却没有见欧阳修一面的机缘，故曾巩能为自己受老师之托作《醒心亭记》感到无比的快乐与幸运！诚如清代学者张伯行《唐宋八大家文钞》卷十五评语所言：“《丰乐亭记》，欧阳修之自道其乐也；《醒心亭记》，子固能道欧阳修之乐也。然皆所谓有‘后天下之乐而乐’者。结处尤一往情深。”

曾巩在滁盘桓二十几日，跟随老师欧阳修赏名胜，留有《奉和滁州九咏九首并序》，小序云：“先生贬守滁。滁，小州，先生为之，殆无事。环州多佳山水，最有名琅琊山。近得之日幽谷，先生散游其间，又赋诗以乐之。巩得而赓之者，凡九章。”

琅琊泉石篆

阳冰绝艺天下称，琅琊石篆新有名。
初留泉涯俗谁顾，一日贵重由先生。
古今书法不可数，犹有字本存于经。
我于八体未曾学，虽得此字宁能评？
高文老笔又所爱，欲叙仿佛辞非精。
笔端应驱鬼神聚，笔妙敻与阴阳争。
刻雕万象出冥昧，不见刀斧曾经营。
奇形挺若耸崖巘，险势直恐生风霆。
雨来莽苍蛟龙起，秋入寥泬星斗明。
先生七言载其侧，为地自与丘山平。
先生抱材置荒郡，有若此字存岩扃。

当还先生坐廊庙，悉引万事归绳衡。
遂收此字入秘府，不使日灼莓苔萦。
高材重宝不失一，唐舜汤禹宁非明。

游琅琊山

飞光洗积雪，南山露崔嵬。
长淮水未绿，深坞花已开。
远闻山中泉，隐若冰谷摧。
初谁爱苍翠，排空结楼台。
巘巘架梁栋，辉辉刻琼瑰。
先生鸾凤姿，未免燕雀猜。
飞鸣失其所，徘徊此山隈。
万事于人身，九州一浮埃。
所要在道德，不愧丘与回。
先生逐二子，谁能计垠崖。
所怀虽未写，所适在欢咍。
为语幕下士，殷勤羞甕醅。

归云洞

洞远人言接沧海，洞幽晴始见莓苔。
天下颙颙望霖雨，岂知云入此中来。

琅琊溪

野草山花夹乱流，桥边旌旆影悠悠。

即应要地无人见，可忍开时不出游。

班春亭

山亭尝自绝浮埃，山路辉光五马来。
春满人间不知主，谁言炉冶此中开。

庶子泉

琅琊石泉清照人，里无泥沙表无尘。
风翻日炙夏潦尽，古练一匹常痲沦。

石屏路

石屏不见刀斧痕，石下初谁得行径。
千骑来时停管弦，月明更觉山中静。

慧觉方丈

七言老意苍松蟠，百金古字青霞镌。
儒林孟子先生是，墨者夷之后代传。

幽谷晚饮

先生卓难攀，材真帝王佐。
皎皎众所病，蜿蜿龙方卧。
卷彼天下惠，赴此一郡课。
幕府既多暇，山水乃屡过。
旌旗拂蒙密，车马惊坎坷。

爱此谷中泉，声响远已播。
槎横势逾急，雨点绿新破。
旁生竹相围，竦竦碧千个。
遥源窅难窥，盘石坦如磋。
游鳞戢可数，飞鸟嘤相和。
援琴薰风后，结字寒岩左。
觥筵已得月，金纨尚围坐。
心如含逍遥，语不缀招些。
一时耸传观，千载激柔懦。
甘棠诗之怀，岘首泪尝堕。
况在盛德下，襦袴人所荷。
不假碑刻垂，栋牖敢隳挫。
当今甲兵后，天地合轗轲。
先生席上珍，岂忍沟中饿。
毋徐黑幡招，当驰四方贺。

——［宋］曾巩《元半类稿》卷二

在这一组和诗中，曾巩除了欣赏醉美琅琊山水，解读与体会着老师欧阳修原作中蕴含的意义，还特别对自已老师身处荒郡而抱不平，如说“先生抱材置荒郡，有若此字存岩扃”（《琅琊泉石篆》）。说“先生鸾凤姿，未免燕雀猜。飞鸣失其所，徘徊此山隈”（《游琅琊山》）。同时，也赞美欧阳修的才德与精神境界，“先生卓难攀，材真帝王佐”（《幽谷晚饮》）。“所要在道德，不愧丘与回”（《游琅琊山》）。

曾巩离滁时，欧阳修还特地捎以书信向杜衍推荐他：

某顿首。山僻少便，阙于修问，伏惟台候万福。进士曾巩者，好古，为文知道理，不类乡间少年举子所为，近年文稍与，后进中如此人者，不过一二。阁下志乐天下之英材，如巩者进于门下，宜不遗之。恐未知其实，故敢以告，伏怜矜察。

——《与杜正献公七》

庆历七年九月，曾巩携欧阳修书信至南京（今河南商丘），另作《上杜相公书》向年初已退隐在家的杜衍自荐。在书信中，曾巩一方面称颂杜公贤德："以己之材为天下用，则用天下而不足；以天下之材为天下用，则用天下而有余。"一方面表达拜访之意："今也过阁下之门，又当阁下释衮冕而归，非干名蹈利者所趋走之日，故敢道其所以然，而并书杂文一编，以为进拜之资。蒙赐之一见焉，则其愿得矣。"由此，曾巩得以结识"百日宰相"杜衍。

欧阳修在滁州不仅提携弟子曾巩，而且还提携后学王安石。庆历七年八月，曾巩顺便还捎来刚履职鄞县（今浙江宁波鄞州区）的王安石新作的文章，欧阳修看了大加赞赏，其在《与曾舍人书》中说："辱示介甫鄞县新文，并足下所作《唐论》，读之饱足人意。盛哉盛哉！天下文章，久不到此矣。"[①]当时，欧阳修正将历年登门

① 东英寿《新见欧阳修九十六篇书简笺注》。上海古籍出版社2014年6月版，第79页。

后学的投卷献文，挑选优秀可采者，辑录成册，题名为《文林》，王安石的很多篇章当即被选入。对此，是年曾巩有《与王介甫第一书》曰：“自宣化渡江来滁上，见欧阳先生……欧阳修悉见足下之文，爱叹诵写，不胜其勤。”在转告欧阳修对王安石的文采欣赏同时，还指出了文章中存在的不足：“欧阳修更欲足下少开廓其文，勿用造语及模拟前人，请相度示及。欧云：孟韩文虽高，不必似之也，取其自然耳。”曾巩还转达了欧阳修邀请王安石面谈之意：“欧阳修甚欲一见足下，能作一来计否？胸中事万万，非面不可道。”惜王安石才鄞县履新，公事繁忙，不能前来，但已经在欧阳修心中留下了深刻的印象。

第二节 三亭三乐，醉中有醒

欧阳修在滁州所命名的三座亭子实际上是有极深寓意的，即蕴含着“三亭三乐”。丰乐亭是从政治层面上侧重暗示丰乐，民以食为天，解决温饱问题是快乐的前提，否则就谈不上“与民共乐”；醉翁亭从文人性情角度侧重暗示醉乐，即醉心山水之乐，但山水之乐可以个人，也可以群体，若有了“与民共乐”，人生才更有境界。

欧阳修《丰乐亭记》说，滁州人“安于畎亩衣食，以乐生送死”，说明滁州人天生性格中就有乐天达观的一面。欧阳修《醉翁亭记》中乐的情怀无疑受到了滁州人的感染熏陶，作者被贬滁州本来无论如何是乐不起来的，山水之乐也不是说明滁州山水冠绝天下，之前作者已不知领略了多少天下胜景，山水之乐因为浸染了“与民同乐”而成为“乐以无穷矣”。清人曾将《醉翁亭记》与《丰乐亭记》作过对比，曰：“《丰乐》者，同民也，故处处融合滁人。《醉翁》者，写心也，故处处摄归太守。”[①]清人黄仁黼选评《古文笔法百篇》也认为，《醉翁亭记》更侧重表现一种豁然旷达的心境，得山水之乐于一心，有苏东坡之超然物外，无柳宗元之抑郁悲凉，其曰：

六一公之守滁也，尝与民乐岁物之丰，而兴幸生无事之感。故其篇中写滁人之游，则以“前呼后应”“伛偻提携”为言，以视忧乐之不关心者何如也？至其丝竹不入，而欢及众宾；禽鸟声闻，而神游物外；绝无沦落自伤之状，而有旷观自得之情。是以乘兴而来，尽兴而返，得山水之乐于一心，不同愚者之喜笑眷慕而不能去焉。然此记也，直谓有文正之规勉，无白傅之牢愁；有东坡之超然，无柳子之抑郁。岂不可哉？岂不可哉？

的确，山水之乐与醉翁相连，极容易被人误解是在消极避世或寄愤懑于山水之中，犹如当年柳宗元被贬永州心态，而山水之乐化为“乐亦无穷”，则还必须来自内心的醒乐，“得之心而寓之酒”，即得之醒心而寄寓于酒。醉翁不是喝醉的老头子，而是欧阳修在经

① 清浦起龙《古文眉诠》卷五十九，清乾隆九年刻本。

历风起云涌之后回归文人性情的潇洒自喻；由让而醉，醉而能醒，醒而更乐，乐及无穷，这才是欧阳修贬滁后的真实心态变化，建造醒心亭就是为了以明心迹（即暗示醒乐）。然而一切快乐的获得，前提是必须远离朝廷是非之地而抱有让的情怀，于是乎便有了欧阳修醉心的“让泉”。

第八章 ‖ 故友学子，慕名交游

第一节　朋友安慰，胜似美酒

欧阳修在滁州心态的改善，与他政界文坛结交的朋友之鼓励及安慰是分不开的。从欧阳修留下的书信来看，他在滁保持联系的朋友或同僚有梅尧臣、苏舜卿、曾巩、韩琦、杜衍、晏殊、文彦博、滕子京、章伯镇、许元、李宽、王骐骥、邵必、李定、贾黯、杨察、李柬之、韩绛、刁景纯等几十人，多是政治和文学上的志同道合者。

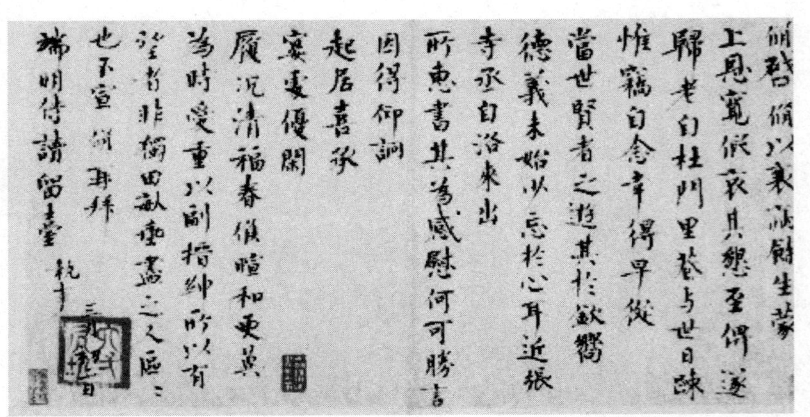
修啓。修以衰病餘生蒙
上恩寬假哀其懇至俾遂
歸老自杜門里巷與世日疏
惟竊自念幸得早從
當世賢者之遊其於欽嚮
德義未始以忘於心耳近張
寺丞自洛來出
所惠書其為感慰何可勝言
因得仰詢
起居喜承
寢處優閑
履況清福春候暄和更冀
為時愛重以副搢紳所以有
望者非獨田畝垂盡之人區區
也不宣　修再拜
端明侍讀留臺　執事

欧阳修手迹

如韩琦（1008—1075），于庆历五年罢知扬州时，欧阳修也贬知滁州。韩琦多有书信问候欧阳修，并特意派人给他送去10种芍药花。自此两人一直保持着频繁的书信往来，结下深厚友情。《欧阳修全集》中《与韩忠献王稚圭》书简竟多达45首，韩琦《安阳集》亦保留与欧阳修往来诗文3首。二人在书信中畅所欲言，无所不谈，堪称知己，故韩琦在《祭少师欧阳修永叔文》中自谓“天下知琦者，莫如欧阳修”。

如许元（988—1057），欧阳修庆历六年春有两封信写给他，即《与许发运启》和《又与许发运启》，欧阳修离滁之后，两人交往似乎更加密切。庆历八年欧阳修为许元的私家园林——泰州南园写过《海陵许氏南园记》，皇祐三年为许元江浙荆淮制置发运使衙门的官家花园——东园写过《真州东园记》；诗歌方面欧阳修则留有《寄子春发运待制》《答许发运见寄》《招许主客》等作品。特别是许元去世后，欧阳修于嘉祐二年写过《尚书工部郎中充天章阁待制许公墓志铭》，后又专门撰写《许元传》，可见两人交情很深，而这种交情欧阳修知滁期间就已培育。

《与许发运启》曰：

伏念僻守郡封，殆不通于辙迹；邈瞻风采，缺驰问于兴居。恭惟按省之余，克保粹和之妙。治朝急士，方渴仲于宏材；漕最淹贤，况已升于美绩。即期迅用，以奋远图。企颂之私，缕言非罄。

《又与许发运启》曰：

伏念睽异风徽，屡更年律。河壖阻邈，常辱邮音；淮郡僻荒，亦蒙诲问。荷顾存之至厚，慰艰拙以兹多。此者伏审某人荣被恩俞，近移使节。望行舟而非远，申良觌以未涯。惟贤业之素彰，蔼勋勤而夙著。伫从公议，别霈宠光；岂此漕输，可淹杰俊？春阳方盛，福履惟休。感咏瞻依，交集诚悃。

书信写得非常文气，也很客气。看得出来，彼此欣赏有加。欧阳修虽然“僻守郡封”，但心系天下，还不时鼓励许元。许元虽然在文坛名气不大，但在政坛却非等闲之辈，人称“北宋理财能手”。许元（988—1057），字子春，号南园，宣城人。《歙县城东许氏宗谱》以及《歙县志》里则说许元是歙县许村人。五代十国时期，许元的先祖，由中原入迁至歙县，子孙繁衍，初期多在宣歙之间仕宦、经商。许元父亲许逖为南唐监察御史，入宋后迁京南转运使，许元生在宣城，后在汴梁、真州（今江苏仪征）、扬州、海陵等地做官，嘉祐二年去世后葬在真州扬子县甘露乡，生二子宗梦、宗旦，宗梦子（许）透迁居绩溪云川大桥，故《绩溪县志》称许元为绩溪人。时任参知政事（副宰相）的范仲淹曾向皇帝举荐许元，在奏章中说：“（许元）才力精干，达于时务”，“以江淮制置发运司为财赋之要地，最宜得人”，于是朝廷始任命许元为江淮两浙荆湖发运判官。许元亦不负厚望，“为吏强敏，尤能商利”，成为中国“定额”的首创者，后官至工部郎中天章阁待制。江淮发运使的治所原先在真州，后迁至扬州，地处运河与长江交汇之所，是宦游、商旅、游历之士的中转枢纽。欧阳修移知扬州后，与许元交往更密，并介绍梅尧臣与许元认识，共同度过非常美好的一段时光。许元曾有“芍药琼花应有恨，维扬新什独无君”的诗句相赠，欧阳修回赠诗《答许发运见寄》：“琼花芍药世无伦，偶不题诗便怨人。曾向无双亭下醉，自知不负广陵春。”足见两人情谊深厚。欧阳修评价许元“理繁而得其要则简，简则易行而不违，惟简与易，然后其力不劳而有余”（《海陵许氏南园记》）。又言：“公为人善谈论，与人交，久而益笃。于其家尤孝悌，所得俸禄分给宗族，无亲疏之异”（《尚书工部郎中充天章阁待制许公墓志铭》）。

再比如庆历七年慕名来滁拜访欧阳修的徐无党、徐无逸。徐无党（1024—1086），婺州永康（今浙江永康）人，与徐无逸是兄弟。据《文献通考·宋登科记》记载：“皇祐五年，进士五百二十人，诸科五百二十二人，省元徐无党，状元郑獬。”宋代礼部试进士第一名称省元，礼部属尚书省，故称省元。欧阳修《送徐无党南归序》称，徐无党“少从予学，为文章，稍稍见称于人”。另据欧阳修《答徐无党第一书》《答徐无党第二书》和《喜雪示徐生》《和对雪忆梅花》《归雁亭》等诗，徐无党早在庆历二年（1042）秋冬之际，就曾拜会过欧阳修，后又于庆历四年（1044）与欧阳修同游过绛州嵩巫亭。

欧阳修与徐无党有着较深厚的师生之谊，常通过写信、写诗方式启发、指导徐无党。宋皇祐五年（1053），二十九岁的徐无党参加礼部考试获省元，当年任职渑池县宰，欧阳修连续写《送徐生之渑池》《与渑池徐宰无党其一》《与渑池徐宰无党其二》等诗勉励。皇祐六年（1054），三十岁的徐无党从渑池回到永康，欧阳修又写了《送徐无党南归序》，以“三不朽”勉励徐无党。徐无党后来做官清正，专注于《五代史》作注，应当与欧阳修教导有关。清人曾国藩曾在笔记中赞道："余好读欧阳修《送徐无党南归序》，乃知士之贤者，其志趣殊不愿以文人自命。"此次徐无党偕其弟无逸不顾路遥，再次来到偏僻的滁州访学，这让欧阳修深为感动，与兄弟作别时便在唐代名臣李德裕所建著名的怀嵩楼宴请两兄弟，写下《怀嵩楼晚饮示徐无党无逸》一诗，诗曰：

滁山不通车，滁水不载舟。
舟车路所穷，嗟谁肯来游。
念非吾在此，二子来何求。
不见忽三年，见之忘百忧。
问其别后学，初若茧绪抽。
纵横渐组织，文章烂然浮。
引伸无穷极，卒敛以轲丘。
少进日如此，老退诚可羞。
弊邑亦何有，青山绕城楼。
泠泠谷中泉，吐溜彼山幽。
石丑骇溪怪，天奇瞰龙湫。
子初如可乐，久乃叹以愀。
云此譬图画，暂看已宜收。
荒凉草树间，暮馆城南陬。
破屋仰见星，窗风冷如镂。
归心中夜起，辗转卧不周。
我为办酒肴，罗列蛤与蚌。
酒酣微探之，仰笑不颔头。

曰予非此侬，又不负谴尤。
自非世不容，安事此为囚。
幸以主人故，崎岖几摧辀。
一来勤已多，而况欲久留。
我语顿遭屈，颜惭汗交流。
川涂冰已壮，霰雪行将稠。
羡子兄弟秀，双鸿翔高秋。
嗈嗈飞且鸣，岁暮忆南州。
饮子今日欢，重我明日愁。
来贶辱已厚，赠言愧非酬。

从诗中可以看出，欧阳修见到兄弟俩非常高兴，顿时忘记了所有烦恼，并对他们近年来学业上不断取得的进步感到欣慰，还邀二人一起游览滁州风光，所谓“弊邑亦何有，青山绕城楼。泠泠谷中泉，吐溜彼山幽。石丑骇溪怪，天奇瞰龙湫”。几天后，兄弟俩要离开了，欧阳修还依依不舍，特地设宴饯别，酒酣之际还试探性询问二徐可否在滁州多逗留几天？所谓“酒酣微探之，仰笑不颔头”。二徐先是微笑没有点头，接着“曰予非比侬，又不负谴尤。自非世不容，安事此为囚”，大意是：我们不像你，我们不需要承担谴责的过错，也不是世道不容纳我们，为什么要在这里过囚徒一样的生活呢？二徐的话让欧阳修顿时是“我语顿遭屈，颜惭汗交流”，这一方面表明徐氏兄弟的踌躇满志，另一方面也透露了欧阳修“尸禄端居，未能报国”的羞愧之心，唯有寄希望于徐氏兄弟“双鸿翔高秋”了。

除徐氏兄弟外，欧阳修还有一首赠别诗《送张生》，提到他与一个姓张故友的交往，诗曰：

一别相逢十七春，
颓颜衰发互相询。
江湖我再为迁客，
道路君犹困旅人。
老骥骨奇心尚壮，
青松岁久色逾新。
山城寂寞难为礼，
浊酒无辞举爵频。

张生大概是欧阳修早年在京结识的友人，已经离别十七年，二人再次相聚，却已是“颓颜衰发”，饱受了人生风霜雪雨，但仍然是“老骥骨奇心尚壮，青松岁久色逾新”，仍要为心中的理想而奔波奋斗。

欧阳修还有一位一道进士及第的年兄，要远赴阆州（今四川阆中）出任通判，特来滁州告别。于是，欧阳修为他设宴饯行，想来十年前金銮唱名，曲江会宴，何等春风得意，如今孤城寒日，秋山尽染，无限迷茫惆怅，有感彼此仕途蹇乖，同病相怜，赋《临江仙》词：

记得金銮同唱第，春风上国繁华。如今薄宦老天涯。十年岐路，空负曲江花。

闻说阆山通阆苑，楼高不见君家。孤城寒日等闲斜。离愁难尽，红树远连霞。

欧阳修喜操琴，在滁与琴友的交往也值得一提。欧阳修曾作《三琴记》言：“余自少不喜郑卫，独爱琴声，尤爱《小流水》曲。平生患难，南北奔驰，琴曲率皆废忘，独《流水》一曲梦寝不忘，今老矣，犹时时能作之。其他不过数小调弄，足以自娱。琴曲不必多学，要于自适。”在《送杨寘序》中也说：“予尝有幽忧之疾，退而闲居，不能治也。既而学琴于友人孙道滋，受宫声数引，久而乐之，不知疾之在其体也。”的确，欧阳修一生以梅尧臣诗和古琴为至爱，家中珍藏旧琴一张，自称“宝玩”，晚年起号“六一居士”，其中一个“一”便是“琴一张”，他还把自己词集命名为《醉翁琴趣外篇》，还作过《论琴帖》，提出“在人不在器”的主张，强调弹琴的自适，其诗《夜坐弹二首》云：“吾爱陶靖节，有琴常自随。无弦人莫听，此乐有谁知？君子笃自信，众人喜随时。其中苟有得，外物竟何为？寄意伯牙子，何须钟子期。”实引“但识琴中趣，何劳弦上音”的陶渊明为知己。另据张端义《贵耳集》记载，欧阳修贬为夷陵令时尝得一琴于河南刘矶，系常琴；后来作舍人时又得一琴，乃张粤琴；后作学士又得一琴，乃雷琴。所以，琴也伴随着欧阳修到滁州，闲暇时光，欧阳修抚琴自唱，驱赶寂寞，自娱自适。无奈滁州这里偏僻，知琴者不多，倒是有几分遗憾。其在《弹琴效贾岛体》诗中写道：

古人不可见，古人琴可弹。

弹为古曲声，如与古人言。
琴声虽可听，琴意谁能论。
横琴置床头，当午曝背眠。
梦见一丈夫，严严古衣冠。
登床取之坐，调作南风弦。
一奏风雨来，再鼓变云烟。
鸟兽尽嘤鸣，草木亦滋蕃。
乃知太古时，未远可追还。
方彼梦中乐，心知口难传。
既觉失其人，起坐涕汍澜。

所以，当有懂琴的朋友到来之时，欧阳修高兴的心情可想而知。无为军（治所今安徽无为县）的道士李景仙至滁，尝为他弹琴，听完琴，他由衷赞叹，写下《赠无为军李道士二首》，诗曰：

无为道士三尺琴，中有万古无穷音。
音如石上泻流水，泻之不竭由源深。
弹虽在指声在意，听不以耳而以心。
心意既得形骸忘，不觉天地白日愁云阴。

李师琴纹如卧蛇，一弹使我三咨嗟。
五音商羽主肃杀，飒飒座上风吹沙。
忽然黄钟回暖律，当冬草木皆萌芽。
郡斋日午公事退，荒凉树石相交加。

李师一弹凤凰声，空山百鸟停呕哑。
我怪李师年七十，面目明秀光如霞。
问胡以然笑语我，慎勿辛苦求丹砂。
惟当养其根，自然烨其华。
又云理身如理琴，正声不可干以邪。
我听其言未云足，野鹤何事还思家。
抱琴揖我出门去，猎猎归袖风中斜。

全诗除了赞美李道士琴艺的高超，更强调“弹虽在指声在意，听不以耳而以心”，即作为演奏者应重视“意”的传达，而欣赏者则应当用“心”去体察琴声中的意旨，进而达到“心意既得形骸忘”“中有万古无穷音”的审美境界。而要做到这一点，无论演奏者还是欣赏者都应注重个人的修养，所谓“惟当养其根，自然烨其华。”琴理是这样，人生又何尝不是这样？只不过李道士在悟“道”，醉翁在悟“理”。

第二节 交情最深，当推圣俞

当然，欧阳修故友中交往时间最长、交情最深的当推梅尧臣，梅尧臣对贬滁期间欧阳修心态的影响不容忽视。

梅尧臣（1002—1060），字圣俞，宣城（今安徽宣城）人，世称宛陵先生，在北宋诗文革新运动中，梅尧臣与欧阳修、苏舜钦

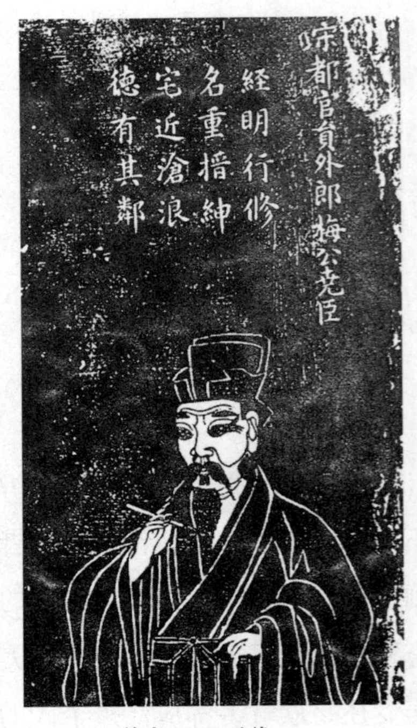

梅尧臣石刻像

齐名，并称“梅欧”或“苏梅”，为“宋诗的开山祖师”。欧梅两人于天圣九年（1031）在洛阳初逢，直到梅尧臣五十九岁辞世，凡二十九年，两人的友谊从未间断并不断地加深。欧阳修贬滁期间，梅尧臣通过书信与赠诗给欧阳修精神上以极大的安慰，欧梅之间友情已经升华为知己之情，彼此心意相通，相互理解，共同勉励，堪称文坛一段佳话。欧阳修贬滁当年，当时在许昌幕的梅尧臣就曾应内弟滁州判官谢通微（谢绛堂弟）之邀寄诗欧阳修，题为《方在许昌幕内弟滁州谢判官有书邀余诗送近闻欧阳永叔移守此郡为我寄声也》，诗曰：

从事滁阳去，寄音苦永诗。
吾诗固少爱，唯尔太守知。
不敢辄所拒，勉勉作此辞。
山城本寂寞，物色同淮夷。
淮俗旧轻僄，未识远博宜。
无将麟在郊，便欲等文狸。
尔去事太守，当矫庸庸为。

伊人道义富，尝立天子墀。

我辈在蚁垤，难谓太华卑。

又若游蹄涔，安见沧海涯。

况于尔实亲，告尔尔勿疑。

在诗中，梅尧臣一边表达了他对欧阳修的知己之情，所谓“吾诗固少爱，唯尔太守知”，一边告诫内弟谢缜“尔去事太守，当矫庸庸为”，即要鼎力协助欧阳修在滁州的工作，不要碌碌无为。此后，欧、梅不断有诗歌和书信来往，如梅尧臣赠寄欧阳修或与欧阳修相关之诗，作于庆历六年的有：《寄滁州欧阳永叔》《欧阳永叔寄琅琊山李阳冰篆十八字并永叔诗一首欲予继作因成十四韵奉答》《和永叔琅琊山六咏》《过颍桥怀永叔》《水丘于西湖得活鲫鱼三尾见遗余顷在襄城获数尾时欧阳永叔方自乾德移滑台留待其至且有诗后居京师蔡仲谋者亦有以赠乃思襄时所留复有诗于今三得三咏之矣》《和欧阳永叔啼鸟十八韵》《和永叔桐花十四韵》《寄题滁州丰乐亭》等；作于庆历七年的有：《韩玉汝遗澄心纸二轴初得此物欧阳永叔又得于宋次道又得于君伯氏子华今则四矣》《九月五日梦欧阳永叔》《得曾巩秀才所附滁州欧阳永叔书答意》《依韵和欧阳永叔秋怀拟孟郊体见寄二首》；作于庆历八年的有：《对残雪怀欧阳永叔》《寄题滁州醉翁亭》《酌别谢通微判官兼怀欧阳永叔》《和永叔郡斋闻百舌》等。欧阳修赠寄或与梅尧臣有关的诗则有：《读蟠桃诗寄子美》（一作《读圣俞蟠桃诗寄子美》）《病中代书奉寄圣俞二十五兄》《秋怀二首寄圣俞》《别后奉寄圣俞二十五兄》（一作《叙别寄圣俞兼酬进道堂夜话见寄之什》）等。另外，欧阳修贬滁期间写给梅尧臣的书信还有四则，其中庆历七年作《与梅圣俞四十六通》十九已见前文论述，这里我们通过分析另外三则书信，亦可直接窥见欧阳修心态的变化。

《与梅圣俞四十六通》十七（庆历六年）：

某顿首。贬所僻远，特烦遣人至此，并得陈留书新集诗、见寄诗、见和诗，外杂诗一卷、碑文数本、《千字文》等，岂胜慰喜。琅邪泉石篆诗，只候子美诗来，已招子美自来书而刻之。《游山六咏》等，即欲更立一石，不惜早见寄也。诗序谨如命附去，盖述大手作者之美，难为言，不知称意否？其他事，谷正在此数日，备见所为，可知居此之况，不烦述也。“闭户”“饱斋”之句，怎生讳得。呵呵。相次奉和见寄诗，别拜状次。春暖，千万保重。

是年，梅尧臣在许州幕，派人书信问候并捎来自己新诗集、和诗及碑文等，让欧阳修特别高兴。梅妻兄谢绛之子谢景初取梅自洛阳至吴兴以来所作诗，次为十卷，请欧阳修作序，欧阳修欣然命笔，这便是历史有名的《梅圣俞诗集序》，序云：

予闻世谓诗人少达而多穷，夫岂然哉？盖世所传诗者，多出于古穷人之辞也。凡士之蕴其所有而不得施于世者，多喜自放于山巅水涯之外，见虫鱼草木风云鸟兽之状类，往往探其奇怪，内有忧思感愤之郁积，其兴于怨刺，以道羁臣寡妇之所叹，而写人情之难言。盖愈穷则愈工。然则非诗之能穷人，殆穷者而后工也。

予友梅圣俞，少以荫补为吏，累举进士，辄抑于有司，困于州县，凡十余年。年今五十，犹从辟书，为人之佐，郁其所蓄，不得奋见于事业。其家宛陵，幼习于诗，自为童子，出语已惊其长老。既长，学乎六经仁义之说，其为文章，简古纯粹，不求苟说于世。世之人徒知其诗而已。然时无贤愚，语诗者必求之圣俞；圣俞亦自以其不得志者，乐于诗而发之，故其平生所作，于诗尤多。世既知之矣，而未有荐于上者。昔王文康公尝见而叹曰："二百年无此作矣！"虽知之深，亦不果荐也。若使其幸得用于朝廷，作为雅、颂，以歌咏大宋之功德，荐之清庙，而追商、周、鲁颂之作者，岂不伟欤！奈何使其老不得志，而为穷者之诗，乃徒发于虫鱼物类、羁愁感叹之言。世徒喜其工，不知其穷之久而将老也！可不惜哉！

圣俞诗既多，不自收拾。其妻之兄子谢景初，惧其多而易失也，取其自洛阳至于吴兴以来所作，次为十卷。予尝嗜圣俞诗，而患不能尽得之，遽喜谢氏之能类次也，辄序而藏之。

其后十五年，圣俞以疾卒于京师，余既哭而铭之，因索于其家，得其遗稿千余篇，并旧所藏，掇其尤者七百七十七篇，为一十五卷。呜呼！吾于圣俞诗论之详矣，故不复云。

欧阳修在文中有感于梅圣俞十余年沉沦下僚、坎坷不遇的创作生涯，提出"盖愈穷则愈工。然则非诗之能穷人，殆穷者而后工也"的著名论断，并得到圣俞认同。其后十五年圣俞病卒于京师，即嘉祐六年（1061），欧阳修作《梅圣俞墓志铭》又曰："余尝论其诗曰：'世谓诗人少达而多穷，盖非诗能穷人，殆穷者而后工也。'圣俞以为知言。"需要指出的是，该序的主体部分是庆历六年欧阳修为梅诗初次结集写下的，圣俞故去，欧阳修主动承担起好朋友全部诗稿的整理工作，“掇其尤者七百七十七篇，为一十五卷”，并最终续完此序，但诗论的基本观点已在滁州时提出。欧阳修基于梅尧臣身世之“穷”、创作之“工”而提出著名的“穷而后工”观点，受到后人推重。吴楚材等在《古文观止》中说：“‘穷而后工’四字，是欧阳修独创之言，实为千古不易之论。”欧阳修这一思想与司马迁的“发愤而作”说和韩愈的“不平则鸣”说一脉相承，揭示出坎坷的经历对成就一个伟大作家的重要作用。应当指出，欧阳修这一观点的形成与梅尧臣创作思想的影响是有关系的。庆历六年梅尧臣有《寄题滁州欧阳永叔》，诗曰：

昔读韦公集，固多滁州词。
烂熳写风土，下上穷幽奇。
君今得此郡，名与前人驰。
君才比江海，浩浩观无涯。
下笔犹高帆，十幅美满吹。
一举一千里，只在顷刻时。
寻常行舟舻，傍岸撑牵疲。
有才苟如此，但恨不勇为。
仲尼著春秋，贬骨常苦笞。
后世各有史，善恶亦不遗。
君能切体类，镜照嫫与施。
直辞鬼胆惧，微文奸魄悲。
不书儿女书，不作风月诗。
唯存先王法，好丑无使疑。

安求一时誉，当期千载知。
此外有甘脆，可以奉亲慈。
山蔬采笋蕨，野膳猎麏麋。
鲈脍古来美，枭炙今且推。
夏果亦琐细，一一旧颇窥。
圆尖剥水实，青红摘林枝。
又足供宴乐，聊与子所宜。
慎勿思北来，我言非狂痴。
洗虑当以净，洗垢当以脂。
此语同饮食，远寄入君脾。

——［宋］梅尧臣《宛陵集》卷二十六

在诗中，梅尧臣以韦应物在滁州做官，写出《滁州西涧》等好诗切入，说明生活环境的变化有时更能激发作家的才情，相信欧阳修贬滁后也会有“君才比江海”的文学成就，尽管眼前政治上落魄，但“安求一时誉，当期千载知”，起码“可以奉亲慈”。在安慰欧阳修的同时，也对能人志士才不得伸的现实表示愤慨，所谓“寻常行舟舻，傍岸撑牵疲。有才苟如此，但恨不勇为”。欧阳修贬滁就像傍岸撑船一样，政治才干很难施展，这既是说欧阳修，也是说诗人自己。所以诗人要以孔子著《春秋》为例，说明当年孔子就是因为曾经遭受了“贬骨”“苦笞”之厄运，才有了《春秋》的“微言大义”。因此，诗人要与欧阳修彼此勉励，政治上虽然无所作为，但文学上可以继续发挥干预现实的作用，所谓“直辞鬼胆惧，微文奸魄悲。不书儿女书，不作风月诗。唯存先王法，好丑无使疑”。由此可见梅尧臣的文学主张，倡导不著空文，不谈风月，秉承儒家秉笔直言的美刺精神，包含着诗人身在山林心在朝廷的济世情怀。这些都是欧阳修所欣赏的，也为贬滁的欧阳修在心理上提供了莫大的安慰。

《与梅圣俞四十六通》十八（庆历六年）：

某顿首启。自谷正去后，更不曾上状。盖以经夏大暑，秋来或闻移南京，或云来与刁氏成亲，一向因循，遂成疏懒。然中间却得圣俞所寄《六咏》及《桐花》《啼鸟》等诗，近又得刁十六所寄诗书。即日必已还许，冬冷，尊候万福。某居此久，日渐有趣。郡斋静如僧舍，读书倦即饮射，酒味甲于淮南，而州僚亦雅。亲老一二年多病，今岁夏秋已来安乐，饮食充悦。省自洛阳别后，始有今日之乐。诗颇多，不能一一录去。未相见间，惟冀保爱。多时欲作书，无便，今托提刑赵学士，谨附此。不宣。

从书信中可以看出，欧阳修已逐渐适应了滁州的环境，心态也逐渐变得畅快起来，特别是与梅尧臣、刁景纯等文人雅士的诗书往来，似乎还调动起来自己的诗情，诗作颇多，内心里自然有许多精神上的安慰与满足，所谓“某居此久，日渐有趣。郡斋静如僧舍，读书倦即饮射，酒味甲于淮南，而州僚亦雅”，加上“亲老一二年多病，今岁夏秋已来安乐，饮食充悦。省自洛阳别后，始有今日之乐”，故而才会有《醉翁亭记》里的无上快乐。书信中不仅透露了梅尧臣所赠寄诗作，还提到与北宋进士刁景纯（十六）交游情况。

刁景纯（？—1082），名约，字景纯，丹徒（今江苏镇江）人，少卓越刻苦，有学问，能文章。始应举京师，与欧阳修、富弼声誉相高下。天圣二年（1024）抑或天圣八年（（1030）登进士第，为诸王宫教授，后为馆阁校勘。庆历初与欧阳修同知太常礼院，又并为集贤校理。庆历四年（1044）曾出为海州通判，后任两浙转运使、判三司盐铁院、提点梓州路刑狱等职，又出知扬州、宣州等地，熙宁初（1068）判太常寺，即告老回乡，修葺自家园林，取名藏春坞（遗迹在镇江范公桥东丁家巷一带，今并为中营街），坞西临水，建有逸老堂，在小山阜上种了许多松树，称作万松冈。刁诗曾云："岭上万松山径合，江中千稻一丘黄"。刁景纯为人忠厚正直，京师任官时，宾客无少长，均热情接待，却从不登权要之门，时人称刁学士。范仲淹、欧阳修、司马光、王安石、王存、苏轼、苏颂等都是他家常客，对他很敬重。苏颂为其父苏绅在镇江守孝，刁景纯割柳南数亩相助；刁死后葬丹徒辛丰横山凹白兔山，苏轼有《哭刁景纯》诗，曰："读书想前辈，每恨生不早。纷纷少年场，犹得见此老。此老如松柏，不受霜雪槁。……"并在刁墓周边李庄游玩，后人称李庄为苏游村且沿用至今。

《与梅圣俞四十六通》二十（庆历七年）：

某顿首。谷仆来，捧书，得询动静。又见诗中所道，有相游从唱和之乐，备详平日幕中所为，可胜慰也。某此愈久愈乐，不独为学之外有山水琴酒之适而已，小邦为政期年，粗有所成，固知古人不忽小官，有以也。示及饮酒，今春来颇觉风壅，亦不能剧饮如往时，〈然自作主人后从己便。〉承见戒，多荷多荷。他事非独不挂口，亦不关心，固无浅深可示人也。某母老多病，而身才过四十，顿尔心阑，出处君子大节，有所未果，不敢效俗夫妄言尔。春暄，千万保重。

书信中欧阳修非常满足于当下的人生状态，并特别强调自己在滁州“愈久愈乐，不独为学之外有山水琴酒之适而已，小邦为政期年，粗有所成，固知古人不忽小官，有以也”。也就是说他对当下生活状态的满足，不仅仅出于自己的文学性情得以释放，还在于解开了长期困扰传统文人的重要心结——“出处君子大节”，因为真正的君子是能够正确处理好自己人生的出处关系，不会因为官大官小、在朝在野，就轻易放弃自己的“初心”和责任。表面上看，欧阳修似乎对世事看得比较轻淡了，所谓“他事非独不挂口，亦不关心”，但“出处君子大节”还是要讲究的。信中还透露欧阳修过去是爱喝酒的，只因“春来颇觉风壅，亦不能剧饮如往时”，由此我们想到《醉翁亭记》中“饮少辄醉”之说，不能完全理解为欧阳修不擅饮酒，若身体状况好时还是要“剧饮”（痛饮、豪饮）的。

第九章 ‖ 安常处顺，关心朋友

第一节　州僚亦雅，风流为政

欧阳修在滁州，外地故交的前来探望或诗书往来，固然可以改善他的心境，不过当时那些州衙僚属平时与欧阳修一起赏泉、饮酒、对弈、玩九射格游戏等自由自在的生活，工作上积极配合，所形成的良好政治生态也不容忽视。欧阳修《与梅圣俞四十六通》十八便提到“州僚亦雅”，这些州僚大概就是《醉翁亭记》中所提到的“宾客”，他们似乎都能够体谅醉翁的苦衷与心情，配合醉翁“每将公事了亭中”，从而成全欧阳修的“为政风流”。如谢缜、杜彬等人，当然还有道士李景仙、诗僧惟晤等那些清修之人。

谢缜，字通微，为梅尧臣内弟谢绛的堂弟，浙江人，为欧阳修知滁时幕下判官。梅尧臣有《方在许昌幕内弟滁州谢判官有书邀余诗送近闻欧阳永叔移此郡为我寄声也》《酌别谢通微判官兼怀欧阳永叔》二诗寄予谢缜。按蔡绦《西清诗话》载，欧阳修尝令谢缜种花于琅琊幽谷，并作《谢判官幽谷种花》一诗，嘱其注意间序与花期：

欧阳修守滁阳，筑醒心、醉翁两亭于琅琊幽谷，且命幕客谢某者，杂植花卉其间。谢以状问名品，公即书纸尾云："浅深红白宜相间，先后仍须次第栽，我欲四时携酒去，莫教一日不花开。"其清放如此。

此事在欧阳修离别滁州后，还念念不忘，曾作《答谢判官独游幽谷见寄》，后又听说此种花、赏花之事已在滁州民间流传，欧阳修遂将其入诗，作《送谢中舍二首》，赠予谢缜。

再比如杜彬（生平事迹不详），亦为欧阳修知滁时幕下判官。杜彬通晓音律，尤擅琵琶，而且颇有些艺术家桀骜不驯、我行我素的个性。据说，欧阳修初至滁州，州衙摆宴接风洗尘，席间欧阳修曾盛情邀请杜彬演奏一曲，但那时杜彬并不了解欧阳修，便果断拒绝了他，不肯随意为人献技助兴，而宽厚的欧阳修只好一笑置之，并不勉强。随着时间的推移，彼此性情相投，遂成挚友，每每结伴而行。据载，欧阳修曾从琅琊山丰乐亭醉归，杜彬一路上弹着琵琶，直送到州衙门前。欧阳修曾在《答李大临学士书》（皇祐二年）中曰："永阳穷僻而多山林之景，又尝得贤士君子居焉。修在滁之三年，得博士杜君与处，甚乐，每登临览泉石之际，惟恐其去也。……然滁之山林泉石与杜君共乐者，未尝辄一日忘于心也。"可知二人相交甚好。杜彬擅琵琶，能以皮作弦弹之，每有宴饮，欧阳修必邀其表演同乐。欧阳修在《赠沈博士歌》中曾赞杜彬曰："座中醉客谁最贤，杜彬琵琶皮作弦。自从彬死世莫传，玉练锁声入黄泉。"这在宋代文献中也有记载，如叶梦得《避暑录话》卷上载："欧文忠在滁州，通判杜彬善弹琵琶。公每饮酒，必使彬为之。"孔平仲《孔氏谈苑》卷三亦载："欧阳永叔为太守，杜彬作倅，晓音律。永叔自琅琊山幽谷亭醉归，妓扶步行，前引以乐。彬自亭下舞一曲破，直到州衙前，凡一里余。"可资参考。

第二节 朋友有难，挺身而出

身在偏僻滁州的欧阳修并没有"躲进小楼成一统，管他冬夏与春秋"，对于外面政治与文学上的朋友处境始终给予关注。庆历七年（1047）四月十日，尹洙在南阳病逝，欧阳修特别伤感，也为朋友政治上蒙冤抱不平，后来还亲撰《祭尹师鲁文》以示悼念，文曰：

维年月日，具官欧阳修谨以清酌庶羞之奠，祭于亡友师鲁十二兄之灵，曰：

嗟乎师鲁！辩足以穷万物，而不能当一狱吏；志可以挟四海，而无所措其一身。穷山之崖，野水之滨，猿猱之窟，麋鹿之群。犹不容于其间兮，遂即万鬼而为邻。嗟乎师鲁！世之恶子之多，未必若爱子者之众。何其穷而至此兮，得非命在乎天而不在乎人！方其奔颠斥逐，困厄艰屯；举世皆冤，而语言未尝以自及；以穷至死，而妻子不见其悲忻。用舍进退，屈伸语默。夫何能然？乃学之力。至其握手为诀，隐几待终，颜色不变，笑言从容。死生之间，既已能通于性命；忧患之至，宜其不累于心胸。自子云逝，善人宜哀；子能自达，予又何悲？惟其师友之益，平生之旧，情之难忘，言不可究。嗟乎师鲁！自古有死，皆归无物。惟圣与贤，虽埋不没。尤于文章，焯若星日。子之所为，后世师法。虽嗣子尚幼，未足以付予；而世人藏之，庶可无于坠失。子于众人，最爱予文。寓辞千里，侑此一樽。冀以慰子，闻乎不闻？尚飨！

尹洙（1001—1047），字师鲁，河南洛阳（今河南洛阳市）人，世称河南先生。他与欧阳修是政治改革和诗文革新的亲密战友，两人志同道合，肝胆相照。尹洙一生奉公无私，庆历新政失败后，被视为范仲淹、韩琦“朋党”以所谓滥用公使钱的罪名贬官。因心情愤懑，终致病魔缠身，不治而逝。死后家无余财，嗣子尚幼，在范仲淹、韩琦、欧阳修等人资助下，才得以归葬河南。欧阳修除了祭文，还精心撰写了《尹师鲁墓志铭》，但却不被尹洙家属及一些朋友理解，嫌墓志过于简略，并另请韩琦撰写墓表。对此欧阳修很在意，针对“铭文不合不讲德，不辩师鲁以非罪”的责难，后又特地撰写一篇《论尹师鲁墓志》，阐述自己行文命笔的用意，曰：“修见韩退之与孟郊联句便似孟郊诗，与樊宗师作志便似樊文，慕其如此，故师鲁之志，用意特深而语简，盖为师鲁文简而意深。”说明欧阳修所作《尹师鲁墓志铭》是在有意识效法尹师鲁的文风，这种做法本身就含有对尹师鲁的敬慕与评价。另据载，欧阳修早年在西京洛阳时，钱惟演在府第建双桂楼，让欧阳修、尹洙等人作记，欧阳修先写成，一千多字，尹洙说“我只用五百字”。果然，尹洙的文章简明古朴，令欧阳修折服。

庆历七年（1047）六月，有关石介诈死，正在阴谋组织叛乱的谣言重新泛起，朝廷再次下令查核石介死活案情，这也不得不引起石介好友欧阳修的关注。石介，字守道，兖州奉符人。考中进士后，历任郓州、南京推官。他笃学勤奋，志向远大，乐善嫉恶，爱惜名誉，遇事果敢，敢作敢为。御史台征辟为主簿，尚未赴任，就因为指责朝廷不该在赦令中寻求五代以及其他割据政权的后代，被免为镇南掌书记。随后，替代父亲石丙到远方赴任，担任嘉州军事推官。后来返乡为父母服丧，隐居于徂徕山下，耕田读书，并将五代中尚未正式安葬的亲属七十余人全部下葬。在家中教授门生《周易》，山东人都尊称他为徂徕先生。后来入朝担任国子监直讲，很多人都追随他前去学习，太学因此越发兴盛。石介的文章气势雄浑，因为担心当时文风不振、佛老流行，撰作《怪说》《中国论》；又编写《唐鉴》以提示奸臣、宦官、宫女造成的祸患，言论激烈，无所忌讳。庆历四年（1044）三月由杜衍、韩琦举荐为直集贤院兼国子监直讲。此时吕夷简已被免相，夏竦的枢密使也由杜衍取代。章得象、晏殊、贾昌朝、范仲淹、富弼以及韩琦同时执政，欧阳修、余靖、王素、蔡襄同时担任谏官，石介对此鼎力支持，认为是盛世之举，并作《庆历圣德诗》加以歌颂，指斥守旧大臣夏竦为“大奸”，这难免让夏竦怀恨在心。新政失败后，石介自请外放，未及赴濮州通判任，就于庆历五年七月病死家中。当时，徐州狂人孔直温谋反，从其家中搜得石介书信。于是，夏竦想借机中伤富弼、杜衍等人，便造谣说石介诈死，受富弼派遣，正出使契丹借兵，图谋不轨，后因杜衍上奏担保而作罢。但夏竦并不罢休，庆历七年三月夏竦出任枢密使，不久即在仁宗耳畔大进谗言，说石介上次游说契丹没有成功，又被富弼派往登州、莱州勾结暴徒数万人叛乱。于是朝廷再次下令发棺验尸，负责监督发棺的中使带着诏令来到石介的家乡兖州奉符县（今山东泰安市），当时杜衍已经致仕，经提点刑狱吕居简提议由石氏家族及门生数百人联名具保，才使石介免于斫棺之辱。

面对夏竦之流的造谣诬陷，欧阳修义愤填膺，含泪重新展读《徂徕石先生集》，更为石介忠勇刚正之气所感动，奋然写下长篇五古《重读徂徕集》，诗曰：

我欲哭石子，夜开徂徕编。
开编未及读，涕泗已涟涟。
勉尽三四章，收泪辄忻懽。
切切善恶戒，丁宁仁义言。
如闻子谈论，疑子立我前。
乃知长在世，谁谓已沉泉。
昔也人事乖，相从常苦艰。
今而每思子，开卷子在颜。
我欲贵子文，刻以金玉联。
金可烁而销，玉可碎非坚。
不若书以纸，六经皆纸传。
但当书百本，传百以为千。
或落于四夷，或藏在深山。
待彼谤焰熄，放此光芒悬。
人生一世中，长短无百年。

无穷在其后，万世在其先。
得长多几何，得短未足怜。
惟彼不可朽，名声文行然。
谗诬不须辨，亦止百年间。
百年后来者，憎爱不相缘。
公议然后出，自然见媸妍。
孔孟困一生，毁逐遭百端。
后世苟不公，至今无圣贤。
所以忠义士，恃此死不难。
当子病方革，谤辞正腾喧。
众人皆欲杀，圣主独保全。
已埋犹不信，仅免斫其棺。
此事古未有，每思辄长叹。
我欲犯众怒，为子记此冤。
下纾冥冥忿，仰叫昭昭天。
书于苍翠石，立彼崔嵬巅。
询求子世家，恨子儿女顽。
经岁不见报，有辞未能铨。
忽开子遗文，使我心已宽。
子道自能久，吾言岂须镌。

庆历六年欧阳修曾作诗《读徂徕集》，赞扬石介文品如人品，所谓“精魄已埋没，文章岂能磨。寿命虽不长，所得固已多”。故本诗题作“重读”。通过重温石介的文集，既是为了睹字怀人，缅怀好友的为人为文风采，更是为了寄寓“不平则鸣”的公平正义的情怀，所谓“孔孟困一生，毁逐遭百端。后世苟不公，至今无圣贤”。石介的一生为复兴儒道而奋斗，忧患丛生，饱受谗毁，欧阳修坚信诬陷毁谤虽然可以喧嚣一时，但是历史必将做出公正裁决。石介死后二十一年，一切诬蔑不实之词被推倒以后，才由儿子和门人正式下葬。其时，欧阳修撰写过一篇情辞并茂的《徂徕石先生墓志铭》，并再次以孔子、孟子生前的失意潦倒，抚慰死者不屈的亡灵。

第十章 ‖ 以民为本，关心国事

第一节　修史明鉴，宽简治政

从欧阳修贬滁留下的诗文来看，他始终没有忘记自己太守的职责，密切关注着国事民生。如为庆贺平乱所作《贺平贝州表》等表状，为了祈求滁州五谷丰登、岁月平安所作《汉高祖庙赛雨文》等六篇祭文，为提携后进所作《与曾舍人》《送杨寘序》等书序，为赞扬滕子京拟修洞庭湖大堤的劳功善政而作《偃虹堤记》，为人才被埋没而感到不平而作的《梅圣俞诗集序》，为感叹历史沧桑、挖掘治国以民为本道理而作的《菱溪石记》等等。当然，这期间欧阳修还有一项非常重要的工作就是修史，即开始编撰《五代史》。他在《免进五代史状》中说："前者曾任夷陵县令及知滁州，以负罪谪官，闲僻无事，因将《五代史》试加补辑。"这项工作与尹洙（师鲁）分工合作，欧阳修负责梁、汉、周三代，尹洙负责唐、晋两代，但庆历七年（1047）尹洙去世以后，所有工作全落在了欧阳修一人头上，直到皇祐五年（1053）才完成全部任务，前后共用去十八个春秋，这就是著名的《新五代史》。之前薛居正所作《五代史》习惯被称作《旧五代史》。《新五代史》凡74卷，其中本纪12卷，列传45卷，考3卷，世家及年谱11卷，四夷附录3卷，记载了从后梁开平元年至后周显德七年共53年的历史。清代学者赵翼评论说：“薛《史》据各朝实录，故成之易，而记载或有沿袭失实之处。欧《史》博采群言，旁参互证，则真伪见而是非得其真，故所书事实、所记日月，多有与旧史不合者，卷帙虽不及薛《史》之半，而订正之功倍之。文直事核，所以称良史也。”[①]欧阳修后来从至和元年（1054）到嘉祐五年（1060），还用六年多的时间主持完成了《新唐书》的修撰。这两部史书“文约而事丰”，史学界给予了较高评价，表现出欧阳修较高的史学才华。清人赵翼说：“不阅《旧唐书》，不知《新唐书》之综核也；不阅薛《史》，不知欧《史》之简严也。”

所以，欧阳修在滁州期间并没有在山水之乐中沉醉下去，他和范仲淹一样具有忧国忧民的爱国情怀。

庆历六年这一年，欧阳修作过《寄题宜城县射亭》诗，对友人在湖北宜城所取得的政绩表达出欣慰仰慕之情。诗曰：

作邑三年事事勤，宜城风物自君新。
已能为政留遗爱，何必栽花遗后人。
蔼若芝兰芳可袭，温如金玉粹而纯。
友朋欣慕自如此，何况斯民父母亲。

① 《廿二史札记》卷二一《欧史不专据薛史旧本》。

据考，该诗是寄给湖北宜城县令连庠的诗，赞连庠新建射亭，勤于为政，具有芝兰金玉品格，是老百姓的父母官。连庠，字元礼，欧阳修为其父所作《连处士墓表》曰:“处士生四子，曰庶、庠、庸、膺。其二子教以学者，后皆举进士及第。今庶为寿春令，庠为宜城令（《欧阳修全集》卷二十四）。其哥哥叫连庶，字君锡，当时是寿春（今安徽寿县）县令，弟兄俩曾和欧阳修同时应考进士，有交情。连庶人称“连底清”，连庠人称“连底冻”（指清廉而且严肃），都是有名的清官。

同作于庆历六年（1046），被称为《岳阳楼记》姊妹篇的《偃虹堤记》，便是欧阳修应范仲淹好友巴陵郡守滕宗谅之请而作，从中可以窥见其对国事的关心。

滕宗谅（990—1047），字子京，河南洛阳人，与范仲淹同科进士，主要因为被《岳阳楼记》提到而出名，岳阳楼双公祠中有他与范仲淹并立的雕像。庆历三年（1043），滕宗谅被御史梁坚劾奏滥用公使钱，经过范仲淹、欧阳修等人相救，当时只降一级官职，徙知凤翔府（今陕西凤翔），后来改知虢州（今河南灵宝），因为御史中丞王拱辰不停地弹劾，次年再贬岳州。滕子京在岳州作太守期间，不计个人荣辱得失，以国事为重，勤政为民，如扩建学校、修筑防洪长堤和重修岳阳楼等，短短两年时间就做到“政通人和，百废俱兴”，“治为天下第一”，深得百姓爱戴。他重修岳阳楼后，邀请当时由参知政事贬谪到邓州（今河南南阳）做知州的好友范仲淹作楼记，共襄这“一时盛事”，并随信附送了一幅《洞庭秋晚图》供参考，范仲淹据此写出千古名篇《岳阳楼记》。《岳阳楼记》从滕子京和自己的政治境遇出发，抒发了作者“不以物喜，不以己悲。居庙堂之高，则忧其民；处江湖之远，则忧其君”与“先天下之忧而忧，后天下之乐而乐”的政治情怀。此外，滕宗谅任上还发现洞庭湖上往来船只，到岳阳城没有停泊的码头，只能停在城南五里的南津港，船民遭受翻船的可能性极大，便规划修筑大堤，从岳阳西门开始，一字横贯，直达金鸡石右侧，工程雄伟宏大。恰好有岳阳之人到滁州，滕子京便托人带信和洞庭湖地图邀请远在滁州的欧阳修为已修筑的防洪堤——偃虹堤作记，欧阳修有感滕宗谅受诬陷被贬仍能积极为百姓做事的德行，便欣然援笔，作《偃虹堤记》。记曰：

有自岳阳至者，以滕侯之书、洞庭之图来告曰：“愿有所记。”予发书按图，自岳阳西门距金鸡之右，其外隐然隆高以长者，曰偃虹堤。问其作而名者，曰：“吾滕侯之所为也。”问其所以作之利害，曰：“洞庭，天下之至险，而岳阳，荆、潭、黔、蜀四会之冲也。昔舟之往来湖中者，至无所寓，则皆泊南津，其有事于州者远且劳，而又常有风波之恐、覆溺之虞。今舟之至者皆泊堤下，有事于州者近而且无患。”问其大小之制、用人之力，曰：“长一千尺，高三十尺，厚加二尺而杀其上，得厚三分之二，用民力万有五千五百工，而不逾时以成。”问其始作之谋，曰：“州以事上转运使，转运使择其吏之能者行视可否，凡三反复而又上于朝廷，决之三司，然后曰可，而皆不能易吾侯之议也。”曰：“此君子之作也，可以书矣。”

盖虑于民也深，则其谋始也精，故能用力少而为功多。夫以百步之堤，御天下至险不测之虞，惠其民而及于荆、潭、黔、蜀，凡往来湖中，无远迩之人，皆蒙其利焉。且岳阳四会之冲，舟之来而止者，日凡有几！使堤土石幸久不朽，则滕侯之惠利于人物，可以数计哉？夫事不患于不成，而患于易坏，盖作者未始不欲其久存，而继者常至于殆废。自古贤智之士，为其民捍患兴利，其遗迹往往而在。使其继者皆如始作之心，则民到于今受其赐，天下岂有遗利乎？此滕侯之所以虑，而欲有纪于后也。

滕侯志大材高，名闻高世。方朝廷用兵急人之时，尝显用之。而功未及就，退守一州，无所用心，略施其余，以利及物。夫虑熟谋审，力不劳而功倍，作事可以为后法，一宜书。不苟一时之誉，思为利于无穷，而告来者不以废，二宜书。岳之民人与湖中之往来者，皆欲为滕侯纪，三宜书。以三宜书不可以不书，乃为之书。

庆历六年某月某日记。

本文虽是应邀之作，却在文中借赞美滕宗谅表达了欧阳修心目中理想的为官之道。所谓“（滕侯）功未及就，退守一州，无所用心，略施其余，以利及物”，“虑于民也深，则谋其始也精”等，体现出作者以民为本的思想以及虽然仕途受阻却依然践行自己理想信念的高尚情怀。全文在艺术上构思巧妙，文风朴实，以对话形式介绍了修筑偃虹堤的原因及其功德，以愿为“君子之作”作记，自然引出对为官之道的议论。表面上欧阳修在赞美滕子京的功德，其实在寄托自己的政治境遇，即自己被贬滁州后也应当像滕子京那样振作起精神来，切实为当地百姓谋福利。所谓“三宜书”犹如说“大书特书”，具有强调之意，说明滕子京是值得后人效法的楷模，当然也包括了欧阳修自己。《偃虹堤记》不愧为欧阳修散文的代表作之一，只是《岳阳楼记》太出名了，反倒淹没了它在文学史上的夺目光彩。

如前所述，欧阳修对滕子京治岳的政绩加以肯定与赞美，但当他接书知其大夸湖山之美及郡署怀物甚野而其意有恋著之趣，遂又作《得滕岳阳书大夸湖山之美郡署怀物甚野其意有恋著之趣作诗一百四十言为寄且警激之》，寄给滕子京以示警励。诗曰：

峭巘孤城倚，平湖远浪来。
万寻迷岛屿，百仞起楼台。
太守凭轩处，群宾奉笏陪。
清霜荐丹橘，积雨过黄梅。
逸思歌湘曲，遒文继楚材。
鱼贪河岫乐，云忘帝乡回。
遥信双鸿下，新缄尺素裁。
因闻夸野景，自笑拥边埃。
龙漠方多孽，旄头久示灾。
旌旗时映日，鼙鼓或惊雷。
有志皆尝胆，何人可凿坏。
儒生半投笔，牧竖亦输财。
沮泽辞犹慢，蒲萄馆未开。
支离莫攘臂，天子正求才。

诗中极言国事之未宁。当时，西夏与契丹勾结，宋西北地区全面受到威胁，大战一触即发。面对此形势，凡有志之士均应抱有危机意识，随时站出来靖边卫国，而不应当沉湎湖山，鄙弃戎马生涯。诗最后，以皇帝正招纳贤才，有才者不宜自逸，暗喻子京这位昔日驰骋沙场、抗击西夏有功之臣将再受重用，卫国保疆，以之警激。

当然，欧阳修关心国事民生的思想不仅仅只停留在口头上，更是以他的“宽简”之政和务实的作风，成为滁州历史上文德与政德有机结合的楷模。丰乐亭一带不仅仅是欧阳修与民游乐的场所，也是他施政措施的落脚地。他在亭的附近开辟一块平地作为操练场，定时召集州兵、弓手，检阅他们的骑射武艺，用以警戒四野可能作乱的盗贼，保障地方治安。曾经有人好奇地问欧阳修:“您为政宽简,而政事却丝毫不见松弛废止,这是什么原因呢？”他笑着回答道：“如果把‘宽’理解为放纵，把‘简’理解为疏忽，则一定会导致政事的松弛废止而使民众蒙受其害。而我所谓的‘宽’，是不为苛急；所谓的‘简’，是不为繁碎。”即“宽”就是不为苛急，并非放任自流；“简”就是不为繁琐，并非疏忽弛废。简单地说，就是以宽为主，宽严结合；简化程序，不图虚名，务求实效。通过这样身体力行的行政方略，仅仅一年有余，就把滁州治理得埠泰民安，仓廪殷实。本着这种执政理念，欧阳修让本来喧嚣噪闹的滁州衙署安静下来，简直像僧寺那样宁静，整个吏治有条不紊，百姓安居乐业。宽简之政不仅成就了欧阳修创作上的“六一风神”，还成就了他的“为政风流”。

第二节　练兵修城，祈晴祈雨

到了庆历七年这年的春天，欧阳修似乎对大自然有了更深切的体悟，留下多首有关春天的诗作，既描绘了滁州山清水秀、鸟语花香的美景，更透露了其回归自然、与民同乐、随遇而安的文人本真性情。如他写的绝句《画眉鸟》：

百啭千声随意移，山花红紫树高低。
始知锁向金笼听，不及林间自在啼。

由自然山林中自由飞翔歌唱的画眉鸟，设想把它关在金笼子里的生活状况：即使它能够享尽荣华富贵，也唱不出它原先美妙的歌声，因为它失去了自由。欧阳修由此联想到自己在朝廷做官所受到的种种羁绊，倒不如在地方为官来得自在，也更能做得实在。

再比如欧阳修庆历七年春所作绝句《田家》：

绿桑高下映平川，赛罢田神笑语喧。
林外鸣鸠春雨歇，屋头初日杏花繁。

全诗既寄寓了欧阳修热爱山水田园生活的文人情趣，更表现了他“赛罢田神笑语喧”，追求“与民同乐”的为政理想。

欧阳修来滁后就计划着对滁州城墙进行加固并付诸实施。庆历七年春节刚过，连绵不断的雨雪天气阻碍了城池加固进度，这让欧阳修非常着急，于是接连写下三篇祈晴的祭文：

修城祈晴祭五龙文

雨泽于物，博哉其利。及其过差，患亦不细。民劳于农，将熟而败。吏勤于职，已成而圮。龙于吏民，何怒何戾？山湫有祠，乐可潜戏。宜安尔居，静以养智。冬雪春雨，其多已太。浸润收畜，足支一岁。旱则来告，否当且待。

又祭城隍神文

雨之害物多矣，而城者神之所职，不敢及他，请言城役。用民之力，六万九千工；食民之米，一千三百石。众力方作，雨则止之。城功既成，雨又坏之。敢问雨者，于神谁尸？吏能知人，不能知雨。惟神有灵，可与雨语。吏竭其力，神佑以灵。各供其职，无愧斯民。

祈晴祭城隍神文

昨者王伦为盗，攻劫城市，州民被虐，余毒未瘳，非待修言，乃神所见。近蒙朝旨，许理城隍，所以戒往弊，防未然。惟神爱福此州，必有阴助。今兴役有期，而大雪不止，沮民害事，咎必有归。惟修不能事神治民，当有明罚。而城之成否，自系神民。惟神之灵，敢以诚告，数日之内，豁然阳开，尚不失时，在神而已！尚飨！

欧阳修《论京西贼事札子》（庆历三年）曾载：

昨王伦暴起京东，转攻淮甸，横行千里，旁若无人。既于外处无兵，须自京师发卒，孙惟忠等未离都下，而王伦已至和州矣。赖其天幸，偶自败亡，然而驱杀军民，焚烧城市，疮痍涂炭，毒遍生灵。此州郡素无守备而旋发追兵，误事后时之明验。

由祭文得知，当时王伦等一干盗匪之患“余毒未瘳”，对滁城百姓构成较大威胁，因而必须要加固城池，不能耽搁工期。

然而，并非一切都能如人所愿。滁州地处江淮丘陵地带，天气状况复杂多变，要么下雨下个不停，导致水灾；要么就是长久干旱无雨，河水干涸。欧阳修不得不雨时祈晴、旱时祈雨，于是同年他又接连写了三篇求雨的祭文。

又祭汉高祖文（一作“又祭城隍庙文”）

民常患不勤于农，农勤矣，而雨败其稼。吏常患不修其职，职修矣，而雨害其功。吏与民慢，则惧神罚。妨民沮吏，岂又神聪！今麦虽已失，犹有望于谷。城尚可补，敢不劳厥躬？咎难追于已往，神幸惠于其终。

本文虽是祭文，其意思表达则是民以食为天，必须勤作于农；为官者以民为本，必须勤修其职。在这方面官民都不敢懈怠，因为害怕遭到神的惩罚。可是天公却不作美，“妨民沮吏”“雨败其稼”“雨害其功”，幸好“今麦虽已失，犹有望于谷。城尚可补，敢不劳厥躬？”就是说虽然遭了灾，但经过努力还是能弥补一些损失的，可现在偏偏又出现了干旱天气，这就是神的不对了，“咎难追于已往，神幸惠于其终”，希望神能够降福于滁州的百姓。

在另外两篇祭文中，欧阳修宁愿神惩罚自己，也不愿意降灾给百姓，所谓“神宜降殃于修，而赐民以雨，使赏罚并行而两得也。民之幸也，修之愿也”“赖神聪明，知厥过之在吏，闵斯民之可哀，赐之丰年，遍及远迩”。原文如下：

祈雨祭汉高皇帝文

维年月日，具官欧阳修谨以清酌庶羞之奠，致祭于汉高皇帝之灵而言曰：

吏有常职，来官于滁者，不三四岁而易也。神食于此，无穷已也。神与吏，于滁人孰亲且久也？孰宜爱其人之深也？滁人敢慢其吏而犯吏法者有矣，未闻有敢慢神而犯威灵也。其畏信勤事于吏，孰若畏信勤事于神也？吏于凡小事，犹皆动有法令约束，违则有罚，孰若神之变化不测，而能与民转灾为福也？吏朝夕拜祷，弥旬越月而无所感动；神之召呼风云、开阖阴阳而役使鬼物，顷刻之间，尔孰难而孰易也？今民田待雨急矣，吏知人力不能为，犹竭其力而不得已，况神之易为也。况滁人畏信勤事之久而亲，神宜爱之深也，而又有可以转灾为福、变化不测之能也。吏谁敢与神较？而修辄以此为黩者，盖哀民之急辞也。其政不善而召灾旱，又以为黩，神宜降殃于修，而赐民以雨，使赏罚并行而两得也。民之幸也，修之愿也。尚飨！

汉高祖庙赛雨文

谨以清酌庶羞之奠，致祭于汉高皇帝之神。古之为政者，率人甚勤，备灾甚谨，而自勉甚笃。故劝农节用，均丰补败，虽有水旱之岁，而无饥殍之民。一遇天灾，则厚自贬责，务修人事之阙，而复阴阳之和。今乃不然。当无事之时，不能勤民于农，而亡备灾之具。一月不雨，使民惶惶，又不自责，以修其阙，而动辄干神。赖神聪明，知厥过之在吏，闵斯民之可哀，赐之丰年，遍及远迩。神之大惠，如何可报？吏之大过，如何可逃？惟与民永永事神，无敢懈。尚飨！

汉高祖庙建在滁州丰山上，又名高皇庙，今废，仅存遗址。始建于汉代。宋代宣和五年（1123）知州梅执礼重建，后该庙在战火中毁坏。明代宋濂《琅琊山游记》）说："山上有汉高祖祠，又有饮马池，世俗妄传汉高祖曾饮马于此。"查正史，均无刘邦至滁的记载，在滁建汉高祖庙，与当年汉文帝为了祭祀刘邦曾下旨在各地建高祖庙有关。在如此有历史年头的神庙祈雨，不仅有隆重庄严的仪式感，也实足体现出欧阳修对民生的重视。欧阳修不仅撰祭文祭祀，还在百子坑组织民众举办赛龙求雨活动，场面十分热烈，这在他所写《百子坑赛龙》诗中有着精彩的记载，诗曰：

嗟龙之智谁可拘，出入变化何须臾。
坛平树古潭水黑，沉沉影响疑有无。
四山云雾忽昼合，瞥起直上拏空虚。
龟鱼带去半空落，雷輷电走先后驱。
倾崖倒涧聊一戏，顷刻万物皆涵濡。
青天却扫万里静，但见绿野如云敷。

明朝老农拜潭侧，鼓声坎坎鸣山隅。
野巫醉饱庙门阖，狼藉乌鸟争残余。

百子坑即柏子潭，又称“龙潭”。据光绪《滁州志》卷三《营建志·祠祀》载：“柏子龙潭庙在城西南三里柏子潭侧，旧名会应。宋元符旧志云，乾德四年知州高宝绪建祠，绘五龙像。后因明洪武六年（1373）朱元璋御封而改为柏子龙潭。洪武十六年浚龙潭，潭周为楼，极其壮丽，有御制碑记载于清光绪年间《滁州志》。赛龙，也称“赛神”，为陈酒食祭祀龙神，伴鼓乐、仪仗、杂戏的一种还愿酬神活动。欧阳修这首诗本是写人间赛龙求雨的场面，却幻想成真龙腾空，时雨磅礴，写得引人入胜。开头四句用欲动先静之实笔，赞叹神龙的出入变化、蓄势待发之势，人类无法控制，中间八句由实而虚，驰骋想象，幻想神龙腾空、电闪雷鸣，大雨如“倾崖倒涧”，顷刻间云散天青，万里寂静，绿野如云；最后四句推想明朝老农谢神场面，鼓声响彻山间，野巫醉饱庙门，杯盘狼藉，乌鸟争夺残食。全诗明写赛神，暗写“喜雨”，笔法洒脱，境界雄奇，颇有李白、韩愈之风。刘熙载《艺概》评苏轼谓欧“诗赋似李白”云：“虽曰似李，其刻意形容处，实于韩为逼近耳。”

六篇祭文和一首《百子坑赛龙》诗，表现出欧阳修勤政爱民的儒家仁政理想。宋代范镇《东斋纪事》、欧阳发《欧阳修事迹》、朱熹《名臣言行录》以及元代《宋史》本传都有欧阳修“喜谈政事”、重视治迹的记载，欧阳修的为官作风主要得益于基层官僚家庭勤谙吏事、客观务实的传统，如欧阳修《泷冈阡表》颂其父为吏阅案勤谨，《与十三侄奉职一通》诫其侄“官职难得，每事当思爱惜，守廉、守贫、慎行刑，保此寸禄而已”，可见这一家教传统的深厚影响。故而欧阳修在做地方官时不仅能与民同乐，亦能与民共苦，急民所急，多能体察民情，因地制宜，兴利除弊，有所作为，并形成宽而不苛、简而不劳，不务虚名、但求实效的为政作风。

欧阳修在滁州不仅适应了这里的环境气候、风土人情，更在政治上接近着自己当年的理想抱负，因而尽管遇到了天灾，但由于自己治理得当，并没有出现饥荒的现象，这让欧阳修感到特别欣慰。欣慰之余，便有闲情逸致携同僚登上怀嵩楼赏景畅饮，作七律《怀嵩楼新开南轩与群僚小饮》一首，诗曰：

绕郭云烟匝几重，昔人曾此感怀嵩。
霜林落后山争出，野菊开时酒正浓。
解带西风飘画角，倚栏斜日照青松。
会须乘醉携嘉客，踏雪来看群玉峰。

怀嵩楼，为唐代名相李德裕做滁州刺史时所建。王禹偁《北楼公事》诗序：“唐朱崖李太尉卫公（德裕）为滁州刺史，作怀嵩楼，取怀归嵩洛之意也。卫公自为之记。”全诗虽写深秋风景，却并不肃杀，绕郭云烟，重叠迷蒙，当年曾勾起李德裕多少怀念嵩洛之悲伤感情，但今天在我欧阳修眼里，这里却是风景宜人，野菊盛开，酒兴正浓。尽管秋霜下木叶凋落殆尽，但众山争相显露出自己可爱的面容。西风中飘来画角清音，正好助我解衣开怀畅饮，斜倚着高楼栏杆欣赏夕阳余晖照射在青松上。等到冬雪皑皑、群峰如玉时，我还将会乘着醉意带领同僚们一起登山赏景。

全诗一反传统悲秋诗悲凉的情调，由历史入手、现实着笔到未来想象，化哀景为乐情，笔墨从容有致，意蕴耐人寻味，较好地表现出欧阳修豪迈洒脱的个性。

第十一章 ‖ 移官扬州，管弦离声

第一节 拜赦古州，喜事连连

时间过得很快，转眼就到了庆历七年年底。远在汴京的仁宗皇帝并没有忘记铮臣欧阳修。据《胡谱》载，这一年十二月仁宗敕封欧阳修“可特授依前行右正言、知制诰，加上骑都尉，进封开国伯，加食邑三百户，散官，赐如故。仍放朝谢。”加上这一年欧阳修又得新生儿子欧阳棐，可谓是喜事连连，其内心的喜悦自然不言而喻，而且滁州的百姓也为太守重新获得朝廷赏识感到高兴。欧阳修为此作《拜赦》诗：

拜赦古州南，山火明烈烈。
州人共喧喧，两丱扶白发。
丁宁天语深，旷荡皇恩阔。
乃知天地施，幽远无间别。
欣欣草木意，喜气消残雪。

全诗虽然写的是欧阳修个人加封拜恩的事情，但却把滁州百姓为自己太守受敕封而由衷高兴、好像过年一般的热闹场景表现了出来：烈火照亮琅琊山，滁城一片欢声笑语，甚至儿童搀扶着老人也来参加拜敕仪式，大家一起共同度过这喜庆的时刻，共同感谢皇恩浩荡，就像草木润泽，喜气如春，可以消融冬天的残雪。全诗实际上在表明，欧阳修以滁州百姓之乐为乐，而滁州百姓也会以欧阳修之乐为乐。

当然最大的喜事，还是朝廷又重新开始重用欧阳修了。庆历八年（1048）闰正月，欧阳修官转起居舍人，依旧知制诰，徙知扬州，二月二十二日赴任。扬州是江淮名镇、历史文化名城、繁华商业中心，大运河纵贯南北，当时是淮南路大都督府所在地，滁州属于它的辖境。所以，欧阳修此次职务调整虽为平级调动，但由于扬州地位的显赫，实际上是重用，也意味着朝廷对欧阳修政治态度的变化，这不能不让他心态变得更加开朗起来。正如他庆历八年二月《扬州谢上表》中所言："苟此冤之获雪，虽永弃以犹甘，而况得善地以长人，享及亲之厚禄。……孤拙获全，忠善者皆当感励；奸谗不效，倾邪者可使息心。"表示只要自己被诬之耻得到洗雪的话，纵然永远被朝廷遗弃也心甘情愿，使得忠善之人得到激励，奸邪之人不动歪心思。

第二节　花明柳轻，离情绵绵

虽然到扬州这一繁华之地任职让欧阳修内心喜悦，但滁州对他来说也的确是难舍难分。虽然在滁州仅有两年九个月时间，但是琅琊山水为他疗伤，滁州百姓更让他感受到人情的温暖，所以他已经把滁州当作了自己的第二故乡，而故乡难离，情愫难舍。赴任送别之时，正值春光灿烂，花明柳轻，欧阳修发自内心地吟出七绝《别滁》：

花光浓烂柳轻明，酌酒花前送我行。
我亦且如常日醉，莫教弦管作离声。

全诗用平易的语言，以丽景衬悲情，描绘了滁州同僚与百姓前来送行时依依不舍的饯别场面，同时字里行间也流露出诗人移镇要藩时舒坦开朗的心情，与诗人当初谪守滁州途中所作诗《自河北贬滁州初入汴河闻雁》的情调形成鲜明对比，虽然都有伤感的成分，但一个是悲凉郁闷，一个却是带有一丝喜悦的难舍，故而全诗笔调轻灵自然。

欧阳修到扬州后不久，怅然未忘滁州情，曾作诗《答谢判官独游幽谷见寄》：

清代滁州定远人方濬颐重修扬州平山堂并题匾额

闻道西亭偶独登，怅然怀我未忘情。
新花自向游人笑，啼鸟犹为旧日声。
因拂醉题诗句在，应怜手种树阴成。
须知别后无由到，莫厌频携野客行。

全诗在回忆琅琊山一草一木中，寄寓了欧阳修对滁州的留恋之情。欧阳修在滁州时谢判官常常伴随左右，一起登山临水，欣赏琅琊风光，如今却只有谢判官一人在欣赏了；欧阳修想象琅琊山上才开的花仍然会向游人微笑，啼鸟还像往常那样叫得婉转动听，自己亲手种下的树木现在也应该是绿叶成阴了，只可惜自己现在不在滁州，只有请谢判官替自己带领一行野客到山里多跑一跑，趁着醉意多作一些诗篇，以免辜负了大自然的美意。

第十二章 ‖ 醉乡犹在，亭影不孤

第一节　醉翁故里，情愫难舍

欧阳修离开滁州后，始终都没有忘记滁州，滁州已堪称是“醉翁故里”。皇祐二年（1050），那位在滁州幽谷种花的谢判官，升任太子中舍人，正经颍州赴京，欧阳修即以《送谢中舍二首》（一作《送谢缜知余姚》）诗相赠，其中一首写道：

滁南幽谷抱山斜，我凿清泉子种花。
故事已传遗老说，世人今作画图夸。
金闺引籍子方壮，白发盈簪我可嗟。
试问弦歌为县政，何如樽俎乐无涯。

全诗再次表达了欧阳修对滁州的美好回忆和对谢中舍未来前途的美好祝愿与殷切期望，用笔自然亲切，从中可见长者对后进的关爱之情。

皇祐二年春，知颍州（今安徽阜阳）的欧阳修，听说光禄寺丞谢缜要回滁州，非常激动，又赠诗《思二亭送光禄谢寺丞归滁阳》曰：

一

吾尝思醉翁，醉翁名自我。
山林本我性，章服偶包裹。
君恩未知报，进退奚为可？
自非因谗逐，决去焉能果。
前时永阳谪，谁与脱缰锁。
山气无四时，幽花常婀娜。
石泉咽然鸣，野艳笑而傞。
宾欢正喧哗，翁醉已岌峨。
我乐世所悲，众驰予坎轲。
惟兹三二子，嗜好其同颇。
因归谢岩石，为我刻其左。

二

吾尝思丰乐，魂梦不在身。
三年永阳谪，幽谷最来频。
谷口两三家，山泉为四邻。
但闻山泉声，岂识山意春！
春至换群物，花开思故人。
故人今何在？憔悴颍之滨。
人去山自绿，春归花更新。

空令谷中叟，笑我种花勤。

在诗中，欧阳修对醉翁、丰乐二亭表达出深深的思念之情，可谓是魂牵梦绕。

随着时间的推移，经历了宦海沉浮且年岁渐老的欧阳修，山林归隐之乐在他心中占据了重要位置，因而对滁州那段生活的怀念之情也就更加迫切。至和二年（1055）春，在京任翰林学士兼史馆修撰的欧阳修又特地写下了《忆滁州幽谷》诗：

滁南幽谷抱千峰，高下山花远近红。
当日辛勤皆手植，而今开落任春风。
主人不觉悲华发，野老犹能说醉翁。
谁与援琴亲写取，夜泉声在翠微中。

本诗更加深情地回顾了当年滁州丰山幽谷给自己贬谪生活所带来的快乐，当初闲云野鹤般的自由自在的生活一去不返，而自己已是迟暮岁月，满头银发，不胜悲慨，想来滁州那些乡村野老还会记得我醉翁知滁期间的点滴事迹吧。此时的欧阳修供职于朝廷机要清显之处，仕途十分顺利，却渴望能再过上援琴听泉、青山翠微的生活。诗成后，引来朋友唱和，如韩维《和永叔思滁州幽谷》（《南阳集》卷八），刘敞《和忆幽谷二首》（《公是集》卷二三）等。

欧阳修离滁约二年后，当时有一位著名琴师、太常博士沈遵慕醉翁亭之名，特意来滁探访，也为琅琊山泉所动，遂创作了一支宫声三叠的琴曲《醉翁吟》(即《醉翁操》)。至和二年(1055)冬，欧阳修奉使契丹，恰与沈遵相会，听到沈遵弹奏此曲，非常欣赏沈遵的琴艺。嘉祐元年(1056)二月，欧阳修回京后，按照楚辞格调，亲自为琴曲配辞，作《醉翁吟并序》。只可惜欧阳修的配辞与琴声不合，无法传唱，不然真堪称艺坛奇观。不过，琴辞仍可透露醉翁对滁州这段生活的深刻怀念。

醉翁吟并序

余作醉翁亭于滁州，太常博士沈遵，好奇之士也，闻而往游焉。爱其山水，归而以琴写之，作《醉翁吟》三叠。去年秋，余奉使契丹，沈君会余恩冀之间。夜阑酒半，援琴而作之，有其声而无其辞，乃为之辞以赠之。其辞曰：

始翁之来，兽见而深伏，鸟见而高飞。翁醒而往兮，醉而归，朝醒暮醉兮，无有四时。鸟鸣乐其林，兽出游其蹊。咿嘤啁哳于翁前兮，醉不知。有心不能以无情兮，有合必有离。水潺潺兮，翁忽去而不顾；山岑岑兮，翁复来而几时？风袅袅兮山木落，春年年兮山草菲。嗟我无德于其人兮，有情于山禽与野麋。贤哉沈子兮，能写我心而慰彼相思。

本辞借鉴楚辞体而作，由于《醉翁吟》琴曲本是醉翁亭游览有感而作，所以本辞仍以《醉翁亭记》中所侧重表现的对滁州山水兽鸟的情感为主，最终表达出自己不以世事为怀，向往山林生活的情怀，并称赞沈遵的琴曲抚慰了自己对滁州的相思之苦。同年，欧阳修还有一首七言歌行《赠沈遵并序》，序与《醉翁吟》

的序大同小异，曰:“予昔于滁州，作醉翁亭于琅琊山，有记刻石，往往传人间。太常博士沈遵，好奇之士也，闻而往游焉。爱其山水，归而以琴写之，作《醉翁吟》一调，惜不以传人者五六年矣。去年冬，予奉使契丹，沈君会予恩冀之间。夜阑酒半，出琴而作之。予既嘉君之好尚，又爱其琴声，乃作歌以赠之。”诗曰：

群动夜息浮云阴，沈夫子弹醉翁吟。醉翁吟，以我名，我初闻之喜且惊。宫声三叠何泠泠，酒行暂止四坐倾。有如风轻日暖好鸟语，夜静山响春泉鸣。坐思千岩万壑醉眠处，写君三尺膝上横。沈夫子，恨君不为醉翁客，不见翁醉山间亭。翁欢不待丝与竹，把酒终日听泉声。有时醉倒枕溪石，青山白云为枕屏。花间百鸟唤不觉，日落山风吹自醒。我时四十犹强力，自号醉翁聊戏客。尔来忧患十年间，鬓发未老嗟先白。滁人思我虽未忘，见我今应不能识。沈夫子，爱君一尊复一琴，万事不可干其心。自非曾是醉翁客，莫向俗耳求知音。

在本诗中，欧阳修追忆旧游，以志胜事，一方面视沈遵为知音，夸赞他所作《醉翁操》琴曲“有如风轻日暖好鸟语，夜静山响春泉鸣”的美妙意境，一方面向沈博士倾诉自己当年在滁州的快乐时光，并且阐释自号“醉翁”的缘由，并非是年岁老大，只是“聊戏客”，只是“尔来忧患十年间，鬓发未老嗟先白”，不像今天的自己，那可是真的老了，滁州的百姓再见到我，未必能够认出我了。

嘉祐二年（1057），欧阳修又作《赠沈博士歌》，再次表达了自己对滁州岁月的怀念，特别是对当时伴随左右的滁州通判、擅长弹奏琵琶的已故朋友杜彬的怀念，而说自己当下的心态是“国恩未报惭禄厚，世事多虞嗟力薄。颜摧鬓改真一翁，心以忧醉安知乐”。这与贬滁时“名虽为翁实少年”的心态是不同的。歌曰：

沈夫子，胡为醉翁吟？醉翁岂能知尔琴。滁山高绝滁水深，空岩悲风夜吹林。山溜白玉悬青岑，一泻万仞源莫寻。醉翁每来喜登临，醉倒石上遗其簪。云荒石老岁月侵，子有三尺徽黄金，写我幽思穷崎嵚。自言爱此万仞水，谓是太古之遗音。泉淙石乱到不平，指下呜咽悲人心。时时弄余声，言语软滑如春禽。嗟呼沈夫子，尔琴诚工弹且止！我昔被谪居滁山，名虽为翁实少年。坐中醉客谁最贤，杜彬琵琶皮作弦。自从彬死世莫传，玉连锁声入黄泉。死生聚散日零落，耳冷心衰翁索莫。国恩未报惭禄厚，世事多虞嗟力薄。颜摧鬓改真一翁，心以忧醉安知乐。沈夫子谓我：翁言何苦悲？人生百年间，饮酒能几时？揽衣推琴起视夜，仰见河汉西南移。

小欧阳修十二岁，与其同期为官，且多诗文往来，有幸看到欧阳修《赠沈博士歌》、听到沈遵《醉翁操》的刘敞，写有一首《同永叔赠沈博士》。其诗曰：

我不识醉翁亭，又不闻醉翁吟，但见醉翁诗，爱彼绝境逢良琴。上多高峰下流泉，后有芳草前茂林。玄猿黄鹄翩翻其悲鸣兮，白云翠霭倏忽而阳阴。此间真意不可尽，未遇知音犹荒岑。醉翁昔时逃世纷，恋此酩酊遗朝簪。心虽独醒迹弥晦，举俗莫得窥浮沉。迩来十年定谁觉，独沈夫子明其心。写之丝桐寄逸赏，曲度寥落含高深。绝调众耳多不省，醉翁一闻能别音。乃知精识自有合，何必相与凌崎嵚。伯牙钟子期目击意已歆，蓬莱三山荡析不可见，惟有水仙之操传至今。安知后世万千岁，此地不为水火侵？但存君诗与君曲，虽远犹可期登临。沈夫子与醉翁，斯言至悲君更寻。

——［宋］刘敞《公是集》卷十六

刘敞熟知欧阳修之心迹，细品欧阳修原作，深味乐调，感叹琅琊山水有幸遇到醉翁方成为文化胜地；醉翁也有幸谪居滁州，借山水游赏以排遣幽忧之想；所谓“醉翁”，其形虽醉，其心独醒。

第二节　白兔寄情，思滁永年

欧阳修还有不少诗文充满着对滁州的眷念之意，弥漫着浓浓的怀念滁州之情。特别是晚年的欧阳修思归心切，对滁州这段美好光阴自然也就更加怀念，离开滁州之后，虽然他再也没有来过滁州，但他心中始终放不下的还是滁州。在欧阳修看来，滁州原本就是他人生最好的归属。虽说当下看似一切顺利，甚至后来还迎来了他人生仕宦生涯的最高峰，“历仕三朝，备位二府”，但“荣宠已至而筋骸惫矣”（《思颍诗序》），内心里总有一股归隐山林的情结放不下，割舍不断。他在亳州任上就曾连上五表五札子乞求致仕，而滁州似乎成为他人生一段最快乐最惬意的时光。所以，嘉祐六年(1061)的一天，夜深人静的时候，欧阳修重新翻开《醉翁亭记》，在其后写下“西斋静览，思滁山之胜，绝不可见可”之语，饱含着他对滁州可能终生不得再见的忧伤之情。治平二年(1065)，欧阳修又写了一首《秋阴》诗：

秋阴积不散，夜气凛初清。
雨冷侵灯晕，风愁送叶声。
国恩惭未报，岁晚念余生。
却忆滁州睡，村醪自解酲。

此诗距欧阳修离滁近二十年，宦海沉浮的生活已经让他心灰意懒，面对肃杀清冷的秋景，不由想到自己已是人生暮年，回想一生所作所为，感到于国有愧，最难忘地僻事简，醉心山水，与民同乐的滁州，那也是与自己人生理想最为接近的时刻。

熙宁三年(1070)初冬，出知蔡州的已经64岁的欧阳修，有一首《寄答王仲仪太尉素》，诗曰：

丰乐山前一醉翁，余龄有几百忧攻。
平生自恃心无愧，直道诚知世不容。
换骨莫求丹九转，荣名岂在禄千钟。
明年今日如寻我，颍水东西问老农。

诗一开头便说“丰乐山前一醉翁”，由于他在青州时曾反对推行青苗法而受到朝廷诘责，因而他对仕途生涯更是心灰意冷，决意要退隐，虽然滁州是回不去了，却始终不忘“醉翁”这个号。他还扪心自问，认为自己是无愧于人生的，尽管世道不容，但仍要正道直行，而自己退隐只是无欲无求，既不指望换骨成仙，也不贪恋功名富贵；我欲去也，想来明年这个时候，在颍水之畔你可向老农询问一个叫“醉翁”的人。果然第二年六月，朝廷满足了欧阳修多年来想要归隐颍水之畔的夙愿。

欧阳修内心里始终放不下滁州，其实滁州的百姓也始终惦记这位太守。据载，至和二年（1055），一滁人在丰山逮到了一只毛发洁白的兔子，不远千里送给在京的欧阳修（时为翰林学士兼史馆编撰），这让他好生感动。欧阳修特别珍爱这只白兔，把它安置在“珠箔花笼”中精心喂养，每天回家后第一件事，就是先看看这个小家伙，并邀请好友都来欣赏这只白兔，还特意写了一首古诗叫《白兔》，记述此事，诗曰：

天冥冥，云蒙蒙，白兔捣药姮娥宫。
玉关金锁夜不闭，窜入滁山千万重。
滁泉清甘泻大壑，滁草软翠摇轻风。
渴饮泉，困栖草，滁人遇之丰山道。
网罗百计偶得之，千里持为翰林宝。
翰林酬酢委金璧，珠箔花笼玉为食。
朝随孔翠伴，暮缀鸾皇翼。
主人邀客醉笼下，京洛风埃不沾席。
群诗名貌极豪纵，尔兔有意果谁识？

天资洁白已为累，物性拘囚尽无益。
上林荣落几时休？回首峰峦断消息。

诗人把这只小白兔喻为月宫中的玉兔，趁月宫大门不闭，偷跑出来，窜入滁州崇山峻岭，在那里食嫩草、饮甘泉，困了就睡在草丛中，自由自在，却不幸为滁人捕获，送到了自己府中，成为大家玩赏的宠物。诗人以白兔自况，由白兔天资洁白的外形成为桎梏它的枷锁，想到自己追求仕途上的廉政清白而又为名声所累，反而处处受到拘禁，不能够归隐山林而去过自由自在的生活，可谓托物寓人，构思巧妙。

令欧阳修没想到的是，他的《白兔》诗竟然会在嘉祐元年秋天掀起一股唱和白兔之风。首先唱和的是苏洵，当他看见那只白兔和欧阳修咏白兔的诗后非常喜欢，随即就写下了一首诗《欧阳永叔白兔》：

飞鹰搏平原，禽兽乱衰草。
苍茫就擒执，颠倒莫能保。
白兔不忍杀，叹息爱其老。
独生遂长拘，野性始惊矫。
贵人识筠笼，驯扰渐可抱。
谁知山林宽，穴处颇自好。
高飚动槁叶，群窜迹如扫。
异质不自藏，照野明暠暠。
猎夫指之笑，自匿苦不早。

何当骑蟾蜍，灵杵手自捣。

——［宋］苏洵《嘉祐集》卷十六

诗人写道：一只小白兔不小心被猎人的苍鹰捉到，不忍杀害，被圈养在精美的竹笼中，野性渐被驯化，可拥怀抱，但谁知兔子留恋的是宽阔的山林，还是那个可以随心所欲、自由活动的山间石穴。虽然兔子具有先天卓尔不群的禀赋，光辉熠熠，但却不能不遭到猎人的嘲笑，笑话兔子为什么不早早地将自己藏好，落得个被拘禁的下场，因而白兔欲步入蟾官，挥动灵杵实现自己捣药的理想也就化为泡影。字里行间寄寓着诗人仕途上进退两难的矛盾心态。苏洵和诗之后，紧接着梅尧臣、王安石、刘敞、刘攽、韩维、裴煜、王珪等人也纷纷为这只白兔写诗作词，还前后举行了两次唱和活动，现今留存白兔诗大概有十五首之多，大家借着白兔的意象各自表达出与欧阳修不同的性情与心境。这两次白兔诗词唱和影响较大，直到南宋晚期，江湖诗派诗人林希逸还饶有兴致地写了《戏效梅宛陵赋欧阳修白兔》，成为诗歌史上的一段佳话。

熙宁三年（1070）九月欧阳修调知蔡州（今河南汝南），熙宁四年（1071）六月以“观文殿学士”“太子少师”身份致仕颍州，这一年他在《答资政邵谏议见寄二首》诗中曾回顾过自己的人生历程，其中写道：“豪横当年气吐虹，萧条晚节鬓如蓬。欲知颍水新居士，即是滁山旧醉翁。”想当年豪气如虹的欧阳修，如今却萧条如秋，颍水之滨居住着一位新来的“六一居士”，人们却不知他就是当年醉心于滁州山水的“醉翁”啊！仅仅过了一年，次年闰七月，一代文豪带着对滁州的深深眷念病逝于颍州。

下编

醉翁行乐处 草木亦可敬

——欧阳修与醉翁文化

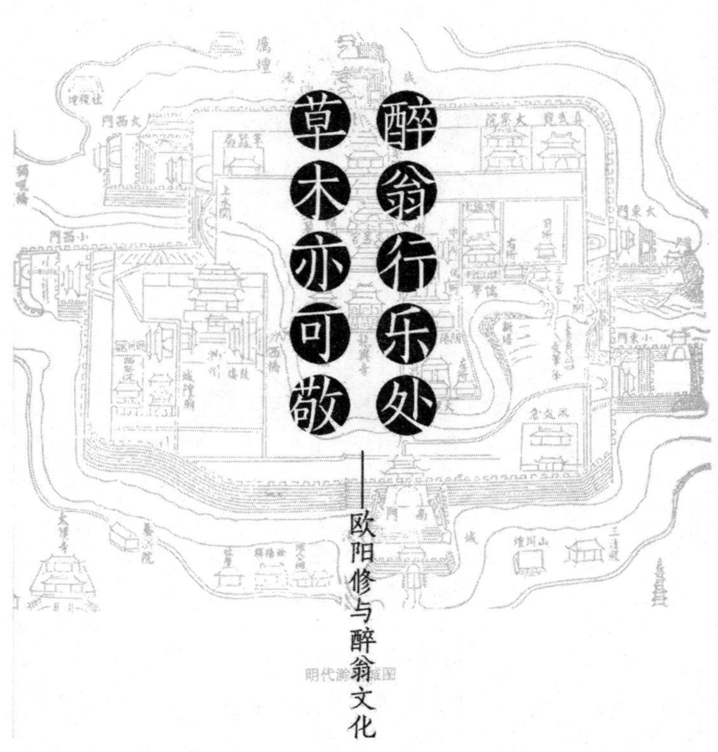

明代滁[illegible]城图

第一章 ‖ 醉翁文化的形成与内涵

第一节 醉翁文化是琅琊文化的精华

滁州文化的主体是琅琊文化，而琅琊文化的精华是醉翁文化。醉翁文化概念的提出大概在本世纪初，当时又叫醉翁亭文化，滁州有一位地方学者专门撰写过一部著作《醉翁亭记研究》，并由市政协牵头为该书专门召开了一次“《醉翁亭记》研究与滁州旅游文化研讨会”，还出版了一部论文集叫《醉翁文化旅游初探》，主要从文化旅游角度提出要弘扬醉翁文化，但并没有界定醉翁文化的内涵。如今醉翁文化已被提升到滁州城市文化品位高度加以倡导，正如中央电视台广告词所言：“醉美滁州，亭好滁州”；过去滁州还有一句非官方的宣传标语非常流行，叫“山水醉城，滁州真好”。这一切都是努力想在滁州城市建设中融入醉翁文化的元素，但真正要问起何为醉翁文化，却知之甚少。然而，我们生活在滁州也好，游览琅琊山也好，若不知一点醉翁文化，确实很难体会出这座号称“南京后花园”的城市的魅力所在。“醉翁行乐处，草木亦可敬”（苏轼），欣赏琅琊山的美，心中要装有《醉翁亭记》，而不是“狼牙山五壮士”，经常有游客把滁州琅琊山错当作河北易县狼牙山，那真是南辕北辙了。其实，琅琊山本应叫“琅邪山”，“邪”古读 yé，故琅琊山也可写作“琅耶山”，琅琊山大门集苏轼《醉翁亭记》楷书碑的字就是这种写法，山名得名于西晋末琅邪王司马睿避难于此。

醉翁文化的形成是一个文化积累的历史过程。滁州最初只是一个“舟车商贾四方宾客之所不至”（《丰乐亭记》）的偏僻的“下州”，经济文化欠发达，没有多少人知道。最初的琅琊山诚如前人所说只是一座“荒山”，所谓“守郡卧秋阁，四面尽荒山。”（韦应物《简郡中诸生》）。琅琊文化最早被开发是在中唐。先是滁州刺史李幼卿与山僧法琛建宝应寺（今琅琊寺）。李幼卿还“凿石引泉，酾其流以为溪”，号称“琅琊溪”，并请唐代古文家独孤及作《琅琊溪述》，还请篆书大家李阳冰为自己最早开凿的庶子泉篆书《庶子泉铭》，使得滁州渐为人知。此后唐代另一著名山水诗人韦应物于建中年间出任滁州刺史，留下不少诗篇，更以一首《滁州西涧》让人们初步认识了滁州的山水之美。在宋代，欧阳修之前来滁为太守较有名的文士还有王禹偁，也留下多首琅琊诗篇，加深了人们对滁州的印象。然而，无论是李幼卿、韦应物，还是王禹偁，他们只能算是琅琊文化的早期拓荒者。他们留下的作品不仅有限，而且多是以诗歌形式展现滁州某一方面的美，除了《滁州西涧》少数篇章，影响力也非常有限。而真正让滁州琅琊山名声大振，使之成为古今无数文人墨客、政坛显要向往之地的，当推欧阳修。欧阳修在滁做官时间不长，却留下了一百多篇诗文。特别是《醉翁亭记》《丰乐亭记》，成为欧阳修散文主体风格——“六一风神”成熟的标志与代表作，奠定了欧阳修在北宋文坛上的领袖地位与文学史上的不朽地位，大大丰富了琅琊文化的精神内涵，使得以《醉翁亭记》和醉翁亭为文化轴心的醉翁文化，成为琅琊文化乃至整个滁州文化的品牌文化、魅力文化，使得琅琊山从此以后不仅以自然风光见长，更以文化品位见胜。

琅琊山独特的地理位置，使之处在南北文化的交汇处，更有助于她广泛吸收不同地域文化的营养和特点以形成自己独特的文化个性和品位，进而凝聚为魅力独具的琅琊文化的精髓——醉翁文化。

第二节 醉翁文化的主要内涵及阐释

琅琊文化包括的范围相当广泛，侧重原生态、物质性；醉翁文化则以醉翁亭的文化背景为核心，比较强调整合性、精神性，即以欧阳修《醉翁亭记》及相关创作为文化审视基点，去整合种种琅琊文化现象，以提炼出琅琊文化的基本精神。醉翁文化就是从琅琊文化中提炼出来的，在南北文化交融中形成的，集自然山水、园林建筑、宗教哲学、艺术创作等文化于一身，隶属江淮文化圈中淮东文化（滁州文化）而具有兼容性、开放性的复合型地方文化。所谓醉翁文化是以醉翁亭与《醉翁亭记》为重要的文化载体，以欧阳修和琅琊文化积累为研究对象的地域文化。从物质层面看，它涵盖着园亭文化、山水文化；从精神层面看，它涵盖着士文化、醉乐文化、礼让文化、隐逸文化、宗教文化、艺术文化等内容。醉翁文化的文化主体地位，就在于它独立的文化品格和深厚的文化底蕴。概言之，中国传统文化以农业文明为本位，比较重视人与宇宙环境的有机和谐关系，重视人伦关系，而这一切都或多或少在醉翁文化中得到了体现。醉翁文化使得琅琊山获得了自然遗产和文化遗产的双重性质，在本质上透露出中国传统文化的民族思维模式和心态，醉翁文化是中国传统文化的一个缩影。

其实，理解醉翁文化并不难，只需抓住三个关键词：醉翁亭记、醉翁亭、欧阳修，醉翁文化的精神无不是由这三个词生发出来的。

首先，我们谈谈欧阳修与醉翁亭的文化情缘。众所周知，醉

琅琊山深秀湖秋色

苏州沧浪亭（全国重点文物保护单位）

翁亭名列全国“四大名亭”之首，被称为“天下第一亭”或“华夏第一亭”，醉翁亭理所当然应当成为滁州最具人气的第一张城市文化名片。然而醉翁文化不能简单等同于亭文化，亭文化只是醉翁文化的一个组成部分，而且醉翁亭只是作为一种文化的载体和媒介。人们关注醉翁亭，往往不在于亭子本身的构件之美和文物价值，而是由它引发的文化现象。天下名亭很多，缘何醉翁亭地位至尊，被列为四大名亭之首？单从在历史年代久远或文物价值上看，醉翁亭似乎没有理由排在第一，因为其他几大名亭（陶然亭、爱晚亭、湖心亭，亦有说沧浪亭、兰亭的），还有黄州的快哉亭、杭州的放鹤亭等亭子名气也不小。但若以文化底蕴的深厚程度来看，醉翁亭由于凝聚着中国传统知识分子的人生理想和精神内涵，故而当之无愧。

其次，我们再来谈谈欧阳修和他的《醉翁亭记》的影响力。醉翁亭名气之大无疑由于《醉翁亭记》的传播效应之强而造成，这是国内许多其他名亭所不具备的。远的不说，只是欧阳修同时所作的名文《丰乐亭记》，由于读者接受面不如《醉翁亭记》广，导致丰乐亭不如醉翁亭名气大。不过，醉翁亭、丰乐亭与曾巩作记的醒心亭，作为姊妹亭，实际上已经成为不可分割的整体，成为我们解读醉翁文化最重要的物质载体，而三亭记则是既相互独立又相互联系的最重要的精神载体。

第二章 ‖ 欧阳修的贬滁心路历程

理解醉翁文化，首先必须解读欧阳修贬滁心态。贬滁是欧阳修人生及其创作比较重要的一个阶段，当年意气风发的欧阳修，由于人近中年，特别是历经仕途风波和家庭变故的磨难之后，心态变化很大。其突出变化表现为：人生心态由过去狂劲躁动开始变得平和稳重；创作心态则由过去爽直犀利开始变得含蓄纡徐。欧阳修贬滁期间人生心态变化过程，可以用愤而忧、忧而醉、醉而乐、乐而醒、醒而达几个阶段加以概括，其中“醉而醒”是其贬滁后所形成的人生最基本的心态。总体来看，贬滁后的欧阳修变得更加务实、平和、宽容和豁达，并成为其创作上“六一风神”品格的重要心理依托。

第一节 愤而忧——多重打击的人生悲慨

毫无疑问，欧阳修贬滁之初心情是相当愤懑的。本来政治上被贬在宋代也是知识分子仕途上的常态，政见不同，各择其路，并没有什么大不了。但欧阳修贬滁是其人生的第二次被贬，与景祐三年（1036）首次被贬湖北夷陵不同，那一次还非常年轻，意气风发，故而在逆境中始终都能保持积极乐观的心态，所谓“残雪压枝犹有桔，冻雷惊笋欲抽芽”（《戏答元珍》），便是这种心境的最好写照。而这次贬滁则有来自政治排挤、家庭变故、人格受辱等多重打击。恪守传统儒家道德的欧阳修，本来仕途沉浮已让他心生倦意，充满着壮志难酬的悲愤感，如今人格上却又招致极大侮辱，可谓是雪上加霜，难以容忍。特别是“张甥案”对欧阳修人格的侮辱，让欧阳修难以接受，也更激起他对那些当政小人的愤怒，以致他在《滁州上谢表》中还要为自己继续辩冤，对自己深受不公而又不得不“委曲保全”表示愤懑。这种愤懑心情在欧阳修贬滁后应该是保持了一段时间，在庆历五年冬《上提刑司封启》中，他借赞扬前任滁州知州赵良规的品德以自勉，所谓“霜雪方严，见不雕之雅操；蕙兰其意，佩可服之清芬”，来努力摆脱自己的愤闷心情。直到庆历六年春，欧阳修在其所作《啼鸟》诗中仍在表达其蒙冤遭贬的愤懑不平之气，所谓“我遭谗口身落此，每闻巧言宜可憎。”而作于庆历六年夏的《憎蚊》诗更是对朝政上当道的小人表示了极大愤慨与憎恨，所谓“扰扰万类殊，可憎非一族。甚哉蚊之微，岂足污简牍。……虽微无奈众，惟小难防毒。尝闻高邮间，猛虎死凌辱。……丛身疑陷围，聒耳如遭哭。猛攘欲张拳，酷中甚飞镞。手足不自救，其能营背腹。盘餐劳扇拂，立寐僵僮仆。端然穷百计，还坐瞑双目。于吾固不较，在尔诚为酷”。将陷害自己的小人比作嗜血的蚊子，虽然它们微不足道，但却防不胜防，群体叮咬起来，可致猛虎于死地。我欧阳修个人虽然没有必要和你们太计较，但你们难免太残酷了一些，更主要的是国家的前途和命运如何能够掌握在这些蚊蝇般小人手中。

愤懑之余，欧阳修对国事民生的担忧却并没有因自身的境遇而片刻放下，反倒因为自己才志难伸而忧愁满腹。欧阳修在庆历五年《与韩忠献王稚圭》中自称“惟尸禄端居，未能报国，此为愧尔”，又言：“某孤拙多累，蒙朝廷保全之恩得此郡，地僻事简，饮食之物，奉亲颇便。终日尸禄，未知论报之方，用此不遑尔。”在同年《与曾宣靖公明仲》中自称，“愚拙之心，本贪报国，招仇取祸，势当自然。然裨补未有一份，而缘某之故，事起多端，有损无益，可为愧叹。今而冒宠名，饱食自便，何以为颜也”；在同年《与滕待制子京书》中自称，“既无曩昔少壮之心气，而有患祸难测之忧虞”；在同年《与章伯镇》中自嘲，“某材薄恩遇，得祸甚轻，获此优安，至为天幸”，等等。这一切都说明欧阳修被贬滁州之初，常为自己有负圣恩而自责，为自己前途渺茫而忧郁，加上“山州少朋友之游，日逾昏塞”（《与曾舍人巩字子固》），更是寂寞难耐，需要尽快调节好自己的心态，才能呈现其人生新面目。

第二节　忧而醉——兼济独善的人生取向

“春到山城苦寂寞，把盏常恨无娉婷。”（《啼鸟》）但这不是欧阳修想永远保持的精神状态。“达则兼济天下，穷则独善其身”（孟子）乃古代知识分子的人生信条，信奉儒家道德的欧阳修心中自然清楚，与其在酒精中麻醉自己，不如随遇而安，振作精神，踏踏实实为滁州百姓做些实事。也许是上天有意要助初至滁州的欧阳修一臂之力，在庆历五年这年冬天“瑞雪兆丰年”，欧阳修喜作《永阳大雪》诗。其在《与韩忠献王稚圭》中云：“某此藏拙，幸今岁淮甸大雪，来春二麦有望。若人不为盗，而郡素无事，何幸如之！”果然心想事成，第二年是个丰收年，于是欧阳修为了与民同乐，共贺丰收，建造了丰乐亭并作亭记。《丰乐亭记》凸显了与民共乐、歌颂圣德的主题，而被称为“太守文章”。实际上它是欧阳修贬滁后心境发生根本转变的一个标志，因为渐渐地欧阳修发现贬滁的生活不仅不违背自己的道德价值与人生信仰，而且远离朝廷是非之地后，离自己人生理想和目标反而更近，同时自己在官场被压抑的久违的文人性情也更加被激发出来。

第三节　醉而乐——乐山乐水的人生解脱

前文说过，丰乐亭主要发挥道德教化功能，而醉翁亭则成为欧阳修心灵的寄托，因而更富于个性化色彩，更铸就了其极为复杂的思想情感内容，吸引着一代又一代读者去解读其中的“醉翁之意”。其实，解读《醉翁亭记》的关键无非是对其“醉意”的理解，而“醉意”本身就是开放式的意境，因而为读者留出了诸多想象空间，进而引起学界对该文主旨的纷争。我们认为，理解“醉意”首先必须确定它是欧阳修贬滁后心理发生变化的一种状态——醉心于当下；其次我们必须区分“醉意”在文中的“本意”与“超意”（超脱之意）；其三我们还必须结合与欧阳修密切相关的“三亭”

（丰乐亭、醉翁亭、醒心亭）及其“三记”，才能更好地把握《醉翁亭记》的“醉翁之意”。从“本意”来说，《醉翁亭记》说得很清楚：“醉翁之意不在酒，在乎山水之间也。”简单地说就是“乐山乐水”。其实，建造醉翁亭的最初动机就是便于太守赏玩山水，问题在于太守并不是一个逃避世事纷扰的隐者，虽然目前的生活状态类似于桃花源般的生活；太守也不是个只知醉心山水、借酒浇愁的狂客，虽然怀着满腹的愁怨委屈在“舟车商贾所不至”的偏僻的滁州做官。“乐山乐水”中还是有心灵向上的指向（即所谓“超意”），所谓“山水之乐，得之心而寓之酒也”，惟有“得之心”才能最终达到“乐亦无穷”的境界。

滁州欧阳修石刻小像拓本

第四节　乐而醒——与民同乐的人生价值

一篇《醉翁亭记》可谓是“乐”字满篇，但究竟是“乐亦无穷”，还是“以‘乐’寓忧，以‘乐’托悲”，确实需要仔细辨析。《醉翁亭记》中“乐”的情感的确比较复杂，但如果我们能准确把握欧阳修贬滁后心理变化的动态过程，而不是一成不变的静止状态，就不至于做出分析判断上的偏差。

欧阳修贬滁后有没有“悠闲自适”的一面，肯定是有的，相对于当初繁重且复杂纠缠的朝廷政务，在滁州做官无疑像是在赋闲度假，这在欧阳修很多书简中都有透露。庆历六年《与梅圣俞书》中云：“某居此久，日渐有趣。郡斋静如僧舍，读书倦即饮射，酒味甲于淮南，而州僚亦雅。亲老一二年多病，今岁夏秋以来安乐，饮食充悦。省自洛阳别后，始有今日之乐。”庆历六年冬《与韩忠献王稚圭》中亦云：“某幸守僻陋，咫尺大府，常阙修问左右。然幸尸禄奉亲，职事日益简少，养拙自便，遂成习性，但时自警而已。”这里欧阳修用“遂成习性”来形容自己悠闲自得的工作与生活状态，又怎么不会感到快乐？问题是，欧阳修不甘心自己这种状态，所以书简中还要特别提到“时自警而已”，即时刻提醒自己不要在山水之乐中沉醉下去，而要明白自己作为太守的职责，哪怕身处偏僻之地也决不放弃自己心中的梦想。同样，有了“乐”的情感，也不代表欧阳修对政治上打击也就完全释怀，只是怀有“让”的胸襟，重新审视自己未来的人生道路，我们由“苍颜白发，颓然乎其间者，太守醉也”中，可以读出欧阳修快乐之余而流露出来的那一丝淡淡的忧伤与寂寞。“山水之乐”关键在于“得之心”，得之“醒”心。所谓“醉能同其乐，醒能述以文”，诉诸文字的东西当然要在清醒理性的状态下做出，进而传达出人生的意义和真谛。欧阳修在滁州命名了一个亭，建造并命名了两个亭，丰乐、醉翁、醒心三亭都贯穿一个“乐”字，丰乐、醉乐、醒乐的情感逻辑很清楚，与民同乐是核心。

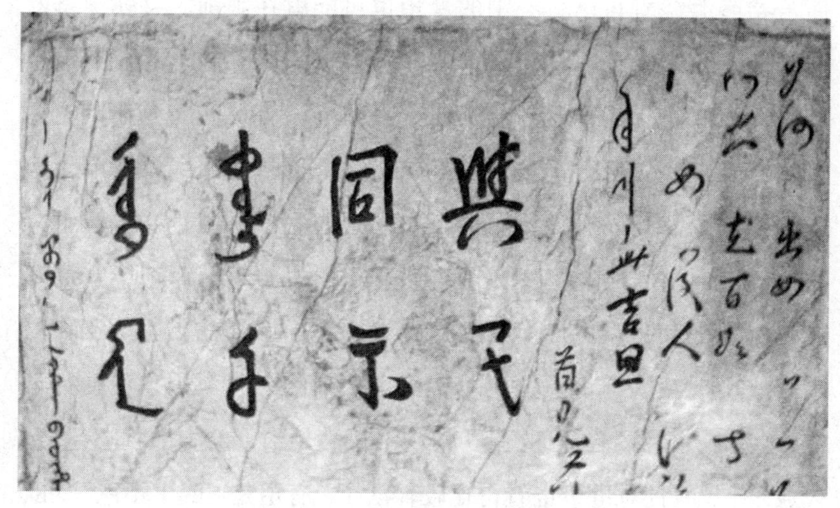

与民同乐题刻

第五节　醒而达——自醉独醒的人生至境

只有对自己的人生处境有了清醒的认识，才能更坦然面对自己未来的人生。“塞翁失马，焉知非福”，人生本来就是这样起起伏伏，坎坎坷坷，只要懂得自己心中所要的是什么，就不会让痛苦始终缠绕着自己，心中的梦想也可能就在眼前。富弼《寄欧阳修》诗云：“滁州太守文章公，谪官来此称醉翁。醉翁醉道不醉酒，陶然岂有迁客容？公年四十号翁早，有德亦与耆年同。意古直出茫昧始，气豪一吐阊阖风。”（载陈鹄《耆旧续闻》卷十）欧阳修被贬滁州一开始不可能没有“迁客容”，只是“醉道不醉酒”，进而由“醉翁”变成了“达翁”，由早年的锋芒毕露逐渐变得沉稳平和，以更加潇洒豁达的姿态直面惨淡的人生。正如欧阳修庆历七年《与梅圣俞书》中云：“某此愈久愈乐，不独为学之外，有山水琴酒之适而已。”信中不仅满足当下的生活状态，“愈久愈乐”，而且对世事也看得比较轻淡了。有道是“四十不惑”，欧阳修经历了人生种种风波之后，似乎对人生有了更为清醒而透彻的认识——既醉又醒。保持“醉而醒”的人生“不惑”状态，才能最终走出自己的人生阴影，看到这个世界原本并不是我们想象那样黑暗，也有阳光和鲜花，至少大自然不会主动抛弃我们任何一个人。他作于庆历六年的诗《啼鸟》在感叹个人“醉与花鸟为交朋”的飘零身世同时，也对当年灵均（屈原）“世人皆醉，唯吾独醒”的人生状态提出质疑，所谓“可笑灵均楚泽畔，离骚憔悴愁独醒”，屈原自以为为人处世方面很清醒，以至投江殉节，其实很糊涂。古代仁人志士常在兼济天下与独善其身之间徘徊，非此即彼的人生选择，让许多人深感梦想与现实之间的悬殊差距，并由此陷入无尽的烦恼与痛苦之中难以自拔，如同屈原一般。

其实，人到一定的年龄段，特别是人到中年，保持“醉而醒”的“不惑”状态，才是人生最为明智的选择。欧阳修在滁州一面享受大自然美景给自己带来的快乐，让自然抚慰自己受伤的心灵，另一方面尽自己所能为社会做一些有益的事情，将独善和兼济有机结合起来，而这并不失君子之道，即所谓“所要在道德，不愧丘与回。”（曾巩《奉和滁州九咏并序·游琅琊山》）。

总之，欧阳修贬滁后的心态是复杂的，通过他在滁留下的作品，我们可以很清晰地梳理出他在该人生阶段所呈现的思想轨迹。诚如有的学者所指出的那样，我们在这里既要看到欧阳修贬滁后“乐”的一面，还应看到其“心以忧醉安知乐”的“忧”的一面，更应当看到“其奥妙在醉醒之间”。欧阳修贬滁后的心态是逐渐发生变化的，在醉心山水、悠闲自得中始终是保持“自警”的。欧阳修是在对历史和人生进行深刻反思后，才逐渐呈现出自己悠然自得、收放自如、既醉又醒的人生乐境的，并陪同“醉翁”走完以后的人生。

第三章 ‖ 《醉翁亭记》的历史纷争

“峰随流水声边转，人在欧阳记里行。”（清陆宝书《游醉翁亭》)理解醉翁文化首先要建立在对《醉翁亭记》的准确解读上，但是围绕这篇亭记在学界却形成了诸多历史纷争，比如《醉翁亭记》创作主旨、版本异文、环滁是否皆山、让泉还是酿泉、醉翁的实与虚等等，这本身就构成了醉翁文化研究比较有意思的方面。

第一节 《醉翁亭记》的主题之争

《醉翁亭记》的主题之争，在欧阳修时代就已产生。苏轼曾说：“永叔作《醉翁亭记》其辞玩易，盖戏云尔。”（《东坡志林》卷二）开了后来“以文为戏”之说先河。金代王若虚亦持此论，他在《文辨》中论道：“宋人多讥病《醉翁亭记》，此盖以文滑稽，曰：‘何害为佳？但不可为法耳。’”又说：“《醉翁亭记》虽浅玩易，然条达逃快，如肺肝中流出，自是好文章。”欧阳修之子欧阳发等在编撰先父事迹时评价欧阳修的文章：“然公之文，备尽众体，变化开阖，因物命意，各极其工，或过退之（韩愈），如《醉翁亭记》《真州东园记》，创意立法，前世未有其体。”则是从立意、文体方面给予充分肯定的。

在当今学界，关于《醉翁亭记》的主题之争已成为欧阳修研究的学术热点，围绕着“醉翁之意”的阐释，提出了众多观点，不少看法甚至是截然对立的。如“与民同乐”思想，赞成者认为《醉翁亭记》“与民同乐”描写的是宋仁宗时代“物阜民康”的画面，也是欧阳修所标榜的“小邦为政，期年粗有所成”的具体写照；持相反意见的认为写“与民同乐”是假，夸饰宣扬治滁政绩是真，这是在歪曲现实，掩盖阶级矛盾，需要批判；还有一种意见认为文中所谓“民”只是寥寥几句的陪衬，主题在于“醉翁之意不在酒，在乎山水之间也。山水之乐，得之心而寓之酒也”。四十岁的人要称“翁”，而且冠之以“醉”字，这就显得很颓唐，作者是借酒浇愁以表现封建社会有抱负的文人不得志的苦闷心情。

再比如《醉翁亭记》中“乐”的情感认识，有的认为就是“山水之乐”，或是“寄情山水之乐趣”，或是“知者乐水，仁者乐山”的寄寓，或是“委婉曲折地表达了其居滁时放情山水、寓意于景之趣，抒发出以闲适高世而自乐的旷达情怀”，等等；持不同观点的认为，“时作者四十岁，即自称‘醉翁’……透露出被贬后在政治上的压抑心情，但他牢记在贬所‘不为戚戚之文’的信条，借诗酒山水以自放，故文中‘醉翁之意不在酒，在乎山水之间也’，‘苍颜白发，颓然乎其间者，太守醉也’诸语，直有长歌当哭之意”，即作者实际上是借饮酒作乐来排遣苦闷不得志，与其说是乐，不如说是悲，或者说以乐言悲，如同柳宗元《小石潭记》一样，将烦闷不平之气寄寓在琅琊山水之间，简单地说，《醉翁亭记》无乐可言；还有人认为，既然要写乐，就难免要写些良辰美景、物阜民康，以及与民同乐之类的内容，但通观全文，作者的目的决不是在表现客观，而是在表现自我。所以与民同乐也好，物阜民康也好，只不过是点缀手段。如果把这算作主题，着眼点未免有些偏颇。上述观点究竟谁是谁非，读者自辨。

苏轼楷书《醉翁亭记》（局部）

笔者认为，探究《醉翁亭记》的创作主旨，不能就文论文，还是应当本着“知人论世”原则，结合欧阳修所处时代以及欧阳修生平轨迹，特别是欧阳修贬滁心态变化过程，才能有一个准确把握，关于这一点笔者前章已有详细论述，这里不再赘述。简而言之，欧阳修的《醉翁亭记》正是在中国传统“天人合一”的文化思维模式下，在儒家主导文化精神的历史背景下，借助于醉翁亭这一文化载体与媒介，遵从“知者乐水，仁者乐山”的文化古训，创造出“四时之景不同，而乐亦无穷”的琅琊山水境界；信奉“达则兼济”“穷则独善”的人生哲学，创造出“与民同乐”的理想生活画面，最终开辟出酒道与文道、人道与天道相浑融的崇高艺术境界，具有深厚的文化底蕴，这是《醉翁亭记》千百年来之所以百读不厌的最深层原因。

第二节 环滁是否皆山

滁州四周是否皆山，古来就有争论。钱钟书《管锥编》引郎瑛《七修类稿》卷三："孟子曰'牛山之木尝美矣'，欧阳子曰'环滁皆山也'。余亲至二地，牛山乃一冈石小山，全无土木，恐当时亦难以养木；滁州四望无际，只西有琅琊。不知孟子、欧阳何以云然？"又引何绍基《东洲草堂诗钞》卷十八《王少鹤、白兰岩招集慈仁寺拜欧阳文忠公生日》第六首："野鸟溪云共往还，醉翁一操落人间。如何陵谷多迁变，今日环滁竟少山。"的确，到过滁州的人，特别是今人，往往会产生一种疑惑：眼中的滁州怎么不像欧阳修所写的那样有"环山"的感觉？于是乎，有人怀疑欧阳修是在说假话，或认为"环滁皆山"乃艺术想象，"环滁"并不"皆山"，"滁州只是在城西和城北方向有山"，欧文中的"环滁皆山"只是"艺术的山"；反驳者则认为欧阳修并没有想象，他写的是当时整个滁州管辖区域的山，这里的"滁"还包括城南的全椒和城东的来安两县，它们都是古滁州的下辖县，有山。

另一种观点认为，"环滁"确实"皆山"，还列了一些山名，范围涉及整个滁州，远达百里的章广镇、皇甫乡。安徽已故著名作家江流先生在1986年第2期的《散文世界》上有篇文章，题为《环滁皆山》，文后附注中详细开列了滁州周围的山名。滁州方志学者周维熙在《醉翁亭记十七谈》一文中，据江流文章修订补充，整理出滁城四周的山如下：

北有白米山、锅耳山、牛牧岭、魏山冈、砂子岭、双山、祺山。

东北有乌龙山、独山、大桂山、小桂山、猫耳冈。

东有皇道山（传说是秦始皇经过的地方）、姚大山、团山、林江墩、长龙山、井水冈。

东南有毛山、红土山、花子山、庙耳大山、王家山、史家大山。

南有大龙山、毛谷山、赵家大山、狐山、龙尾山、庙山、小夹山。

西南有琅琊山、摩陀岭、回马岭、毛草岭、门坎岭、丫头山、大丰山、尖山、皇越岭、龙蟠山、白落山、毛狗山、庙山、孤山、金山、黑凹山、龙崖山、栲栳山、小丰山、大宝山、马腰山、鸡爪山等。

西有珠山、福山、菱角山、牧牛山、九莲峰、凤山、狮子山、宝塔山、平草岭、马鞍山（俗称蚂蚁山）。

西北有关山、乌龟山、方山、尖山、石驼山、黑凹山、左家山、锅堆山、烟墩山、花山。

琅琊阁眺望环滁皆山

比较起来，西南方向的山离城最近，出城半里即是山。东南方向的山矮小、稀疏，清流河从中穿过。

其实，这里很多人都有个误会，就是把滁州与滁城混淆，把古滁城与新滁城混淆。欧阳修所处的古滁城规模很小，当时就建在琅琊山西南高东北低山体走势的西北角，大概相当于今天老滁州中学一带。由于城池规模小，建筑物也不像今天这么高，在那里环视滁城，极易产生环山之感，故在当时，滁城有“山城”之称。如唐代李绅《守滁阳深秋忆登郡城望琅琊》，描写的便是山城的环境。

山城小阁临青嶂，红树莲宫接薜萝。
斜日半岩开古殿，野烟浮水掩轻波。
菊迎秋节西风急，雁引砧声北思多。
深夜独吟还不寐，坐看凝露满庭莎。

此外，观山的立场也很重要，这个“环滁皆山”这个“山”字究竟怎样理解？若从科学角度来解释，地理学上要求山的海拔高度，需在500米以上[①]，或者从山脚到山顶的高度要超过600米[②]。用这个观点来看，滁州的确没有一座山，因为滁州最高的皇甫山的北将军峰才399.2米。但生活中人们所讲的“山”不会去照搬地理学上“山”的概念。滁州地处江淮丘陵之间，是大别山的

---

① 上海市卢湾区教师进修学院编《地理名词解说》，上海教育出版社1978年版，第215页。

② ［英国］W·C穆尔著《地理学词典》商务印书馆1980年版，第226页。

余脉，丘陵遍布，尽管山势都不太高，但人们还是称其为“山”的。再加上随着地理环境的变迁，当年欧阳修看到的小山丘，恐怕早已不复存在，或被淹没在林立的楼群中。由《醉翁亭记》本身描写看，“环滁皆山”也应是观山实感。文章开头说“环滁皆山也，其西南诸峰林壑尤美”。这里的“其”便代指滁城，若泛指整个滁州，“西南”方位就无法落实了。

与误解“环滁皆山”同理，欧阳修当年游山所走路线也不能用当今游客所常走的路线来认识。当年上山的路线是：从州府出大门向西，出小西门，半里多路，越过西涧，到达丰山山脚，即丰乐亭所在的幽谷。顺山脚向南，一路蜿蜒崎岖，不远处即是柏子潭（现名龙池）。继续南行，沿山麓西折，才走上现在琅琊古道，到达醉翁亭，确实要“山行六七里”。老滁城人过去多是顺着这条路上山，后因沿路修大坝、建工厂、开矿山、铺铁轨，路线改变。

第三节　“让泉”还是“酿泉”

长期以来，人们解读《醉翁亭记》时之所以较少关注“让泉”对于欧阳修创作的重要影响，究其原因主要在于人们只是把让泉单纯地看作是一个地名而已。再就是它在版本学上存在着异文，人们不知究竟应作“让泉”还是“酿泉”，因而也就很难重视“让泉”在《醉翁亭记》中的地位，并由此关闭了我们窥视欧阳修贬滁心态的一扇窗户。《醉翁亭记》中写到“让泉”的地方有两处：一

苏轼楷书碑《醉翁亭记》中“让泉”字样

处在开头“而泻出于两峰之间者，让泉也”；一处在后面“酿泉为酒，泉香而酒洌”。前处“让泉”有不少版本写作“酿泉”。后处“酿泉”没有版本问题，且所酿之泉即为“让泉”，不过此处“酿泉”并非专有名词，它是动宾结构词语，与上句“临溪而渔，溪深而鱼肥”中的“临溪”相对，因而不存在以“酿泉”代替“让泉”的可能。倒有可能的是：有的版本因受后文“酿泉”的误会，而将作为地名的“让泉”妄改为“酿泉”。当然，造成“让泉”出现异文的因素是复杂的，可能还有其他方面的原因。如明洪洪武八年（1375），侍讲学士宋濂在《琅琊山游记》中误将“让泉”作“酿泉”，宋濂的特殊身份对这种讹传起到了一定作用。此处，《醉翁亭记》传抄者太多，版本繁杂，出现异文在所难免。再比如“让”和“酿”在繁体字形上、读音上也的确太相近了，极容易混淆。

单从版本学角度看，现存《醉翁亭记》的早期版本和碑帖，毫无例外地均作“让泉”，如经欧阳修审定过的原立山东费县旧县署内的苏唐卿篆书碑刻、苏轼楷书草书碑帖、北京图书馆藏南宋绍兴四年衢州刻本《居士集》等。就是现存“让泉”遗址泉碑上也赫然刻着清康熙人王赐魁手书的“让泉”两个字。另外在滁州民间有关“让泉”来历的说法，也只有“让”的涵义。其中最流行的说法是两峰相让。如明代尹梦璧作十二幅石刻诗画，被称作“滁州十二景”，其中有一幅就叫“让泉秋月”，原画有题字：“两峰让出，潺湲澄澈，欧公政暇，构亭植梅，与民同乐，迄今勿剪，比于甘棠。”这说明至少在明代，有关“让泉”的来历是持“让”之义的。种种可靠材料和迹象表明，作为地名的“让泉”是绝对不能写成“酿泉”的。凡是持科学审慎态度的人，在没有更直接有力的反驳材料情况下，应当承认《醉翁亭记》原文作为地名的泉水应作“让泉”而非“酿泉”。可惜的是，现在社会上通行的诸多《醉翁亭记》版本，如《古文观止》、《四库全书》、李逸安点校中华书局版《欧阳修全集》、朱东润主编高校文科教材《中国历代文学作品选》、人教版初中语文教材等，还是多把“让泉”写成“酿泉”，致使许多慕名前来滁州探亭访泉之人大惑不解，自然也就不会面对这一泓清泉而去作思想感情方面更多的感发联想，以致“让泉”作为历史文化名泉的意义就此被搁浅，实在令人遗憾！

与上述问题相联系，“让泉”是否为欧阳修命名，似乎也成了一桩公案。目前亦没有最直接确凿的证据说明是欧阳修首次发现与命名了“让泉”，这不像欧阳修于丰乐亭旁开凿与命名幽谷泉那样毫无异议。这里，我们仅能就所掌握的材料作些推考。我们知道，让泉、幽谷泉，连同唐太子庶子李幼卿开凿的庶子泉，被誉为琅琊山三大名泉，后人歌咏甚众。唯独让泉多起纷争，命名也不太了解。但有一点毫无疑问，“让泉”是在欧阳修写了《醉翁亭记》之后才名声大振的，在此之前我们翻遍现今流传下来的琅琊诗文，都没有人歌咏过此泉。明代滁州文人石澄有一首诗《寻醉翁亭故址》曰：“郡曾纸贵传欧记，地为翁来出让泉。”（明万历《滁阳志》）明确表示“让泉”是因欧阳修的存在才有的。

的确，我们由欧阳修留存的琅琊诗文看，作于《醉翁亭记》前的文字均不提“让泉”二字，但却写到过“让泉”泉水。欧阳修贬滁次年春天，雪融梅开后游山，后作《游琅琊山》诗“止乐听山鸟，携琴写幽泉”。全诗以游踪为序，写步行游山，止乐携琴，写的应是醉翁亭一带景色，所提到的“幽泉”应为“让泉”。无独有偶，欧阳修与《醉翁亭记》同时所作的诗《题滁州醉翁亭》，又提到“幽泉”，诗云：“但爱亭下水，来从乱峰间。声如自空落，泻向雨檐前。流入岩下溪，幽泉助涓涓。”“溪”就是流过两峰之间的那条小溪（俗称冷水涧），“幽泉”由“助”字看当指让泉无疑。这说明让泉泉眼在作《醉翁亭记》之前早已存在，只是还没有名字，欧阳修只好笼统称之为“幽泉”，如同说“幽谷”、“幽涧”等。该诗另写到“所以屡携酒，远步就潺湲”，说明步行到醉翁亭一带游玩，已成欧阳修的生活习惯，也再次证明《游琅琊山》诗中提到的“幽泉”非让泉莫属。若“让泉”早已有名字，欧阳修没有必要屡次以“幽泉”称之，直言“携琴写让泉”，“让泉助涓涓”好了。另外，丰乐亭建造早于醉翁亭，伴随丰乐亭扬名的“幽谷泉”为欧阳修开凿命名，若在创作《醉翁亭记》时还称让泉为“幽泉”的话，两口名泉极易相混，所以欧阳修不得不在亭记中为他钟情的醉翁亭旁的这口幽泉正名。

至于缘何要题作“让泉”，其实《醉翁亭记》中已经加以暗示，记云：“山行六七里，渐闻水声潺潺，而泻出于两峰之间者，让泉也。”“水声潺潺”即“来从乱峰间”的“亭下水”，而“让泉”因为“泻出于两峰之间”，是两峰相让的结果，自然会让深受儒家思想熏陶的欧阳修想到一个“让”字。也就是“让泉”的命名，既符合观山写实情形，也暗合欧阳修贬滁时的心态。单就目前所能

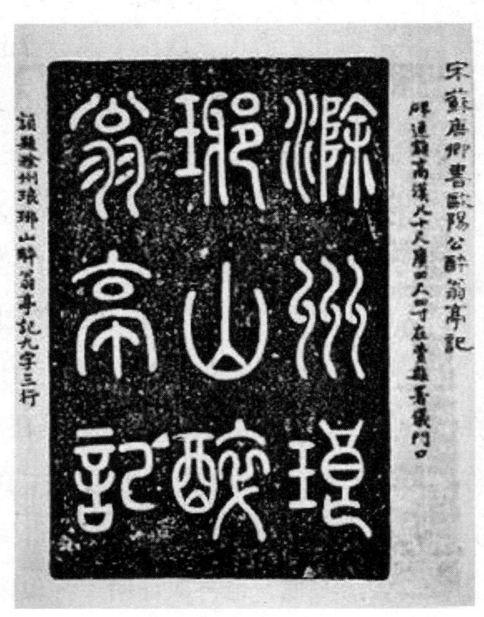

苏唐卿篆书醉翁亭记拓本

掌握的材料看，“让泉”之名首见于《醉翁亭记》是毫无疑问的。

不管怎样，“让泉”是欧阳修贬滁后最为陶醉的泉水，正如好友梅尧臣《寄题滁州醉翁亭》诗云：

琅琊谷口泉，分流漾山翠。
使君爱泉清，每来泉上醉。
醉缨濯潺湲，醉吟异憔悴。
日暮使君归，野老纷纷至。
但留山鸟啼，与伴松间吹。
借问结庐何，使君游息地。
借问醉者何，使君闲适意。
借问镌者何，使君自为记。
使君能若此，吾诗不言刺。

“让泉”的地理形势与清澈可鉴，也极容易触发欧阳修的创作灵感，成为其寄意寓托的对象。不管人们如何评价《醉翁亭记》，但若没有“让”的情怀作基石，也就不会有“醉”、有“醒”、有“乐”的思想情绪抒发。事实上，读者很容易从《醉翁亭记》的字里行间中感受到欧阳修因祸得福、因退而进、因让而醉、因醉而醒、因醒而乐的极大满足感，而这与欧阳修的思想修养又是密切相关的。梅尧臣奉和欧阳修之诗《依韵奉和永叔感兴》五首有云：“泉上有君子，斋祠达主诚。”从这个意义上说，“让泉”实为欧阳修的心灵之泉。

第四节　“醉翁”号的虚与实

对“醉翁”的理解，我们认为“醉翁”作为号虽然有戏谑因素，却绝非虚言。我们先看欧阳修自己怎么说：

四十未为老，醉翁偶题篇。醉中遗万物，岂复记吾年。

——欧阳修《题滁州醉翁亭》

我时四十犹强力，自号醉翁聊戏客

——欧阳修《赠沈遵》

我昔被谪居滁州，名虽为翁实少年。

——欧阳修《赠沈博士歌》

欧阳修虽然不承认自己老，正如现醉翁亭联所题：“饮既不多缘何能醉，年犹未迈奚自称翁。”但是“人生七十古来稀”，古人寿命普遍比今人短，四十便到了不惑之年，心理上的苍老感会越来越强烈，加上欧阳修受到政治、家庭乃至人格上的多重打击，身体上也不是太好，患有消渴症（糖尿病），是一副“苍颜白发”、未老先衰的模样，犹如他在《白发丧女师作》诗中写得那样：“自然须与鬓，未老先苍苍。”贬滁之前的欧阳修，已经经历了个人情感与仕途上的种种磨难：大中祥符三年四岁，父亲故；明道二年二十七岁，妻子胥氏亡；景祐二年二十九岁，再娶夫人杨氏亡，妹夫张龟正亡；宝元元年三十二岁，五岁长子夭亡；庆历五年三十九岁，八岁长女夭亡，再加上政治风波、“张甥案”受辱和贬谪滁州，所有这些都不能不对欧阳修的人生观及价值观带来深刻的影响，并使他处在进退两难、醉醒迷离的矛盾心理状态。古代文人起号主要为寄寓性情，“醉翁”这个号恰恰可以较好地体现当时欧阳修的真实心理状况，即“身虽公辅，志则林泉”（韩琦《祭少师欧阳修永叔文》），作为文人而性尚自然山水，作为太守则又不得不责任担当，唯一的出路就是在自然与社会、兼济与独善之间找到平衡点，非陶醉山水非是醉翁，非与民同乐非是醉翁。

至于“醉翁”能否喝酒，答案也是肯定的，“六一居士”号中便包含了一壶酒。我们从欧阳修所作滁州诗歌中，也可以看出醉翁对酒的喜好，估计酒量也不至于“饮少辄醉”吧！如：

醉中遗万物，岂复记吾年。——《题滁州醉翁亭》

人生行乐在勉强，有酒莫负琉璃钟。——《丰乐亭小饮》

饮子今日欢，重我明日愁。——《怀嵩楼晚饮示徐无党无逸》

我来携酒醉其下，卧看千峰秋月明。——《琅琊山六题·石屏路》

渴心不待饮，醉耳倾还醒。——《幽谷晚饮》

鸟飞花舞太守醉，明日酒醒春已归。——《丰乐亭游春其一》

花开鸟语辄自醉，醉与花鸟为交朋。——《啼鸟》

酒在欧阳修看来，与琴棋书画一样是文人性情的表现，至于喝多少倒是次要的。李白喝酒喝成了诗仙，杜甫喝酒喝成了诗圣，李清照喝酒喝出了词境。同样，《醉翁亭记》离开了酒也成不了千古美文。只不过醉翁不是醉鬼，“醉翁之意不在酒，在乎山水之间也”。

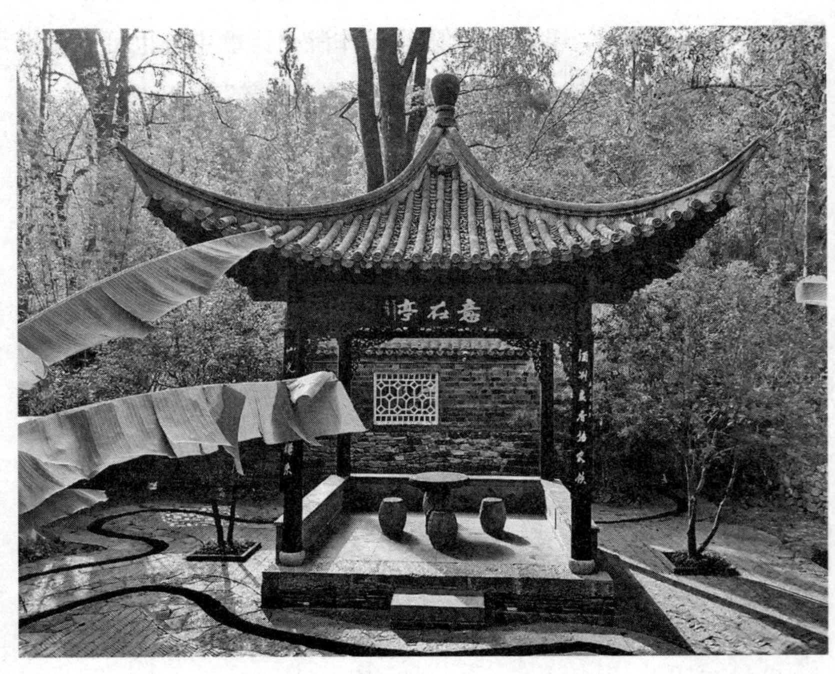

醉翁亭景区意在亭

第四章 ‖ 醉翁文化的基本特征

第一节 江山妙景聚一亭——亭文化

醉翁亭凝聚着中国亭文化的精髓。明计成《园冶·亭》曰:“亭者,停也,所以停憩游行也。”说明亭子原专供游者歇脚赏景之用,后构成风景的一个点缀部分,具有了较强的审美性。在自然山水中点缀以亭台楼阁,可以消减一些自然界的空寂感。从审美主体上看,亭子四面通透,“江山无限景,都聚一亭中”(元代张宣题倪瓒画诗),使游者能够借助这一媒介突破有限而通向无限,在对自然的宁静观照中最终达到一种“天籁人籁合同而化”(袁枚《峡江寺飞泉亭记》)的审美境界。即可以“仰观宇宙之大,俯察品类之盛,所以游目骋怀,足以极视听之娱,信可乐也!”(王羲之《兰亭集序》)故古人造园必造亭,访山必访亭,文人也留下了不少亭记作品,如韩愈《燕喜亭记》、柳宗元《零陵三亭记》、苏轼《放鹤亭记》、苏辙《黄州快哉亭记》、曾巩《醒心亭记》等,而《醉翁亭记》则是其中最杰出的代表,因和《丰乐亭记》双双收入《古文观止》而受世人推重。

醉翁亭最初建造的动机是单纯的，即山僧智仙为欧阳修游山休息而建，山僧单纯而淳朴的感情令欧阳修获得了在官场上从未有过的人情温暖，故欧阳修才要在《醉翁亭记》中慎重运用史笔加以记录，将己与智仙并提。一作亭一命名，醉翁亭堪称是一座友谊亭。《醉翁亭记》的美主要并不在于描绘了醉翁亭本身构件和造型的美，故文中除了一句“有亭翼然临于泉上”来修饰醉翁亭的动态美，更多地在描绘琅琊山的四时朝暮变化之美和人情风俗美，即“在乎山水之间也”，并最终折射出一个封建士大夫的人格精神美。

醉翁亭初建时只有一座亭子，北宋末年，知州唐恪在其旁建同醉亭。明代，醉翁亭兴盛起来，房屋已建到数百座，可惜后来多次遭到破坏。清代咸丰年间，醉翁亭已经成为一片瓦砾。直到光绪七年（1881），全椒文人薛时雨主持重修醉翁亭，才重现昔日的风貌，有“九院七亭”之说，其中包括冯公祠、醉翁亭、影香亭、古梅亭、宝宋斋、二贤堂、怡亭、意在亭、览余台，风格各异，互不雷同，人称“醉翁九景”。如今的醉翁亭是拥有几十处景点和古迹遗址的建筑群，亭台楼阁共同阐释着《醉翁亭记》的意境。当然最突出的还是亭，如意在亭的曲水流觞、影香亭的暗香浮动、古梅亭的清香幽韵、怡亭的心旷神怡、六一亭的醉翁风神、洗心亭的一尘不染、听泉亭的流水潺潺，此外还有久废的同醉亭、揽芳亭、自卑亭等，连同琅琊山其他各处名目繁多的亭，或废或存，不下上百处，有山亭、水亭、泉亭、凉亭、碑亭、纪念亭，四柱、六柱、八柱、十二柱、十六柱，木质结构、砖石结构、混合结构等

醉翁亭景区影香亭

等，俨然形成亭之文化大观园。最著名的当然要数以文章闻名的醉翁亭、丰乐亭、醒心亭，为欧阳修和曾巩作记，为琅琊文化增添了深厚的内涵。

第二节　蓬莱之后无别山——山文化

醉翁亭的美凝结着琅琊山的灵气秀美。虽然琅琊山以醉翁亭而名播天下，但若没有她自身的“林壑尤美”“蔚然深秀”，也就孕育不出《醉翁亭记》这篇美文。故欧阳修在《醉翁亭记》中除“有亭翼然”一句写亭本身的美，主要笔墨还是写琅琊山朝暮四时变化之美。琅琊山形成于远古（距今 2.3 ~ 1.8 亿年），得名于西晋末琅邪王司马睿，其得名具有帝王之气：

唐朝李吉甫《元和郡县志》载：“西晋武帝（司马炎）平吴（208 年）琅琊王伷出涂中，孙皓送玺，即此地。”（“涂”，即古“滁”字）

刘唐湾《琅琊溪记》：“晋元帝（司马睿）居琅琊，邸其镇东也，尝游息是山，厥迹犹存。”

崔祐甫《宝应寺碑》：“东晋元帝初为琅琊嗣王，巡难，浮江未济，回翔之地也。”

欧阳中石题琅琊深秀

王禹偁《留题琅琊诗》注:“元帝为琅琊王,渡江,尝驻此山,故溪山皆有琅琊之称。”

宋濂《游琅琊山记》:“臣闻琅琊山在州西南十里,晋元帝潜龙之地。帝尝封琅琊王,山因以名。”

琅琊山山体属低山岩溶地貌,山势西南高、东北低,坡度平缓,沟谷发育,最高峰海拔不到400米。山虽不高,却绵延起伏,削壁峭立,古道盘旋,古称“万山浮翠一溪寒”,有“金陵锁钥”之险,为“九州通衢”之要,清流关闻名天下。这里地处江淮之间,属北亚热带向暖温带过渡的湿润季风气候区,雨水充沛,溪河纵横,四季分明,植被天然原生,植物种类约千种,醉翁榆、琅琊榆、滁菊等为滁州特有,古树名木与古刹名亭相互辉映。密林高树中,据史载曾有虎、狼、鹿、獐、狐、豺、猿、猪等,所谓“扫林驱虎出”“忘机野鹿无拘缚”“奇花异草人未识”等诗句,便是古人对琅琊自然风貌的形象描述。明人庄昶吟诗赞道:“开辟以来原有此,蓬莱之后无别山。”(《琅琊山纪胜》其一)与五岳黄山相比,琅琊山不是大家闺秀,而是小家碧玉;不以雄奇险峻见胜,而以玲珑清秀见长。突出特征概括为四个字:清、秀、野、真(清雅、挺秀、野朴、纯真)。

先说清、秀,两字常连用,类似欧阳修《丰乐亭记》直言“刻露清秀”。琅琊清秀之美为古今游者共同感受,韦应物滁诗中一再出现“山中清景多”“心将清景悟”“秋山满清景”之句,后人也有“境清岂俗到”(欧阳修)、“林间泉石境清幽”(王古)、“千岩各竞秀”(章衡)、“归鞍惜清境”(赵秉文)、“坤灵育神秀”

"峰回路转"处题刻"蔚然深秀"

（陈琏）、"林壑夸深秀"（孟津）等咏。清秀是一种意境，也是一种品格或精神的象征。琅琊山峰峦叠翠，清流泻注是创造这种清秀之美的本原。尤其是清流翠竹、松风十里给人印象深刻，古人歌咏甚众，如"松竹人间别"（韦应物）、"泉声出竹遥"（王禹偁）、"泉傍野人家，四面深篁竹"（欧阳修）、"清秋十里韵松风"（王古）、"泉兼松韵飘空转"（胡松）、"松篁入夜生幽色"（石玺）、"万壑松风连古刹"（萧崇业）、"松风深处听潺湲"（戴金）等。松风竹韵泉洁，营造出琅琊山最深邃的意境。

再看野、真，不野不真，不真不野。"寻真发幽兴，徐步谒仙踪”（戴瑞卿《柏子潭》），“野情终为爱丘园”（王守仁《林间睡起》），“长思澹泊还真性”（王守仁《龙蟠山中用韵》）。真山真水贵在富于野趣、真趣，给人返璞归真之感，能重新唤醒人类业已泯灭的真性。尤其是野，体现着琅琊山古朴原生自然状态，在文明发达的今天尤显得可贵。韦应物著名的《西涧》诗就有“野渡无人舟自横”的佳句。欧阳修《醉翁亭记》写到“野芳发而幽香”“山肴野蔌”，其留下的其他滁州诗文也是“野田”“野人”“野僧”“野巫”“野岸”“野鸟”“野草”“野潦”“野艳”“野态”“野水”等词满眼。此外，古代琅琊诗文中还写到“野老”“野塘”“野烟”“野父”“野膳”“野鹿”“野色”“野禽”“野劝”“野绿”“野思”“野寺”“野性”“野叟”“野气”“野香”等。抽掉野字，琅琊神韵会减很多，也就失去游琅琊的一大乐趣。

琅琊山经过历代开发，到明代形成了所谓“滁州十二景”：琅琊古刹、花山簇锦、清流瑞雪、龙蟠叠翠、重熙洞天、柏子灵湫、让泉秋月、石濑飞琼、西涧春潮、丰岭祥云、谯楼大观、菱溪夜雨。其中多为琅琊美景。琅琊山还富有神仙之气。1992年7月3日上午，琅琊山南天门会峰阁前，出现了波澜壮阔的海市蜃楼奇观。只见东南方一条大河自西向东缓缓流动，西边却是大片崇山峻岭，崖壁如削。西南方雾障中，竟托起了六层山峦，重重叠叠。九时半以后，云海翻腾，云涛冲击着虚幻的山崖。而游人头顶上布满大片鱼鳞状的云朵，呈灰白黄三色，日光若有若无，非常奇妙。十时，幻境逐渐消失，历时70分钟。有中国新闻记者适逢其遇，摄下了这一罕见的美景。

醉翁潭瀑布

第三节　依旧清心共泉洁——泉文化

如果把琅琊山比作是清秀纯朴的乡野少女，那么泉水则是她最清澈动人的眼睛。凡读过《醉翁亭记》的人都会为琅琊山的泉水而陶醉。的确，读者步入《醉翁亭记》山水境界是从听泉开始的。“山行六七里，渐闻水声潺潺”，而最清亮明净的是“泻出于两峰之间”的“让泉”。琅琊山自唐最早被开发，即“凿石引泉，酾其流以为溪。”这条溪被命名为“琅琊溪”，唐古文家独孤及曾作《琅琊溪述》，琅琊山历史上亦有“溪山”之称。王禹偁知滁《琅琊山八绝诗》作有三绝与泉溪有关，即庶子泉、白龙泉、明月溪。尤以李幼卿最早开凿的庶子泉为知名，唐著名书法家李阳冰创作并篆刻《庶子泉铭》，更使琅琊泉名声大振。

琅琊山有三大名泉——庶子泉、让泉、幽谷泉，而后两泉与欧阳修有关。特别是让泉，欧阳修尤为偏爱，“使君爱泉清，每来泉上醉”（梅尧臣《寄题滁州醉翁亭》）。欧阳修自己也说“但爱亭下水，来从乱峰间”（《题滁州醉翁亭》）。醉翁亭不仅“翼然临于泉上”，醉翁喝的酒也是让泉水所酿。除了让泉，“水清而石出”，“临溪而渔，溪深而鱼肥”，这些笔墨，都增添了琅琊山的灵性。欧阳修爱泉情结，寄托着他“清如水，明如镜”的政治理想及清刚高洁的人格理想。有人妄改《醉翁亭记》“泉香而酒洌”为“泉洌而酒香”，以为泉水不会有什么香气，其实只要泉水与人格相连，就会散发出香气，所谓“惟吾德馨”也。

在中国，泉水很早就被灌注了哲理、伦理等象征意义，中国人惯常“以水喻性”。西汉刘向《说苑》卷十七《杂言》曾载孔子与子贡的一段对话：“子贡问曰：‘君子见大水必观焉，何也？’孔子曰：‘夫水者，君子比德焉。遍予而无私，似德；所及者生，似仁；其流卑下句倨，皆循其理，似义；浅者流行，深者不测，似智；其赴百仞之谷不疑，似勇；绵弱而微达，似察；受恶不让，似包蒙；不清以入，鲜洁以出，似善化；至量必平，似正；盈不求概，似度；其万折必东，似意。是以君子见大水观焉尔也。’‘夫智者何以乐水也？’曰：‘泉源溃溃，不释昼夜，其似力者；循理而行，不遗小间，其似持平者；动而之下，其似有礼者；赴千仞之壑而不疑，其似勇者；障防而清，其似知命者；不清以入，鲜洁以出，其似善化者；众人取平品类以正，万物得之则生，失之则死，其似有德者；淑淑渊渊，深不可测，其似圣者。通润天地之间，国家以成，是知之所以乐水也。诗云：思乐泮水，薄采其茆；鲁侯戾止，在泮饮酒。乐水之谓也。’”这是儒家的解释。其实老庄也谈“天下莫柔弱于水”“君子之交淡如水”。这种对泉水的伦理化、人格化，使得深受儒道思想浸染的中国人对泉水怀有一种特殊情感或心态，并成为古今君子仕隐出处的现实和心理的参照物。王禹偁《琅琊山八绝诗》吟白龙泉，便说“亦如君子道，出处贵先觉。”此外，山水还成了诗人画家抒写情思的媒介，著名美学家宗白华先生说过：“中国的画和诗，都爱以山水境界做表现和咏味底中心。”好山应有好水，琅琊泉水以其灵动清澈最大限度地满足了历代探访者人格与审美的心理，昭示着古代文人将自身化同自然的理想情趣。古人有道是：“平生最有云泉兴，谁信全于出使偿。”（宋刘泰《游琅琊》其一）

第四节　林间泉石境清幽——隐文化

琅琊山的山水境界可以概况为两字：幽静。“山行六七里，渐闻水声潺潺”，“峰回路转”，便是一种幽境。古代琅琊诗文中不断出现“幽涧”“幽赏”“幽谷”“幽姿”“幽素”“幽致”“幽闲”“幽胜”“幽怀”“幽泉”“幽奇”“洞幽”“清幽”“幽鸟”“幽林”“幽寂”“幽亭”“幽境”“幽人”“幽伏”“径幽”“深幽”“幽兴”“幽寻”“讨幽”“幽探”“幽爽”“幽峦”“幽事”“幽邃”等字样。韦应物《西涧》诗有“独怜幽草涧边生”，欧阳修二亭记分别有“野芳发而幽香”“掇幽芳而荫乔木”句。“林间泉石境清幽，野鸟鸣声亦自由”（王古），“环滁皆名山，琅琊擅幽胜”（陈琏），“泉兼松韵飘空转，草带天香到处幽”（胡松），都是对这种境界非常好的概括。

幽境是静境，也是一种空境（禅境）。“空林细雨至，圆波遍水生”（韦应物），“空山有月泉鸣玉，净境无尘地布金”（施昌言），“林静屡闻红叶坠，溪深时见白云流”（陆光祖），这种幽静空灵之境首先为修佛学道者所向往，琅琊古寺——宝应寺被国务院列为全国重点寺院，始建于唐大历六年，另有碧霞元君殿、玉皇殿等著名道观，佛道于此相安无事，又构成琅琊文化一大奇观。在韦应物、欧阳修等名士影响下，这里俨然是后世文人心目中又一桃花源。想当年隐士陶潜一篇《桃花源记》，为古今文人营造出理想的精神家园，在那里可以过上幸福宁静而纯朴的生活，保持天性的真淳。然而，“桃源望断无寻处”（秦观《踏莎行·郴州旅舍》），现实很难找到这样的地方。可是，“舟车商贾、四方宾客之所不至”的滁州，“泉傍野人家，四面深篁竹”（欧阳修），“乱石都成佛，穷僧半作农”（区大相），风之淳朴，俗之安闲，无疑是一个可触摸到的桃花源。有诗为证：“桃源在何处？西峰最深处”（王守仁），“自疑身是武陵客，误逐桃花迷水曲”（杨杰），“错认武陵归路迷”（孙孟），“花源路欲迷”（章焕），“此山幽胜武陵源”（陈达），“何事桃源千载后，花开不许世人寻”（张舜臣）等。古代文人雅士的桃源情结可以在琅琊山得到舒展，因而这里成为古之隐者最佳去处。特别是信奉兼济独善人生信条的古代仕者，常徘徊于仕与隐、出和处之间，失意时常乐意走“中隐”（亦官亦隐）之路，既不失官俸，又能保持一定的隐士品格，滁州地僻事简，山水奇丽，恰能满足他们这种心理。

先后出知滁州的韦应物、王禹偁、欧阳修，最初都怀有郁闷的心态，一旦置身琅琊山水间，便感到宽慰，甚至庆幸。如韦诗云：“受命恤人隐，兹游久未遑。”“南谯古山郡，信是高人居。”王诗云：“销尽谪居愁，无心治归艇。”而欧阳修则是“为政风

传说欧阳修手植梅

流乐岁丰，每将公事了亭中。”即身为地方小官，在这里却能推行一种宽简爱民的“弦歌之政”；身为文人，在这里又能摆脱繁琐公务，得闲优游山水，激发创作灵感，最终形成为人称道的“六一风神”。“千载行藏意，吾侪道未穷”（张楠），“境幽淹隐吏，地胜是名流”（邵梦麟）。李阳冰《庶子泉铭》也说这里“探幽近廊”“能谐吏隐”。山中历史上也曾建有招隐堂，以示这里是招隐之地。欧阳修的《醉翁亭记》实际融入了隐文化的某些特质，某些描写与韩愈表现隐士的散文《送李愿归盘谷序》如出一辙。欧阳修《醉翁亭记》如果说对琅琊山的美景描绘是观山写实，那么对“负者歌于途，行者休于树，前者呼，后者应，伛偻提携，往来而不绝，滁人游也”的生活场面描写，则多少带有想象和理想化的成分。不同的是，韩文中的隐者是孤独的，欧阳修却多了人情温暖，描绘的是与民同乐的理想画面。

第五节 醉中山水弄清辉——醉文化

滁州有“醉乡”之誉。此誉不仅说明这里水好酒好，如《醉翁亭记》所云：“酿泉为酒，泉香而酒冽。”更说明这儿是把酒临风、令人陶醉之处。当年李幼卿以右庶子领滁州刺史，就因“无讼以听”，“居多暇日，常寄傲此山之下”，“公举觞酒，酒酣气振”，“舍琴咏歌，同风舞雩，时时醉归”（独孤及《琅琊溪述》），开了琅琊醉文化的先河。此后，韦应物“采菊投酒中”，“载酒共行春”；王禹偁“病眼白头唯醉睡”，“唯吟把情入醉乡”。醉乡由此得名，醉翁亭名联中也有“翁去八百载醉乡犹在”之句。

当然，醉乡的文化内涵更离不开欧阳修对琅琊山水的陶醉。他自号“醉翁”以命名醉翁亭，更写下千古名文《醉翁亭记》，字里行间充满醉意，一句“太守醉也”道出多少人生的沧桑和感悟；他的其他琅琊诗文中也是醉字满眼，如“醉与花鸟为交朋”“盘石堪醉眠”“醉中山水弄清辉”“鸟歌花舞太守醉”“醉中遗万物”“野鸟窥我醉”“醉而倾还醒”“莫忘西亭曾醉处”“千岩万壑醉眠处”等，这种醉的情结构成《醉翁亭记》的感情暗线，吸引无数游人前来解读。梅尧臣解读道：“借问醉者何？使君闲适意。”“何以言醉？在泉林之下。”如同欧阳修所说“醉翁之意不在酒，在乎山水之间也。”其实，深层的内涵是醉中有醒、寓醒于醉，即“得

醉翁亭景区古梅亭

之心而寓之酒”。欧阳修于诗文中不仅强调醉，也强调醒，如“醒能述以文”“明日酒醒春已归”“日落山风吹自醒”“醉耳倾还醒”“吹我还醒然”“醉醒各任物”“独醉还自醒”等。欧阳修还特地构建醒心亭，嘱弟子曾巩作《醒心亭记》，以免后人误解其醉意。“可笑灵均楚泽畔，离骚憔悴愁独醒。”（欧阳修《啼鸟》）欧阳修不主张屈原“众人皆醉我独醒”的醒，而将醉与醒统一于一身。因为看透现实而自投汨罗江，于现实无益，反中奸佞下怀，好像是醒，实为不醒。

欧阳修寓醒于醉的方式是对传统酒文化精神的继承和弘扬。曹操一曲“对酒当歌，人生几何？”“何以解忧，惟有杜康。”唱出古今多少士大夫寓情于酒的共同心声。阮籍借纵酒以愤世；陶渊明诗不离酒，“寄酒为迹”；李白自称“但得醉中趣，勿为醒者传”（《月下独酌》），其“斗酒诗百篇”，开辟出诗道与酒道、人道与天道相浑融的境界。这种寓诗道于酒道的做法在后来李清照身上也不可避免。而把文道与酒道结合得最好的却是欧阳修。欧阳修摒弃了前人纵酒颓放、借酒浇愁或醉酒避世的消极影响，以放旷的襟怀正视自己失意的人生，醉心山水而又心系百姓，独善其身而又心怀天下，醉中寄托他的高尚人格和道德风范。“我时四十犹强力，自号醉翁聊戏客”（《赠沈遵》），“醉翁”没有爱酗酒或不善饮酒之意，而是一个迈入不惑之年的人，以不惑的姿态感悟人生后的潇洒自喻。

第六节　醉能同其乐悠悠——乐文化

欧阳修乐的情怀有其文化渊源关系。儒家就讲“乐天者保天下”，讲“与民同乐”，讲“乐民之乐者，民亦乐其乐；忧民之忧者，民亦忧其忧”（见《孟子·梁惠王章句下》）。这是《醉翁亭记》“乐其乐”和《丰乐亭记》“与民共乐”的出典。从国民精神上看，“吾国人之精神，世间的也，乐天的也”（王国维《红楼梦评论》），滁人“安于畎亩衣食，以乐生送死”（《丰乐亭记》），更典型地体现着这种精神，使得原本就有放旷个性的欧阳修能很快摆脱仕途的烦恼，融入滁人快乐的生活，所谓“乐其地僻而事简，又爱其俗之安闲”便是这种心态的体现。欧阳修需要做的，不仅仅是“乐其乐”，还要滁人明白安享丰年之乐的原因是“幸生无事之时”。

古人写醉常与愁、不醒相联，而欧阳修则将之与乐、醒相联。《醉翁亭记》六个“醉”字，十个“乐”字，归到一个“醒”字上。特别是最后一段乐字连篇，由禽鸟乐（知山林之乐），至人之乐（从太守游而乐），最后到太守乐（乐其乐），由自然到人类，由他及我，由此表现出欧阳修因看到国泰民安，人鸟各得乐、和谐相处而在精神上获得的最大快乐。这说明欧阳修面对个人遭际并没有醉生梦死，仍具有“不以物喜，不以己悲”“先天下之忧而忧，后天下之乐而乐”的胸襟，在醉乐中始终保持清醒的政治头脑和积极的人生态度。醉而能醒，醒而更乐。对此曾巩于《醒心亭记》中阐释最明，说欧阳修乐“吾君优游”“吾民给足”等，“一山之隅，一泉之旁，岂公乐哉”。曾巩作记受欧阳修之嘱，应能间接透露欧阳修真实乐之心迹吧！当然，欧阳修乐之精神不仅仅是国泰民安之乐，还应包括山水之乐、宽政之乐、与民同乐、独醒之乐，乃至行文之乐（如 21 个“也”字）等。

琅琊山同乐园（欧阳修纪念馆）

第七节　最喜清流号让泉——让文化

古人有以泉喻性的传统，如说贪泉、廉泉、忠泉、盗泉、圣泉等，伴随《醉翁亭记》而扬名的“让泉”实关乎中国传统礼

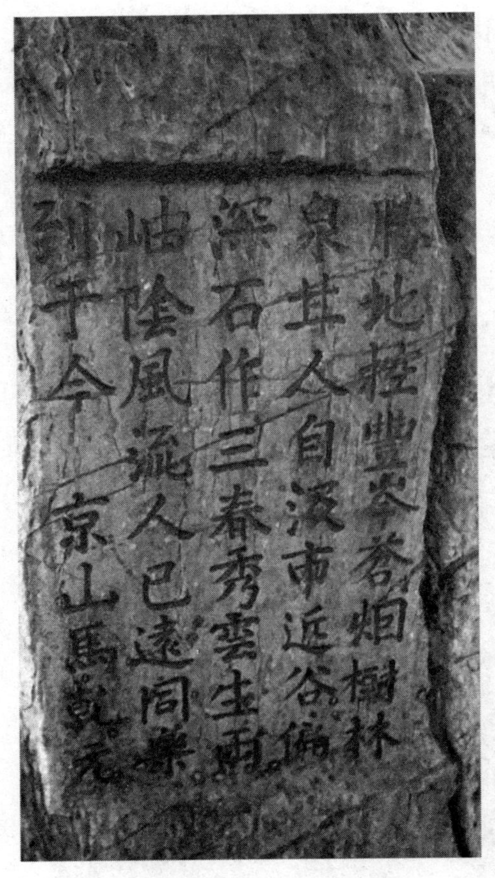

“同乐到于今”题刻

文化的精神。何况“让泉”之名首见《醉翁亭记》，且极有可能是欧阳修命名，这更关乎欧阳修贬滁后复杂的思想状态。撇开来历不论，“让泉”与大致同时的另一口琅琊古泉——“逊泉”，在精神上是一致的。古之“让”的一层内涵就是谦逊。“让”“逊”都是儒家重要的道德观念。《论语》讲“夫子温良恭俭让”，“不能以礼让为国，如礼何？”讲“君子义以为质，礼以行之，逊以出之，信以成之”。孟子亦云“辞让之心，礼之端也”，“无辞让之心非人也”（《公孙丑上》）。朱熹则云：“让者，礼之实也。”（《四书集注》）可见，逊让是封建士大夫所追求的道德风范，并愿将这种风范推及百姓。

宋人推崇儒家的礼让之道，乃至形成了一种惯例，凡担任侍从以上官员，为了避免躁进之讥，任职前都要上辞免表，以示逊让之心，范仲淹，欧阳修等都上过这样的表。欧阳修在《内制集》

仇英《醉翁亭》图

卷三曾云："嘉辞让之有仪，在眷怀而岂易。"在《春秋论·中》认为周衰以来，"能好廉而知让，立乎争国之乱世，而怀让国之高节，孔子得之"。当然，欧阳修反对假辞假让，在庆历三年十二月《辞免第二状》中曾说："今若辞让而不获，则伪让者终于得进，损之又损，不如不辞。"也正因为抱有真让的心态，欧阳修于政治上的三起三落，才能从容应对，而成一代宗师、三朝重臣。正如［制词］敕言欧阳修的辞官，是"让节逾高，诚心可谅"。[①]

同样，欧阳修贬滁若不抱有让的心态，就很难超脱痛苦，醉心于滁州山水和宽简之政，也就不能陶然自乐而有为政风流。让不是退缩逃避，而是以退为进。与其在朝廷卷入激烈的纷争，不

① 引胡柯编《欧阳修年谱》。

如在地方踏实做些工作，而这并不违背儒家倡导的出处进退的处世原则，所谓“所要在道德，不愧丘与回”（曾巩）。而欧阳修自己也说过：“古之君子所以异于常人者，能安常人之所不能安也”，“自古贤达之士，固常有所屈伸，其所以处之者，乃其平生所学者耳。”（《与丁学士五通》“君子贵从俗，小官能养贤”(《送黄通之郧乡》。这使他能安于小邦之政，心理平衡，在滁“愈久愈乐，不独为学之外有山水琴酒之适而已。小邦为政期年，粗有所成，固知古人不忽小官，有以也”(《与梅圣俞四十六通》)。由让而醉，由醉而醒，由醒而乐，构成了欧阳修贬滁后精神历程的

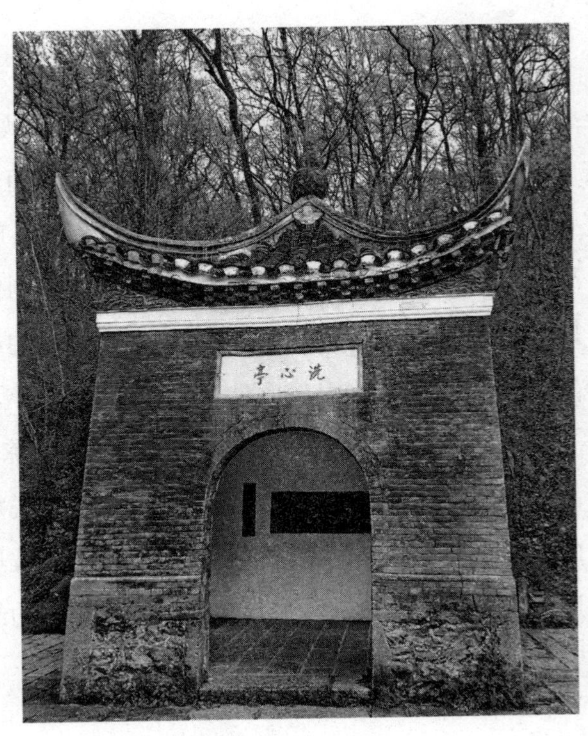

醉翁亭景区洗心亭

三部曲。位卑不忘臣责，“进亦忧，退亦忧”，是琅琊让文化的精神主导。

第八节 唯把吟情入醉乡——艺文化

以欧阳修与《醉翁亭记》为中心所形成的琅琊山艺术文化，使得这座名山兼有自然与文化遗产的双遗产功能，值得今天传承发扬。

诗词有韦应物《滁州西涧》、欧阳修《丰乐亭游春》、辛弃疾《木兰花慢·滁州送范倅》等名篇，流传下来的诗词约一千四百多首。曲则有北宋著名音乐家沈遵往游琅琊后所作琴曲《醉翁吟》（一作《醉翁操》），“知琴者以为绝伦”（苏轼《醉翁操》并序），填词者甚多，如欧阳修、梅尧臣、王令、苏轼等。如梅尧臣填《醉翁吟》模仿欧阳修，用的也是楚辞体，侧重表现醉翁之意，词曰：

翁来，翁来，翁乘马。何以言醉，在泉林之下。日暮烟愁谷瞑，蹄耸足音响原野。月从东方出照人，揽晖曾不盈把。酒将醒，未醒又挹玉斝向身泻，翁乎醉也。山花炯兮，山木挺兮，翁酩酊兮。禽鸣右兮，兽鸣左兮，翁魌鹈兮。虫蜩嚎兮，石泉嘈兮，翁酕醄兮。翁朝来以暮往，田叟野父徒倚望兮。翁不我搔，翁自陶陶。翁舍我归，我心依依。博士慰我，写我意之微兮。

王令填的《效醉翁吟》也是楚辞体，侧重缅怀醉翁遗风，词曰：

山岩岩兮谷幽幽，水无人兮自流。始与谁兮乐此，昔之游者兮今非是。清吾樽兮洁吾斝，欲御以酒兮谁宜寿者？山蘼春兮野鹿游，亭无人兮飞鸟下。喜公有遗兮乐相道语，从人以游兮告以其处。高公所望兮卑公所游，公为庐兮燕笑以休。摭山果以侑酒，登溪鱼而供羞。仰春木以塞华，俯秋泉而漱流。公朝来兮暮去，肩乘舆兮马两御。来与我民兮不间以处，谁不此留兮公则去遽。花垂实兮树生枝，我公之去兮今忽几时？知来之不可望兮悔去而莫追。人皆可来兮公何不归？青山宛宛兮谁为公思？

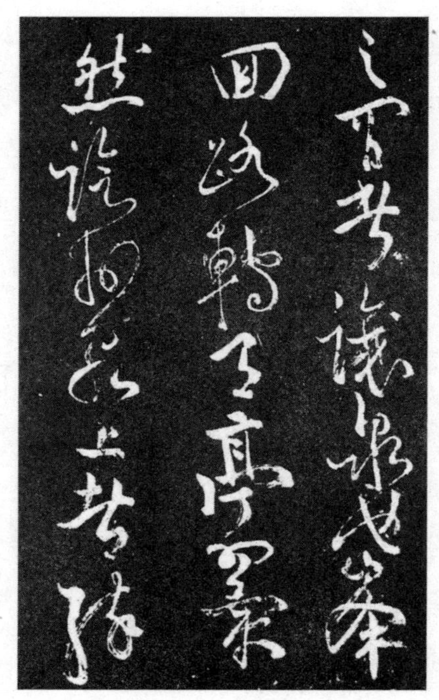

《醉翁亭记》苏轼草书拓本

当然，填得最好的是苏轼。宋代王辟之撰《渑水燕谈录》卷八载：

庆历中，欧阳文忠谪守滁州，有琅琊幽谷，山川奇丽，鸣泉飞瀑，声若环佩，公临听忘归。僧智仙作亭其上，公刻石为记，以遗州人。既去十年，太常博士沈遵，好奇之士，闻而往游，爱其山水秀绝，以琴写其声，为《醉翁吟》，盖宫声三叠。后会公河朔，遵援琴作之，公歌以遗遵，并为《醉翁引》以叙其事。然调不主声，为知琴者所惜。后余年，公薨，遵亦殁。其后，庐山道人崔闲，遵客也，妙于秦理，常恨此曲无词，乃谱其声，请于东坡居士子瞻，以补其阙。然后声词皆备，遂为琴中绝妙，好事者争传。……方其补词，闲为弦其声，居士倚为词，顷刻而就，无所点窜。遵之子为比丘，号本觉真禅师，居士书以与之，云：二水同器，有不相入；二琴同手，有不相应。沈君信手弹琴而与泉合，居士纵笔作词而与琴会，此必有真同者矣。

说的是元丰年间，有一位曾拜沈遵为师居住在庐山的玉涧道人，叫崔闲，听说苏东坡贬谪黄州，便从庐山前去拜访，与苏东坡一见如故。东坡曾作《寄崔闲》一诗相赠，诗曰："道合何妨过虎溪，高山流水是相知。与君一别无多日，梦到琅然夜榻时。"崔闲多次登门拜访，一次揣着《醉翁吟》曲谱请东坡为之填词。苏轼原本就精通音律，便欣然应允，当场配合着崔闲弹奏的《醉翁吟》琴曲，完成了新词《醉翁操并序》：

琅琊幽谷，山水奇丽，泉鸣空涧，若中音会。醉翁喜之，把酒临听，辄欣然忘归。既去十余年，而好奇之士沈遵闻之往游，以琴写其声，曰《醉翁操》，节奏疏宕而音指华畅，知琴者以为绝伦。然有其声而无其辞。翁虽为作歌，而与琴声不合。又依楚词作《醉翁引》，好事者亦倚其辞以制曲。虽粗合韵度，而琴声为词所绳约，非天成也。后三十余年，翁既捐馆舍，而遵亦没久矣。有庐山玉涧道人崔闲，特妙于琴。恨此曲之无词，乃谱其声，而请于东坡居士以补之云。

琅然，清圜，谁弹？响空山。无言，惟翁醉中知其天。月明风露娟娟，人未眠，荷蒉过山前，曰："有心也哉，此贤！"

醉翁啸咏，声和流泉。醉翁去后，空有朝吟夜怨。山有时而童颠，水有时而回川。思翁无岁年，翁今为飞仙。此意在人间，试听徽外三两弦。

全词写出了在琅琊山幽静的山谷中，鸣泉飞瀑，声若环佩，好似琴声，自然天成，这其中的天然妙趣，只有当年的醉翁能于醉中悟得。明月之夜，人们为美妙琴曲所陶醉，迟迟未能入眠，连山中的隐者也不由赞叹这才是贤人有心之作。想当年，醉翁在谷中听鸣泉，且啸且咏，乐而忘还；醉翁去后，尽管流泉还是朝夕吟唱，却已失去知音，流响中似乎也带有一丝幽怨。想来时光无情啊，醉翁早已化仙升天，尽管人们会永远思念他。只有这琴声还带着深深的醉翁之意，回响在人间。

苏轼对自己填的《醉翁吟》词较为得意，他在给沈遵的儿子本觉法真禅师的信中说道："二水同器，有不相入；二琴同声，有不相应。沈君信于弹琴而与泉合，居士纵笔作词而与琴会，此中必有真同者矣！”由于这种“真同”的存在，才使得《醉翁操》词曲珠联璧合。

至于古代琅琊散文创作，除欧阳修与曾巩所作三亭记，唐古文运动先驱之一独孤及作《琅琊溪述》，明开国文臣宋濂作《琅琊山游记》，明代书画家文徵明作《重游琅琊山记》，民国散文家方令孺作《琅琊山游记》等，均脍炙人口，为山水游记的奇葩。现流传下来与琅琊山有关的散文不下几百篇，不愧为“散文之乡”，为此中国散文学会和中国作家协会安徽分会于 1985 年曾在琅琊山举办过“醉翁亭散文节”，吸引王西彦、何为、柯蓝、艾煊、江流等知名散文家参加，为琅琊文化增添新景。

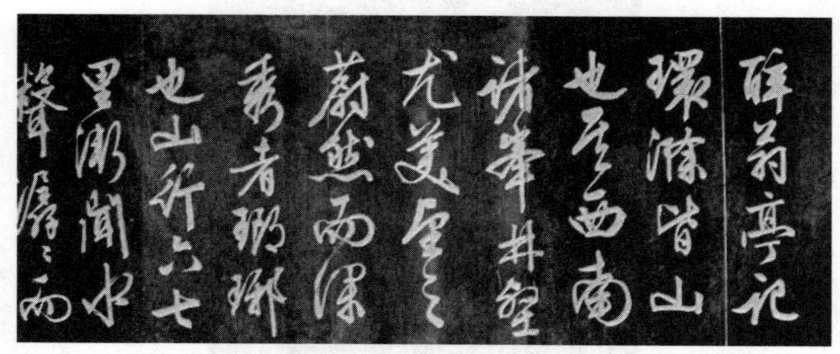

明代文征明草书《醉翁亭记》碑刻（局部）

琅琊书法碑刻及摩崖石刻，也为世人所重，2013 年 3 月国务院公布为第七批全国重点文物保护单位。据调查，琅琊山等处现存唐宋元明清各代石刻三百余块，苏轼楷碑、唐宋隶书石刻在书法史上均占有地位。特别是《醉翁亭记》，历代知名书法家用楷、行、草、篆等书体反复书写，构成醉翁文化一大人文奇观，直追“书法圣地”兰亭。如宋苏唐卿的篆碑，苏轼的楷书草书碑，元赵孟頫的行书碑，明祝允明的草书，文徵明的楷书草书、董其昌的行草木板刻，清黄元治的行楷木板刻等，都堪称珍品。

在绘画与园林建筑方面，最受后人重视的是现存琅琊寺内观自在菩萨石刻像，传为唐代大画家吴道子所绘，“眉目津津向人欲语”，堪称绝笔。此外，琅琊山不仅以亭见胜，而且还有台、

唐代吴道子观自在菩萨石刻像（拓本）

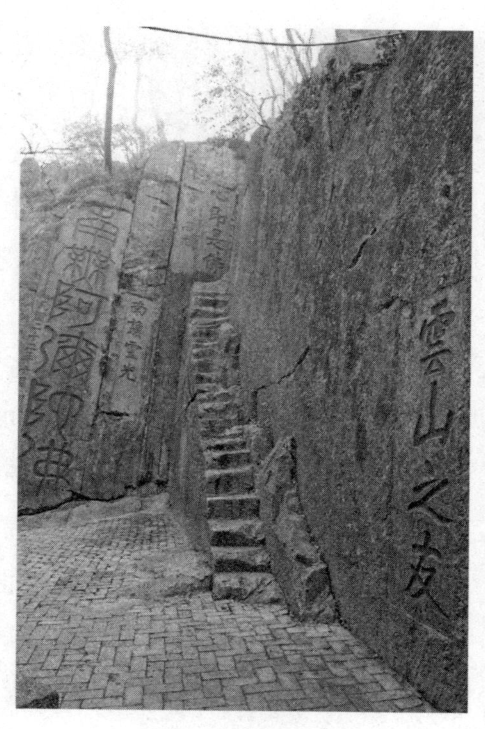

琅琊山摩崖石刻

楼、阁、殿、堂、寺、庙、观、祠、庵、宫、斋、轩、舍、塔、桥、廊、榭、园、池、井、门、牌坊等，相互辉映，蔚然大观，点缀山水，和谐统一，凝聚着中国古典园林建筑艺术的精华。像琅琊寺旁的“无梁殿”，“不知何年创建，梁柱皆以砖石为之，规划巍然，为诸殿之冠。”（《滁州志》光绪版）可与南京灵谷寺无梁殿相媲美，现在也被评为全国重点文物保护单位。

总之，“醉翁醉道不醉酒”（富弼），醉翁文化集中体现了以欧阳修为代表的中国传统知识分子的人格魅力和文化性格，并由此形成以醉翁为主要仰慕对象的独具魅力的琅琊文化名人现

明代文徵明醉翁亭记帖小楷（台北故宫博物院藏）

象。驻足过琅琊山的历史文化名人很多，既有文学艺术家如李幼卿、李阳冰、顾况、独孤及、李德裕、韦应物、李绅、王禹偁、欧阳修、曾巩、辛弃疾、宋濂、杨士奇、王守仁、程敏政、文徵明、王世贞、茅坤、屠隆、钱谦益、王士祯、查慎行、朱彝尊、吴敬梓、赵翼、袁枚、方令孺、徐悲鸿、刘海粟、林散之、侯宝林等，还有政界要人如江泽民、胡耀邦、李鹏、乔石、万里、李瑞环、温家宝、许世友、方毅、田纪云等。特别是宋代以来，围绕醉翁文化所形成的文化遗产构成了滁州文化特别厚重的一面，并成为滁州城市文化重要的精神来源与支撑。

第五章 ‖ 醉翁文化的传承影响

第一节 《醉翁亭记》脱胎于《琅琊溪述》

欧阳修名篇《醉翁亭记》千古流传，但其成文亦有创作渊源，可以说是直接脱胎于唐代独孤及创作的散文《琅琊溪述》。而揭出此义的第一人是清代何焯，其在《义门读书记》中有过这样一段话：

独孤及之《琅琊溪述》云："公登山乐，山者争同。无小无大，乘兴从公。"又云："时时醉止，与夕鸟俱。明月满山，朱幡徐驱。"亦采用而变化出之。

我们先看独孤及《琅琊溪述》的全文：

陇西李幼卿，字长夫，以右庶子领滁州。而滁人之饥者粒，流者占，乃至无讼以听，故居多暇日，常寄傲此山之下，因凿石引泉，酾其流以为溪。溪左右建上下坊，作禅堂、琴台以环之，探异好古故也。按《图经》，晋元帝之居琅琊邸而为镇东也，尝游息是山，厥迹犹存。故长夫名溪曰琅琊溪，他日赋八题题于岸石，及亦状而述之。是岁大历六年，岁在辛亥春二月丙午。

述曰：自有此山，便有此泉，不浚不刊，几万斯年。造物遗功，若俟后贤。天钟灵奇，公润饰之，流为回溪，削成崇台，不过十仞，意拟衡霍；溪袤数丈，趣侔江海。知足造适，境不在大；怪石皑皑，涌湍潺潺；洞壑无底，云兴其间。仲春气至，万木花发，亘陵被坂，吐火喷雪。公登山乐，山者毕同，无大无小，乘兴从公。公举觞酒，酒酣气振。溪水为主，人身为宾；舍琴咏歌，同风舞雩。时时醉归，与夕鸟俱；明月满山，朱幡徐驱；石门松风，声类笙竽。

于戏！人实弘道，物不自美。向微羊公，游汉之涘；岘山寂寞，千祀谁纪？彼美新溪，维公嗣之；念兹疲人，繄公其肥。后之聆清风而叹息者，挹我于泉乎已而。

通过把《琅琊溪述》与《醉翁亭记》认真比较，两文之间传承关系的确非常明显。

首先，两篇文章都有着相似的创作背景与目的。《琅琊溪述》为赞颂滁州刺史李幼卿而作，《醉翁亭记》为滁州太守欧阳修自况；《琅琊溪述》记述李幼卿开凿琅琊溪，修建禅堂、琴台的事迹，《醉翁亭记》则记述山僧智仙为欧阳修修建醉翁亭的事迹；《琅琊溪述》作者独孤及是李幼卿的朋友，据载，李幼卿为滁州刺史时独孤及曾于仕途中，顺道来滁看望过李幼卿，与李幼卿诗酒唱和，而醉翁亭的建造者智仙是欧阳修一见如故的好友，两文都反映了古人深厚的友谊。

其次，两篇文章的内容、字句有对应之处。详参下表：

《琅琊溪述》相关文字	《醉翁亭记》相关文字
洞壑无底，云兴其间	若夫日出而林霏开，云归而岩穴暝
万木华发，亘陵被坂	野芳发而幽香，佳木秀而繁阴
公登山乐，山者毕同，无大无小，乘兴从公	人知从太守游而乐而不知太守之乐其乐也。

其三，《醉翁亭记》中的“同乐”“醉”等主题早已见于《琅琊溪述》中，且“山泉”“秀木”“飞鸟”“从游者”等意象亦为二文所共有。

其四，两文的创作旨趣具有相同之处。独孤及咏琅琊溪所强调的是“人实弘道，物不自美”，意思是琅琊溪之所以美，并不在于其本身之美，而在于有了李幼卿这样能为百姓谋利益的父母官。据考，“李幼卿在滁州任上政绩不俗”。所谓的“弘道”实际上就是弘扬中国知识分子的人生信条，即能正确处理好兼济独善的关系，这是独孤及在《琅琊溪述》中重点要强调的思想。独孤及在别处也特别强调了“物不自美”的思想，曰:“夫物不自美，因人美之，泉出于山，发于自然，非夫人疏之凿之之功，则水之时用不广。”（独孤及《慧山寺新泉记》）独孤及赞扬李幼卿来到偏僻的滁州后，能保持平和正确的心态，积极为滁州百姓谋利益，以至“滁人之饥者粒，流者占，乃而至无讼以听”，这才会有闲情逸致“常寄傲此山之下，因凿石引泉，酾其流以为溪”，而“公登山乐，山者毕同，无大无小，乘兴从公”，这样才会有一幅“与民同乐”的生活画面。所有这些都是和《醉翁亭记》相通的。

其五，两文在创作体制和方法上具有相似性。滁州方志学者管笛先生的《醉翁亭记研究》，曾辟有专节对《醉翁亭记》与《琅琊溪述》的创作关系加以论证，他认为“《醉翁亭记》的谋篇布局乃至总体框架的形成，似乎是从《琅琊溪述》那里脱胎而来。直截了当地讲：《醉翁亭记》的总体结构，就是借鉴了《琅琊溪述》的”。两文第一段都是由写山到写溪（泉），只不过一是围绕主体“溪”述趣，一是围绕“亭”记乐；第二段都是比照山中气象和四时之景展开结构层次的，再自然过渡到宴游之乐上；最后一段写醉归再自然过渡到议论上，并最终落脚到写作者身上。当然，管先生只是从阅读感受出发，且更多是从结构相似性上加以论述。其实，独孤及《琅琊溪述》本身就是运赋于古的佳作，在创作体制、审美意象、创作旨趣、谋篇布局等方面，自然都会对贬滁期间的欧阳修创作《醉翁亭记》产生重要影响。《醉翁亭记》“以赋为记”的创作体制历史上曾招致过批评，其实与《琅琊溪述》影响有一定的关系，而且古文的发展自韩柳之后，记体文的“正体”正逐渐被打破，记之“变体”不断在推进，所以诚如有的学者指出的那样：“不管是《醉翁亭记》还是《岳阳楼记》，都使用了骈散相间的句式，铺叙排比极尽描绘之能事，反映出赋体文对记体文的渗透与文体之间的交融。”

当然，《醉翁亭记》不可能仅仅单一地化用一部作品，还借鉴化用过其他一些作品。宋人洪迈就比较过《醉翁亭记》与韩愈《送李愿归盘谷序》之间的渊源关系：

《盘谷序》云："坐茂林以终日，濯清泉以自洁。采于山，美可茹；钓于水，鲜可食。"《醉翁亭记》云："野花发而幽香，佳木秀而繁阴。""临溪而渔，溪深而鱼肥；酿泉为酒，泉香而酒冽。山肴野蔌，杂然而前陈。"欧公文势，大抵化韩语也。然"钓于水，鲜可食"与"临溪而渔，溪深而鱼肥"，"采于山"与"山肴前陈"之句，烦简工夫则有不侔矣。

再比如宋人王楙就指出过《醉翁亭记》中"也"字的用法亦非欧阳修独创，其曰：

欧阳修作滁州《醉翁亭记》，自首至尾多用"也"字，人谓此体创见欧公，前此未闻。仆谓前辈为文，必有所祖。又观钱公辅作《越州井仪堂记》亦是此体。如其末云："问其办之岁月，则嘉祐五年二月十七日也。问其作之主人，则太守刁公景纯也。问其常所往来而共乐者，通判沈君兴宗也。谁其文之？晋陵钱公辅也。"其机杼甚与欧记同。此体盖出于《周易·杂卦》一篇。

如此看来，古人今人的阅读感受是相通的。欧阳修饱读诗书，作文喜爱化用前人作品而又自成一体，不露痕迹，恰恰是其创作上炉火纯青的表现。

总之，《醉翁亭记》创作直接脱胎于唐代独孤及的散文《琅琊溪述》，应当是确凿无疑的。清代何焯《义门读书记》，早已揭出此义，只是并没有引起后人重视。而《琅琊溪述》对李幼卿在滁州做刺史期间为官风采的展示，无疑也为后来的欧阳修树立了仿效的典范，有助于形成欧阳修的“为政风流”。由于《琅琊溪述》和《醉翁亭记》之间创作上的渊源关系，这便更增添了醉翁文化的独特魅力，也为今天人们的文学创作带来了更多的启示。

第二节　《红楼梦》对醉翁文化的传承创作

一、欧阳修对曹雪芹祖父曹寅的影响

（一）曹寅对欧阳修的关注

曹雪芹是深受其祖父影响的作家（对此红学界已有许多学者加以论证），曹寅的文化尚好熏陶着雪芹，而曹寅深受欧阳修影响。

曹寅是个藏书家，曹家被抄前曹雪芹得以在江宁织造署内阅读过其祖父的许多藏书，就像小说第42回借宝钗之口所透露的那样：“我们家也算是个读书人家，祖父手里也极爱藏书。”其中也包括不少欧阳修的著作。据曹寅所作《楝亭书目》载，曹家所藏欧阳修的书籍有：

居士集【宋参政欧阳修序著八十五卷苏轼周必大序　二函十二册】

欧阳文忠公集【明学士钱溥序一百五卷　二函十二册】

醉翁琴趣【宋庐陵欧阳修著六卷抄本　一函二册】

诗本义【宋欧阳修著十五卷二册】

归田录【宋欧阳修撰二卷一册】

牡丹记【宋庐陵欧阳修著一卷附唐卢鸿草堂词一卷、皮日休七爱诗一卷】

欧阳修试笔【宋庐陵欧阳修撰一卷一册】

六一居士诗话【宋欧阳修撰一卷】

六一题跋【宋欧阳修著十一卷一册】

唐书【宋欧阳修纂曾公亮表进二百二十五卷】

五代史【宋欧阳修撰陈师锡序七十四卷】

五代史【宋欧阳修撰七十四卷徐无党注旧本 二函二十册】

由以上书目看，曹寅是一个比较留心收藏欧阳修著作的人，几乎是囊括了欧阳修传世的所有著作，有的版本还比较珍贵，如《醉翁琴趣》即为宋抄本。曹寅如此留意欧阳修的著作，主要在于欧阳修作为北宋文坛领袖在变革宋代文风方面具有举足轻重的地位，而曹寅所处时代恰恰是宋代诗风开始受到崇尚的时期。乔亿《剑溪说诗》载："自钱受之（谦益）力诋弘、正诸公，始缵宋人余绪，诸诗老继之，皆名唐而实宋，此风气一大变也。"计东《南昌喻氏诗序》云："自宋黄文节公兴而天下有江西诗派，至于今不废。近代最称江西诗者，莫过虞山钱受之，继之者为今日汪钝翁、王阮亭。"清初诗风转变的标志就是《楝亭书目》曾著录的吴之振编《宋诗钞》，如《四库全书总目提要》所云："盖明季诗派，最为芜杂。其初厌太仓、历下之剽袭，一变而趋清新。其继又厌公安、竟陵之纤佻，一变而趋真朴。故国初诸家，颇以出入宋诗，矫钩棘涂饰之弊。之振是选，即成于是时。”

当然，欧阳修在同属江南省的滁州和扬州留下过重要遗迹，也是曹寅关注他著述的一个重要原因。诚如有的学者所说“康熙四十二年曹寅任两淮巡盐御使以后，曹寅在扬州的时间居多，尤其是编刻《全唐诗》以后，扬州更是他的重地了，无怪乎最后他也是死在扬州的。就这一点来说，扬州与曹家、与《红楼梦》的关系就非比一般了”。扬州名胜平山堂便以欧阳修而扬名，平山堂住持行昱曾有赠诗给曹寅，诗题《曹楝亭银台兼摄两淮盐院呈赠》。曹寅《楝亭集》中也有好几篇有关平山堂的诗篇，如《楝亭诗钞》卷六《广陵载酒歌》有云：“蜀冈花林障红锦，平山诗版埋青莎。前人风流岂终极，后生糟粕空蹉跎。”则对欧阳修太守风流表示推崇。卷七《早春泛舟至平山堂分韵》（三首）有云：“倚天阑槛极空明”，则是直接从欧阳修词《朝中措·送刘仲原甫出守维扬》首句“平山阑槛倚晴空”裁化而来。

至于欧阳修与滁州的关系，可以说是已成为一种文化现象，北宋文坛离不开欧阳修，而欧阳修“六一风神”的形成则离不开滁州山水的滋润，甚至有学者认为由于《醉翁亭记》，北宋文坛掀起了一股“滁州文化热”，且这股热“并没有随着欧阳修调离滁州而降温，反而随着他在政治、文学、文化领域的地位不断上升，随着《醉翁亭记》在全国范围的广泛传诵而更见火爆”。这种火爆使得醉翁亭成为滁州对外宣传的最佳名片，凡来滁州者无不前往拜谒。清代吴楚材、吴调侯于康熙三十三年（1694）编选的《古文观止》，收录欧阳修散文 11 篇，《醉翁亭记》《丰乐亭记》双双入选，更是扩大了滁州的影响力。就连康熙、乾隆也都给予欧氏二记以较高的评价与关注。康熙帝评《丰乐亭记》：“归美国家太平，以为丰乐之由，立言有理，而俯仰处更多闲情逸韵。”乾隆评《丰乐亭记》：“诏天下万世以居安思危者，旨深也。”评《醉翁亭记》：“乃其于文萧然自远如此，是其深造自得之功发于心声而不可强者也。”乾隆还为欧阳修遗像题过诗，诗前小序曰：“侍郎裘曰修典试江南，道滁州，见醉翁亭故迹。彼有藏欧阳修小像者，携以来，举沈德潜为乞文徵明题辞故事。允其请，书以还之。”诗曰：

是谁三鬣俨图诸，太守风流忆治滁。

题咏名高宋人物，像有李端叔、晁悦之题赞。操弦韵轶古樵渔。谓苏轼醉翁操。

醉翁乐匪山林也，遗像逸真水月如。

使节新从酿泉过，依然乡井下风余。

康熙、乾隆还御批了欧阳修其他许多文章，评价较高，这里不再赘述。

（二）曹寅与滁州的瓜葛

虽然我们没有在《楝亭集》中找到曹寅游赏醉翁亭的记载，但滁州是京（南京）京（北京）古道的必经之地，曹寅也留有一些与滁州相关的诗篇，如《楝亭诗钞》卷七（下同）《滁州清流关道中》，其中“岁时念丰乐，人事难遽齐”句，用的是《丰乐亭记》之典；《南辕杂诗》其十九自注：“过大柳驿僧舍牡丹未开题壁”，大柳是滁州一个乡镇，诗中“深山老屋无啼鸟”句用的是欧阳修名诗《啼鸟》之典，所以很难想象曹寅没有游过琅琊山，见过醉翁亭。特别是曹寅在滁州还有一个挚友叫朱赤霞(曾做过曹寅幕府，晚年归滁，寅留有词《望远行·送朱赤霞归滁阳》)，两人交往密切。曹寅晚年曾作《浮石山歌》，下有小序云：“赤霞拾浮石琅琊，作小山一区，贮水砌间。己丑十一月大雪，行轩过滁，饭我索诗，庚寅三月补作此歌。”大意说朱赤霞在琅琊山拾到一块浮石，做成山水盆景。己丑十一月（1709）曹寅过滁，恰逢大雪，于是朱赤霞留他吃饭，并向他为自己的盆景索诗，寅当时未来得及作，至次年庚寅（1710）三月才补作此诗。此诗夸赞了朱赤霞巧夺天工的盆景艺术，说“局促壶中小有天，几曾亲识琅琊面。……苍波煦沫浮礁起，上有遨游列仙子。开闩豁眼是蓬莱，可怜亦在沤泡里。”“局促壶中”说的是该盆景运用了中国传统园林艺术“园虽小而诸景皆备”的“壶中”范式，在“壶中”如此狭小的空间内，以精美而富于变化的叠山、理水、构石、花草树木以及精美考究的建筑造型，再现自然山水千变万化的形态，能在尺幅之间营造出一个由小见大、化局促为深远的艺术空间，这不由让人联想起曹雪芹笔下“天上人间诸景备”的大观园，大观园其实也是中国传统园林“壶中”艺术范式在文学中的体现。如此山水盆景，不仅让曹寅如睹琅琊山水真面目，还恍若入蓬莱仙境，顿生故园归兴。

另外，《楝亭书目》著录与滁州相关的书目还有：《滁州志》（本朝滁州守西塞余国櫂序三十卷七册）、《琅琊代醉编》（明姑苏张鼎思辑四十卷三函二十四册）、《南京太仆寺志》（明南太仆卿倪应眷重修二十卷八册）。《楝亭书目》所收州志并不是太多，《滁州志》是其中之一，而且是当代人所修。《琅琊代醉编》

作者为明河南安阳人张鼎思（字睿甫，号慎吾，万历五年进士），自给事中谪滁州驿丞时杂钞诸史百家之言，胪次成书，因欧阳修在滁州时有醉翁亭，鼎思适宦其地，以著书代饮酒，故名曰代醉编。张鼎思另有《琅琊曼衍》四卷（江苏巡抚采进本），《书目》未著录。《南京太仆寺志》也是有关滁州文化的重要方志资料。

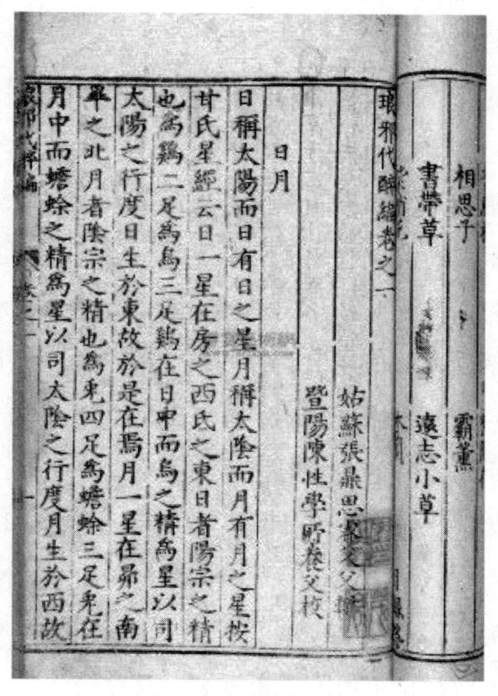

相思子　霸薰
書帶草　遠志小草

琅邪代醉編卷之一
姑蘇張鼎思慎吾父輯
登陽陳性學明菴父校
日月
日稱太陽而日有日之星月稱太陰而月有月之星按
甘氏星經云日一星在房之西氐之東日者陽宗之精
也爲鷄二足爲烏三足鷄在日中而烏之精爲星以司
太陽之行度日生於東故於是在焉月一星在昴之南
畢之北月者陰宗之精也爲兎四足爲蟾蜍三足兎在
月中而蟾蜍之精爲星以司太陰之行度月生於西故

琅邪代醉編　卷之一

明万历《琅琊代醉编》书影

二、《红楼梦》对欧阳修创作的借鉴

曹寅收藏的大量欧阳修著作，曹雪芹不仅读过，一定也会在创作上加以吸收借鉴。《红楼梦》不少地方都是对欧阳修创作的借鉴与接受，有的借鉴情节还显得特别重要，引起了红学界的争论。概括起来说，小说对欧阳修创作的借鉴主要表现在以下几点：

（一）在情节中融入欧阳修的创作旨趣

小说第十七回至十八回“大观园试才题对额”，是表现贾宝玉才情与审美观的重要章节，其中有一段长达五六百字的篇幅，却是紧紧围绕着欧阳修和他的《醉翁亭记》作文章的。看到大观园佳木茏葱、奇花烂灼、清溪泻雪的优美景色，贾政身边的清客们立刻想到《醉翁亭记》“有亭翼然”之句，欲命名亭子，应当说这些清客们的反应原本也属于正常，只是没能很好领略欧阳修文章的本意，有点望文生义，以为原句说“有亭翼然临于泉上者，醉翁亭也”，便指的是醉翁亭建在水上。其实，醉翁亭是建在离让泉有二十来米远的山坡上，是座山亭而非水亭，所以贾政立刻纠正道：“‘翼然’虽佳，但此亭压水而成，还须偏于水题方称。”于是贾政单拈出《醉翁亭记》中一个“泻”字，加个“玉”字来命名水亭。应当说贾政这两个字用得还是比较贴切的，但宝玉不满意这两个字，原因是这两个字确实用得比较平俗，为写水而去写水，太直接了。而“沁芳”两字用得好，在于它既没有离开水来写（暗写、侧写），又写了水岸“奇花烂灼”的艳景，而后题的对子更是为“沁芳”二字作了很好的注解，显得不落俗套而新雅含蓄，故连贾政也不得不点头微笑。这段情节的意义一方面表现了清客们的浅薄无知、贾政的迂腐以及他对儿子比较复杂的心态，另一方面则表现了贾宝玉的“才情不凡”，只是这种才情没有用在正道上。从创作寓意上看，“沁芳”二字本身暗喻着大观园将是女儿们的乐土，由于她们的存在，这里的泉水不仅更加清亮，而且散发着醉人的芳香。虽为小小亭子的命名却是言在此、意在彼，寄托着曹雪芹创作审美理想，这一点与《醉翁亭记》的创作有相通之处。欧阳修写醉翁亭，也是更多在写亭外景色，尤其醉心于让泉之水，所谓“酿泉为酒，泉香而酒冽”，曹雪芹笔下的沁芳泉不就是一泓香泉吗？另外，该情节似乎还在暗示着曹雪芹非常喜欢欧阳修的《醉翁亭记》，并且见过醉翁亭，因此才会在情节中明确醉翁亭所处的方位，它是山亭而非水亭。此外，曹雪芹这段文字本身就有两处用了“泻”字：“一带清流，从花木深处曲折泻于石隙之下”、“清溪泻雪”。另外在第 76 回“凹晶馆联诗悲寂寞”中，湘云联诗中有一句“秋湍泻石髓”，也用了个“泻”字，受到黛玉激赏，夸赞道：“只是‘秋湍’一句亏你好想。只这一句，别的都要抹倒。我少不得打起精神来对一句，只是再不能似这一句了。”黛玉没有具体说这一句好在哪里，从古诗词表现技巧来看，应当是动词“泻”字用得好，而这显然是受到欧阳修创作影响的。翻检欧阳修集子，我们可以发现欧阳修在诗中比较偏爱用“泻”这个字，试举数例：

长江泻天来，巨石忽开拓。——《登绛州富公嵩巫亭示同行者》

高河泻长空，势落九天外。——《水谷夜行寄子美圣俞》

音如石上泻流水，泻之不竭由源深。——《赠无为军李道士二首》

种树满幽谷，疏泉泻清池。——《答吕公著见赠》

破石出至宝，决高泻长川。——《送荥阳魏主簿广》

山溜白玉悬青岑，一泻万仞源莫寻——《赠沈博士歌》

岘首高亭倚浮云，汉水如天泻沄沄——《乐哉襄阳人送刘太

尉从广赴襄阳》

自高泻下若激箭，一直一曲一千里。——《巩县初见黄河》

声如自空落，泻向雨檐前。——《题滁州醉翁亭》

毫无疑问，《醉翁亭记》对曹雪芹产生了较为深刻的影响，以至于湘云醉卧芍药丛，梦中还念叨《醉翁亭记》的佳句“泉香而酒洌”。曹雪芹让湘云梦中念叨《醉翁亭记》，让芍药花飘满她全身，因为扬州芍药历史上与洛阳牡丹齐名，早有“扬州芍药甲天下”之誉，这实际上还寄托着他晚年在落魄中魂牵梦绕的江南之情。

（二）借用或化用欧阳修诗文句子为情节和人物服务

曹雪芹善于借用或化用欧阳修的诗文于小说中，贴切巧妙，却又不落窠臼，寓意深刻。请看几例：

1. 黛玉《葬花词》：“独把花锄暗泪洒，洒上空枝见血痕。”（第二十七回）（化用欧阳修《再和明妃曲》：“明妃去时泪，洒向枝上花”句意，显得更加沉痛哀婉）

2. 黛玉《葬花词》：“手把花锄出绣帘，忍踏落花来复去。”（第二十七回）（化用欧阳修《丰乐亭游春》：“游人不管春将老，来往亭前踏落花”句意，同是写暮春飘景，欧阳修较明朗些，而曹雪芹较凄婉）

3. 妙玉酒令句：“奔腾而砰湃”“泉香而酒洌”（第六十七回）（这是直接借用，两句分别出自欧阳修《秋声赋》中“初淅沥以萧飒，忽奔腾而砰湃，如波涛夜惊，风雨骤至”句和《醉翁亭记》中“酿泉为酒，泉香而酒洌”句）

4. 黛玉所掣花签诗句“莫怨东风当自嗟”（第六十四回）以及所作《五美吟》之《明妃》：“绝艳惊人出汉宫，红颜命薄古今同。君王纵使轻颜色，予夺权何畀画工？”（第六十四回）（出自欧阳修《明妃曲·再和王介甫》：“红颜胜人多薄命，莫怨东风当自嗟。”黛玉所掣花签隐去的“红颜胜人多薄命”句，恰恰是作者希望读者通过联想补出的意义所在。作者由绝色女子王昭君的命运想到黛玉的命运，进而想到普天下女子共同命运，即为了表现“千红一哭，万艳同悲”的创作主旨，也就是黛玉《明妃》诗中所说的“红颜命薄古今同”。应当说曹雪芹的“红颜”观是直接借鉴欧阳修的，并将其发展为全书的主题思想。对此，曹雪芹在小说中也毫不掩饰他对欧阳修的欣赏，并借宝钗之口评道：“做诗不论何题，只要善翻古人之意，若要随人脚踪走去，纵使字句精工，已落第二义，究竟算不得好诗，即如前人所咏昭君之诗甚多，有悲挽昭君的，有怨恨延寿的，又有讥汉帝不能使画工图貌贤臣而画美人的，纷纷不一。后来王荆公复有‘意态由来画不成，当时枉杀毛延寿’；永叔有‘耳目所见尚如此，万里安能制夷狄’。二诗俱能各出己见，不与人同。今日林妹妹这五首诗，亦可谓命意新奇，别开生面了。”（第六十四回）认为王安石的《明妃曲》和欧阳修的《再和明妃曲》都能另辟蹊径，独排众议，各出己见，不与人同）

5. 黛玉《桃花行》句：“泪眼观花泪易干，泪干春尽花憔悴。”（第七十回）（首句仿欧阳修词《蝶恋花》之句“泪眼问花花不语”造句，强调“泪”字，更符合还泪神话预言和黛玉多愁善感的性格特征）

（三）对欧阳修文艺观的吸收运用

欧阳修作为北宋文坛的领袖，其文艺思想和观念具有较为深远的影响，曹雪芹的有些文艺见解和欧阳修是不谋而合的。具体表现为：

1.“意新语工”“意在言外”“深远闲淡”诗歌审美特征。

欧阳修《六一诗话》引梅尧臣之语论诗歌的审美特征，云：“若意新语工，得前人所未道者，斯为善也。必能状难写之景，如在目前，含不尽之意，见于言外。”“意新语工”是从诗意和语言两方面对诗歌提出的审美要求：一是诗意要新，即要道前人之所未道。曹雪芹借宝钗之口夸赞王安石和欧阳修的《明妃曲》作得好，首先就在于“二诗俱能各出已见，不与人同”，“可谓命意新奇，别开生面”。第四十八回黛玉教香菱学诗便提出“词句新奇为上”、“若意趣真了，连词句不用修饰，自然是好”的见解。“意在言外”是诗歌意境理论的重要特征，如香菱所说“念在嘴里倒象有几千斤重的一个橄榄”。橄榄之喻应来自欧阳修名诗《水谷夜行寄子美圣俞》对梅尧臣诗风的评价，诗曰：“近诗尤古硬，咀嚼苦难嘬。初始食橄榄，真味久愈在。”欧阳修在《六一诗话》中概括出梅尧臣诗风是“覃思精微，以深远闲淡为意”。严羽《沧浪诗话·诗辨》也云“梅圣俞学唐人平淡处”，而黛玉亦喜欢这种“淡而现成”的平淡之风，所以教香菱读诗要从王维集子入手，再读杜甫的七律、李白的七绝，最后辅之以陶渊明、应瑒、谢灵运、阮籍、庾信、鲍照等作品。

2.“以文为戏”观念在小说中的运用。

“以文为戏”的现象虽然由来已久，但由于文学传统观念的影响，直至中唐才在散文创作中大量出现。韩愈《毛颖传》《送穷文》

等作品问世，使得“以文为戏”成为争论的焦点。在舆论的普遍訾议讥评之下，身在贬所的柳宗元力排众议，以《读韩愈所著〈毛颖传〉后题》等文阐释了“以文为戏”的思想价值和审美意义，为韩愈“以文为戏”的创作进行了有力的辩护，同时采取“以文为戏”的手法，结合自己特殊的境遇和心态，创作了大量的讽刺杂文，其成功实践昭示了“以文为戏”在文体创新方面的重要意义。宋代以后在《文选》类总集中，往往就选录文人“以文为戏”之文了。欧阳修深受韩愈创作的影响，也接受了“以文为戏”的观点，宋代黄震《黄氏日钞》卷六十一便曰：“《醉翁亭记》，以文为戏者也。”曹雪芹无论是小说还是具体诗文的创作都贯彻了“以文为戏”思想，以便达到“新奇别致”的艺术创新目的。第七十八回宝玉作《芙蓉女儿诔》便是在散文创作上“以文为戏”的追求，其说诔文的创作：“或杂参单句，或偶成短联，或用实典，或设譬寓，随意所之，信笔而去，喜则以文为戏，悲则以言志痛，辞达意尽为止，何必若世俗之拘拘于方寸之间哉。”明确提出要按“以文为戏”要求写作诔文，以打破文体的界限，更好地抒情言志。其作风一如欧阳修，欧阳修对文章风格的基本要求就是文出自然，主张文章独创，反对模仿抄袭。高步瀛分析欧阳修骈文名篇《谢致仕表》时说：“永叔四六，情韵俱佳，不尚藻丽，一出自然，遂开宋代之体。”[①]《红楼梦》提到的《秋声赋》也是在文体上大胆创新，既部分保留了骈赋、律赋的铺陈排比、骈词俪句及设为问答的形式

① 高步瀛《唐宋文举要》评语乙编卷四。

特征，又呈现出活泼流动的散体倾向，增加了赋体的抒情意味，树立宋代文赋的典范。《醉翁亭记》虽不是赋，却融入一些赋的特点。值得一提的是，《芙蓉女儿诔》创作动机基于一个小丫鬟骗宝玉说晴雯去做芙蓉花神，而这受到欧阳修《六一诗话》一段记载启发:“曼卿卒后，其故人有见之者，云恍惚如梦中，言‘我今为鬼仙也，所主芙蓉城’，欲呼故人往游，不得，忿然骑一素骡去如飞。”石曼卿是欧阳修极力推崇的宋代作家，与欧阳修、苏舜钦、梅尧臣为志同道合的好朋友，才华横溢，可惜早逝。曹雪芹在小说第二回借贾雨村之口，罗列历史上“正邪两赋之人”时也提到石曼卿，应该是受到欧阳修影响的。

3. 对欧阳修文体作法的移植借鉴。

小说第七十五回中秋之夜贾政要贾宝玉赋诗，限一个‘秋’字，即景作一首诗，只“不许用那些冰玉晶银彩光明素等样堆砌字眼，要另出己见”，要试试宝玉这几年的情思。这是借鉴欧阳修的“禁体物语诗”。“禁物体语诗”简称“禁物体”，因是欧阳修首创，又称“欧阳体”。此诗体就是禁止用形容所咏事物的常用字词来作诗，也不准用比、兴的手法，追求“于艰难特出奇丽”。

总之，欧阳修对曹雪芹创作产生了重要影响，曹雪芹之所以能够在古典小说领域登峰造极，与他虚心向前辈作家学习而又富于创新的精神是分不开的。

第三节 吴敬梓与吴烺父子俩的醉翁情结

《儒林外史》作者吴敬梓和他的儿子吴烺，科举考试都是要到滁州来考的，闲暇时光自然会光临琅琊山游玩，并拜谒醉翁亭，仰慕醉翁风范。吴敬梓有关滁州的诗留下的不多，但有两首是写欧阳修的，诗题《将往平山堂风雪不果二首》，诗曰：

其一

平山堂畔白云平，文藻偏能系客情。
不似迷楼罗绮尽，至今惟有暮鸦声。

其二

空怀迁客擅才华，不见雕栏共绛纱。
却忆故山风雪里，摧残手植老梅花。

第一首写平山堂欧阳修的文采风流，至今仍能牵动游客的情怀，不像隋炀帝的迷楼早已无踪迹，只有隋炀帝诗篇里乌鸦还在鸣叫枝头，在对比中表达出作者对欧阳修六一风神的追慕，并期望成为欧阳修那样的人。所以第二首由此想到贬滁期间的欧阳修，虽然没有雕栏绛纱的富贵，却能施展出自己的文学才华，只是醉翁亭里传说欧阳修手植的那株老梅花还能否经受住风雪的摧残，欧阳修的醉翁风范还有几人传承。正如其子吴烺在滁州所作《野渡庵》中所叹“君不见，醉翁手植亭中梅，空山年年风雨摧。流泉明月自今古，居士而今安在哉！”

相对于其父吴敬梓来说，吴烺所留下的滁州诗较多，绝大部分与琅琊胜迹有关，如其《春华小草》中的《滁州西山诗六首》，以五绝的诗体集中表现了琅琊山具有代表性的景点：醉翁亭、梅花亭、酿（让）泉、丰乐亭、琅琊寺、庶子泉，表达了作者对琅琊山水的喜爱以及对醉翁风神的欣赏。

醉翁亭

独步醉翁亭，秋光多潇洒。
醉翁时复来，吟月长廊下。

欧阳公梅花亭

乱山绕四周，下有樵人路。
把酒梅花亭，婆娑梅花树。

酿泉

泉石响泠泠，寒浆溅空山。
仙人夜沉醉，独卧莓苔间。

丰乐亭

偶上平冈颠，俯视荒城小。
荒城起暮烟，新月出林表。

琅琊寺

先姑丈金谷嗣读书于此，壁上题有醉咏梅花诗。

山僧夜不归，花落满柴门。
壁上淋漓墨，残行蚀漏痕。

庶子泉

趺坐幽篁间，洗耳复濯足。
轻风山上来，吹皱池中玉。

全诗诗风自然轻灵，触景生情，意在言外。咏醉翁亭一带景致，追慕醉翁风范，秋光也多了一份潇洒，梅花亭前隐逸路，让泉为酒醉仙人；咏丰乐亭，叹饱受战火之苦的滁城荒凉渺小，却又炊烟不断，林间新月孕育着新的希望与未来。咏琅琊寺一带，感叹唐大历古寺的沧桑苍凉，却依旧禅意满门，特别是看见墙壁上先姑丈金谷嗣（即金绍曾，字谷嗣，又作縠似，号衣亭，吴敬梓大姐丈夫）还残存的梅花诗墨痕，在感叹时光无情的同时，也多了几分感悟，难免生出归隐山林之意，而要像佛教徒那样盘腿端坐（“趺坐”）在庶子泉边，以泉洗耳洗足洗心。

吴烺当然不止一次游赏琅琊山，在《杉亭集》中他不仅再次写到“庶子泉”，还写到菱溪石、野渡庵、西涧等处，实际上关涉到滁州历史上几个重要的琅琊文化开拓者与传播者，即为官滁州并留下好名声的李幼卿、韦应物和欧阳修。李幼卿开凿的庶子泉最能激发吴烺怀古之幽情。当年欧阳修贬滁看到泉铭非常激动，留诗并向梅尧臣等朋友报喜，其在《集古录》跋语道：“右《庶子泉铭》，李阳冰撰并书。庆历五年，余自河北都转运使贬滁阳，屡至阳冰刻石处，未尝不裴回其下。庶子泉昔为流溪，今为山僧填为平地，起屋于其上。问其泉，则指一大井示余，曰此庶子泉也。可不惜哉！”欧阳修看到的和吴烺看到的庶子泉显然已不是李幼卿当年的模样，但却最能激发他们怀古之幽情，满足他们文人的性情。诗曰：

庶子泉

亭子红栏坏，看山忆幼卿。
潭深容月小，树老受风轻。
宝祐何年寺，琴台旧日名。
寒花秋草里，凭眺不胜情。

全诗睹物思人，咏秋伤怀，特别是“潭深容月小，树老受风轻”句，极具禅意，是对李幼卿“封境自安禅”诗意的升华，庶子泉井口虽小，却能容下日月天地，饱经风霜的老树能够抗击任何风吹雨打。当然，毕竟作者还年轻，在退与进面前还很矛盾彷徨，面对着“寒花秋草”，难免生出时不我待、志不得伸的悲凉之叹。

全椒吴敬梓纪念馆吴敬梓雕像

吴烺游醉翁亭时，还有感于欧阳修当年发现的用三头牛车拉回的菱溪大石，如今立于让泉边大道旁却无人欣赏而惋惜。为此作诗《菱溪石》曰：

菱溪石立让泉侧，穿穴玲珑土花蚀。
霜寒水落秋草零，章质斑斓变苍黑。
皇道山前流水清，下注苻溪蔚蓝色。
当时僵卧寒潭边，过客摩挲不能识。
想见曳从幽谷中，一朝费尽三牛力。
传闻小者尤精奇，白塔朱家敢藏匿。
兹石有六亡其四，双壁刘金竟搜得。
于今弃掷大道旁，牧竖樵夫藉休息。
人生遇合信有时，微物亦复感通塞。
淮南三十六英雄，荒烟平楚空陈迹。

全诗描述了现存菱溪石的现状，记述了菱溪石的来历，更主要通过欧阳修当年与该石的知遇结缘，抒发了“人生遇合信有时”的感慨，相信自己就像这块奇石一样，终将也会被人发现欣赏，即使不被欣赏也不会牵念于心，因为世事兴衰最终不过一场空而已。这一诗的主题在欧阳修散文《菱溪石记》和古诗《菱溪大石》中有过表现，吴烺的精神世界不能忽视欧阳修的影响。

吴烺还有一首词《醉翁操》，词题小注：访李思翁先生琅琊山中，虽然是赞赏李思翁的品格，确是以欧阳修为参照的，词曰：

春风，山中高踪与谁同。扶筇，翛然此心凌苍穹。隔溪何处疏钟？声乍通，寒影落青松，望玉蟾皎兮远峰。息翁咏啸，流水淙淙。息翁不见，尘掩冰弦素桐。今有人焉息翁，古有人焉欧公。风流如可同，烟霞春溟濛。著屐一相从，笑谈今夕云海空。

全词表现李思翁在琅琊山中自由自在的隐逸风姿，如同当年欧阳修一般潇洒风流，不由激起作者“著屐一相从”的美好愿望。大概十年后，即乾隆乙亥年（1755），吴烺重游琅琊寺，见李思翁题壁诗，顿生无限感慨，题诗《秋日过琅琊寺见李先生息翁题壁》曰：

寺门高下亚松枝，山势沿缘天四垂。
石磴坐看云起处，木樨香到晚凉时。
三生已悟尘中劫，十载重吟壁上诗。
欲觅旧游何限感，雪鸿洞口草离离。

吴烺不仅景仰欧阳修，还仰慕以七绝《滁州西涧》扬名的韦应物。乾隆丁巳年（1737）春，吴烺再次来到滁州，一气写下三首与韦应物有关的诗：

野渡庵丁巳

南谯三月春风颠，桃花千顷纷嫣然。
游春蜡屐出城郭，芳草过雨青芊绵。
道旁茅庵隐深树，苍苔紫藓侵门路。
漏痕四壁堂欲倾，虚檐断额署野渡。
嗟乎当年贤太守，偶尔题诗成不朽。

荒碑残碣寻遗踪，风流消歇今何有？
君不见，醉翁手植亭中梅，空山年年风雨摧。
流泉明月自今古，居士而今安在哉！

和韦二首

移杉郡斋

郡斋有杉树，矗立何苍然。
云从古城下，移向苔阶前。
清阴覆小室，余荫容高眠。
想见微吟日，聊结静中缘。

种柳西涧

宿雨晓欲霁，觅渡多村人。
相邀荷畚锸，种柳河之滨。
托根在沃壤，疏枝搴淡云。
已觉足生意，始知深阳春。
纷纷修禊者，祓濯当佳辰。
我来藉草坐，翠色留斜曛。

《野渡庵》描绘阳春三月，作者出滁城踏春，来到古渡口野渡庵拜谒，眼前看到的却是苔藓侵路，虚檐断额，庵堂欲倾，荒碑残碣的破败景象，不由生出“韦应物、欧阳修一干滁州贤人遗踪虽在，却风流消歇”之历史感叹。接下两首都是依韵和韦应物的原题诗《郡斋移杉》和《西涧种柳》（与韦诗题目顺序不同），与韦诗不同的是，吴烺更多结合了自身的感受和情趣来写。《郡斋移杉》写移杉郡斋，吴烺更强调一份“亦官亦隐”的宁静平和心态，所谓“想见微吟日，聊结静中缘”，或者说韦应物包括后来欧阳修的为官处事态度，是吴烺所追慕的。由此我们想到吴烺为何要给自己取个号叫“杉亭”，与韦、欧两位滁州太守在精神上是否有某种暗合呢？《西涧种柳》写种柳西涧，结合阳春三月祓濯习俗，更多强调柳树扎根沃壤，扮靓春天的身姿，所谓“托根在沃壤，疏枝搴淡云”，因为生机勃勃的春天是由柳绿开始的，全诗诗境较之韦诗无可奈何的情调，更明朗积极。

第四节　全椒薛时雨与醉翁亭的不解情缘

熟悉薛时雨这个名字，起初因为醉翁亭，因为我们现在看到的醉翁亭主要是他募捐重修的，这对一个廉洁自律、家境清贫的人来说是不容易的事，除了喜欢，无其他理由，而要做成这件事，除了人格的魅力，也似乎无其他的解释。此外，值得一提的是，一个地道的全椒人（尽管全椒在滁州管辖范围，但毕竟古代地理上的阻隔所造成的家乡认同感是不同的），又不是在滁州做官，却要跑到滁州来重修醉翁亭，若不是太喜爱，还能有什么原因。

还有，醉翁亭、丰乐亭、琅琊寺里留有不少他的楹联，让人一眼就认定这是一个文化底蕴不一般的人，一个有醉翁情怀的人，一个有诗心诗性的人。

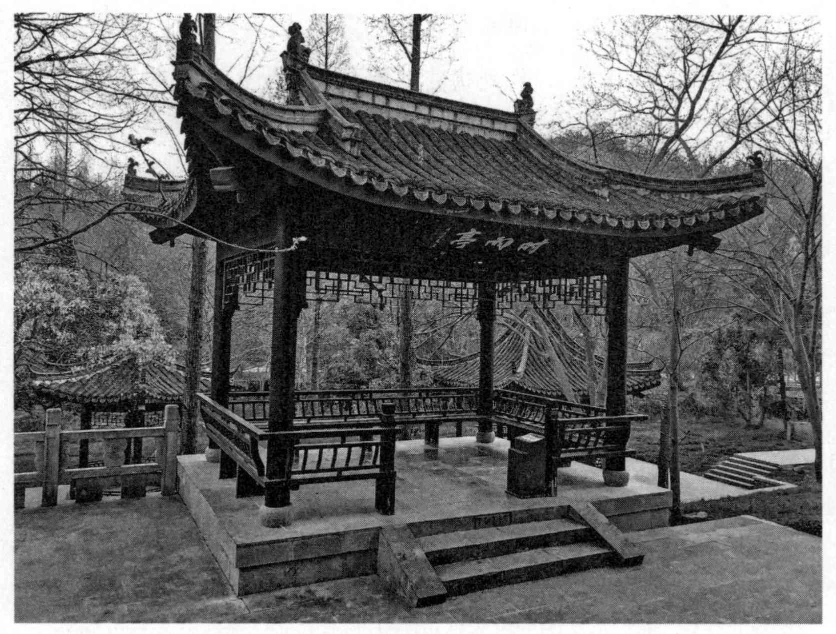

醉翁亭景区时雨亭

沿洛邑遗风杯渡轻便增酒趣；
仿山阴雅集波流曲折见文心。

——题曲水流觞亭

踞石而饮扣槃而歌最难得梅边清福；
环山不孤让泉不冷何须恋湖上风光。

——题影香亭

行乐处草木可敬，
会心时鱼鸟相望。

——题欧梅亭

愿将山色共生佛；
修到梅花伴醉翁。

——题滁县琊琊寺

翁昔醉吟时想溪山入画禽鸟亲人一官迁谪何妨把酒临风只范希文素心可证；

我来凭眺处怅琴操无声梅魂不返十亩蒿莱重辟扪碑剔藓幸苏长公墨迹长存。

——题滁州醉翁亭（自注：时募建落成）

十年兵毁略同五代干戈幸迅扫浮尘山高水清余孽不留皇甫；

百步州南犹剩数弓亭址望后来太守疏泉凿石鸿文更续欧阳。

——题滁州丰乐亭

上述楹联不仅都与醉翁有关，而且颇具曲折的文心诗心。醉翁亭里“九曲流觞”仿王羲之兰亭文人雅集而建，《兰亭集序》不仅成为名文，而且成为王羲之最负盛名的书法作品，这与欧阳修在人生低谷时，由于放松了心情，醉心琅琊山水，从而写出最负盛名的《醉翁亭记》又何其相似。不过前提是必须要有逊让隐逸的心态，回归文人的本真。所谓“洛邑遗风”“踞石而饮””“扣槃而歌”“梅边清福”的醉翁状态乃是慰农先生所崇尚的人生境界。文人有了这种平和的心态，自然会处事不惊，荣辱不变，得失不计，进退自如，才会是“环山不孤”“让泉不冷”，视自然山水为生佛，视人生旅途为修佛。的确，人生在世，何必留恋广袤湖水征帆点点，一泓泉水足以洗刷生命的风尘。

薛时雨的人生不仅是富于诗意的，也是富于醉意的。醉意的人生有两层需求：一是在进退出处方面的灵活自如；一是在人生态度上的安常处顺。薛时雨有功名的追求却又不执意于功名，或者说不会为了功名放弃自己作为文人的本真。他是一个儒者，却不是一个腐儒，待人接物方面有着自己坚定的信念、真诚的为人、达观的态度和灵活的方法，大概就是吴敬梓《儒林外史》中所崇尚的“真名士”，而有着“真风流”。薛时雨缘何要重修醉翁亭、丰乐亭？绝对不是故作风雅，而实为对醉翁精神的一种推崇，希望今生今世作醉翁一般的人。从某种意义上来说，他似乎做到了，堪称清代的“欧阳修”。幼年在滁州就学的著名学者李絜非在《薛时雨的逝世五十周年纪念》一文中，就表达过他对薛时雨的倾慕之情，说“每过醉翁亭畔，辄徘徊不能即去”，所流连的除了东坡书碑、欧阳植梅，再就是薛时雨的题记，并说“吴敬梓、薛时雨诸先生之流风余沫，迄今未尝或泯也”。李絜非敬仰薛时雨的为人，说他平生“孝于父母，友于兄弟，生性警敏，为学持平”，为官期间能够清正廉明，勤政为国，以民为本，辞官后却能够“宏奖后学，嘉惠士林”，“其深仁厚泽，学风蕴氤之中于人心者，盖奕世不衰焉”。[①]李先生的评价是中肯的。薛时雨的精神品格中应当说有对醉翁精神的传承，现实中的薛时雨也确实像欧阳修那样做的，兼济独善完美统一，不忘初心，永葆传统文人的真性情。自然薛时雨对欧阳修的推崇堪称是无以复加的，不仅要募捐重修醉翁亭、丰乐亭，而且要化作一股精神力量伴随自己走完人生。如其题扬州平山堂六一祠楹联：

---

① 李絜非《薛时雨逝世五十周年纪念》，载《学风》第五卷第十期。

遗构溯欧阳，公为文章道德之宗，侑客传花，也自徜徉诗酒；
名区冠淮海，我从丰乐醉翁而至，携云载鹤，更教旷览江山。

作者奉欧阳修为“文章道德之宗”，要追随丰乐醉翁，徜徉诗酒，旷览江山。有意思的是，1867年农历六月二十六日，友人发起纪念欧阳修860年诞辰日兼及预祝薛时雨50岁生日，薛时雨特地留下一首长诗《集东城讲舍祝欧阳文忠生日兼为余预作五十寿》，提到乡人常尊崇祭拜醉翁亭所挂欧阳修遗像，并在诗中赞颂欧阳修的“为政风流”，自称“生平慕庐陵”，由此可见欧阳修对薛时雨的深刻影响。

滁州古城拱极门（重建）

第六章 ‖ 醉翁文化的历史地位

第一节 欧阳修与滁州流寓文学

流寓文学的研究是中国古代文学研究的热点，对当下热门的地域文化研究向纵深方向发展起到了积极推进作用。关于流寓文学的概念，学界有不同认识，但一般认为流寓常指由于迫不得已的原因（或受命为官、或遭贬谪、或受排挤自请外放等）而离开本土流落他乡（但不是短暂路过），由此引起的创作称流寓文学。历史地看，流寓文学的创作主流与贬谪、流放、漂泊相关，中国文学创作传统又注重“不平则鸣”和伤春悲秋，异国他乡的别样风景与风土人情更容易引起文人的身世感慨，触动他们的创作灵感。所谓流寓文学，也就是侨居异乡者所创作的文学。流寓文学绝对是本地的文学，真实地联系着特定的自然风土及其所孕育的人文传统。地处江淮之间丘陵地带的滁州，是南北文化的交汇之处，其独特的地理位置，使之成为流寓文学创作的沃土。清光绪《滁州志》说滁州“山川之清峻、城郭之宏丽、风俗之敦庞、名宦人物之奇瑰雄杰”冠于一方，堪称名郡。唐宋著名文士如李幼卿、韦应物、独孤及、李绅、李德裕、王禹偁，欧阳修、辛弃疾等，相继出守滁州，在此修筑城池楼馆，开发山川名胜，并留下了许多脍炙人口的名篇佳句，特别是欧阳修的《醉翁亭记》名播天下，以至于欧阳修与醉翁亭竟然成了滁州文化一张靓丽的名片。

早在远古时期，先民们就在滁州这片土地上生息劳作，考古发现了多处新石器时期的文化遗址。由于地理位置特殊，这里历来成为兵家南下或北上的争夺要地。复杂的地缘特征，导致了滁州文化多元包容的特色。从地缘上来说，滁州地处江淮之间，吴楚文化的交汇处，缺乏形成地域文化集中特色的机缘；历史地看，滁州经常处于战乱之中，又缺乏形成地域渊源文化的稳固条件。因此，滁州地域文化的形成有赖于外来流寓文化的移植与催生，进而呈现出南北融合、相互包容的文化生态。从所属文化圈来看，滁州文化实际上构成了江淮大文化圈的一个重要部分。若作具体细分，安徽所谓徽文化（新安文化）、淮河文化、皖江文化三大文化圈（也有说四大文化圈，加上庐州文化），滁州则处于这些文化圈交叉边缘地带，历史上的楚文化、吴文化对它也均有影响（所谓“吴头楚尾”）；地理上它处于江淮分水岭主要区域，丘陵文化的特征也比较明显，江淮分水岭区域文化的独特性非其他地区可代替。滁州文化基本特征可简单概括为：楚风吴韵，刚柔相济；融合交叉，多元发展；革故鼎新，敢为人先；江河胸怀，兼容并蓄。而这也成为滁州流寓文学创作的文化基础。

历史地看，滁州流寓文学的创作群体主要是游宦或贬谪滁州之地的外来官员，最早可以追溯到中唐滁州刺史李幼卿及其朋友。

李幼卿，字长夫，唐太子庶子，于唐大历六年（771）任滁州刺史，是琅琊山最早开发者，与法琛法师共同兴建琅琊山宝应寺（后称“琅琊寺”）。有关李幼卿的记载多集中在其任职滁州期间。《佛祖统纪》载：“（大历）六年，滁州刺史李幼卿奏：沙门法琛于琅琊山建佛刹绘图以进，帝于前一夕梦游山寺，及览图皆梦中所至者，因赐名宝应寺。”后又易名为“开化禅寺”“开化律寺”。对此李幼卿有诗纪之，题为《题琅琊山寺道摽道揖二上人东峰禅室时助成此官筑斯地》，诗曰：

佛寺秋山里，僧堂绝顶边。同依妙乐土，别占净居天。
转壁千林合，归房一径穿。豁心群壑尽，骇目半空悬。
锡杖栖云湿，绳床挂月圆。经行蹑霞雨，跬步隔岚烟。
地胜情非系，言忘意可传。凭虚堪喻道，封境自安禅。
每贮归休颠，多惭爱深偏。助君成此地，一到一留连。

可见，李幼卿较信佛，擅长五言，他因“滁人饥者粒，流者占，乃至无讼以听，故居多暇日，常寄傲此山之下。”建寺同时，“凿石引泉，酾其流以为溪”（参见独孤及《琅琊溪述》）。因东晋元帝司马睿为琅琊王时，曾居于此，厥迹犹存，故名溪曰“琅琊溪”，日赋八题，题于岸石；又于寺前得泉，曰“庶子泉”，李阳冰为铭，其篆画为世贵尚。可知，李幼卿与大书法家李阳冰不仅同得萧颖士推引，而且交情不浅。李幼卿没有文集传世，后世所见的诗作也仅来源于他人文集以及石刻，今仅存诗六首。

李幼卿在滁州期间与朋友的唱和交往，值得注意，特别是与至交好友古文家独孤及的交往，成为滁州早期文学的发端。独孤及《毗陵集》收录了五首赠给李幼卿的诗，都与滁州有关，分别为《答李滁州题庭前石竹花见寄》《答李滁州忆玉潭新居见寄》《得李滁州书以玉潭庄见托因书春思以诗代答》《题玉潭》《答李滁州见寄》，另有《琅琊溪述》《祭滁州李庶子文》二文，堪称独孤及的名篇佳作。在《祭滁州李庶子文》中，独孤及表达了对李幼卿的深厚感情与哀思，文曰：

年月日，常州刺史独孤及，谨以清酌嘉蔬之奠，敬祭于故右庶子滁州刺史扬州大都督府司马兼侍御史陇西李长夫之灵。呜呼！才与上寿并者，吾不得见之矣，得见中寿者斯可矣。呜呼！长夫曾未半之。官不展才，事不如志。奄谢昭世，溘归黄泉。虽欲茹哀，哀可茹乎？

追惟长夫，行貌神俊，孝爱友睦，谅直仁勇，卓荦夸迈，英明旷达，文武志略，邦家必闻。为州治行，居百城之最；诗赋歌事，穷六义之美。休声喧于里巷，佳句被于管弦。珪璋令问，中外注耳，谓当入拜九卿，出分四岳，万人所望。一旦中止，行路悼惜，岂直同心者之悲。沧洲长挹之谈，玉溪独往之兴，竟迫身世，永孤愿言。倘魂而有知，当饮痛泉下。

往岁滁城之会，俱未以少别为感。临岐道旧，坎坎鼓我，酒酣气振，言尽欢甚。孰知此际，以是永诀。今万事如昨，书札犹新，惟故人音容，不可复见。悲莫悲兮生别离，况长往之别乎。王事拘限，莫由执绋；卮酒豆肉，后会无期。彼苍悠悠，逝者何之；长夫长夫，魂兮来斯。尚飨。

祭文不长，却能跳出传统祭文创作阿谀谄媚的俗套，从自己与逝者的知己之情切入，以情动人，生动刻画了一个神俊潇洒、孝爱仁勇、才情非凡而又“官不展才，事不如志”的地方太守形象；文中，作者还特别提到自己与李幼卿在滁州的快乐聚会，当时是那样地意气风发，酒酣气振，没想到此会竟作永诀，故人音容，不可复见，岂不痛哉！将这篇祭文与早先独孤及为李幼卿在琅琊山开凿的“琅琊溪”而创作的《琅琊溪述》对照看，我们可以看出李幼卿身为地方官却能“为州治行，居百城之最；诗赋歌事，穷六义之美”的太守风范，这不能不说会对后来的欧阳修产生积极而深刻的影响。

到了中唐的韦应物，其诗歌创作掀起了滁州流寓文学创作的第一个小高潮。作为中唐著名山水诗人的韦应物，虽在滁州只生活了三年，但他所创作的诗歌将近五分之一是在滁州创作或与滁州有关的。特别值得重视的是，对韦应物诗歌思想艺术风貌产生深刻影响的“吏隐”思想是在滁州正式形成的。其中《滁州西涧》和《寄全椒山中道士》最为有名，双双入选《唐诗三百首》，不

滁州西涧湖

仅为诗人争得诗名，而且让默默无闻的滁州开始走入无数文人的心中，让之对这片桃源之地充满着无比向往憧憬之情。欧阳修《醉翁亭记》中所具有的“吏隐”思想与李幼卿、韦应物等有较大的关系。欧阳修在滁州曾有感于韦应物《滁州西涧》诗所描写的“西涧”遗迹难寻，还特地考证了一番，其云：

今州城之西，乃是丰山，无所谓西涧者。独城之北有一涧，水极浅，遇夏潦涨溢，恒为州人之患，其小亦不胜舟，又江潮不至。此岂诗家务作佳句，而实无此耶？然当时偶不以图经考，正恐在州界中也。闻左司郭员外新授滁阳，欲以此事问之。

——欧阳修《书韦应物〈西涧〉诗后》

由此挑起文学史上滁州“西涧”之争，可见他对韦应物重视程度。

滁州早期流寓文学创作的开拓者，还有皇甫曾、柳遂、李德裕、李绅等，但存有作品较少，缺乏影响力。皇甫曾、柳遂留存的琅琊摩崖刻诗，为《全唐诗》所未收。皇甫曾《题摽上人房》诗曰：

寂寞知成道，山林若有期。
岚峰阒掩后，微路车半时。
壑冷闻泉近，云深待月迟。
颓颜方问法，形影自堪悲。

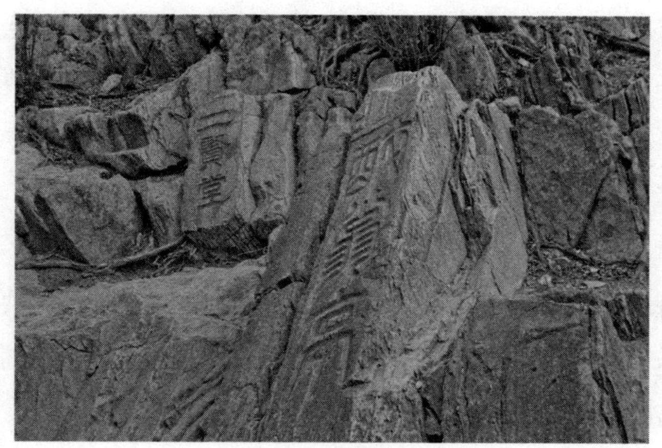

醉翁亭二贤堂石刻

柳遂摩崖题诗曰：

释氏栖禅处，莲宫最上方。数峰十地远，万劫一灯长。
绀殿飞泉测，丰碑古砌旁。为寻新世界，因到旧津梁。
众鏊随心静，残机逐坐忘。绿窗系夜魄，朱户映朝光。
伏兽长巡槛，降魔镇在房。澡瓶将布纳，锡杖与绳床。
不睹真如乐，焉知惠化康？遗文犹刻石，一见一凄凉。

其诗的情调，与李幼卿等一个路子。李德裕由于“牛李党争”，于唐开成元年（836）由袁州而至荒芜小郡任滁州刺史。当时滁州盗匪猖獗，商贾凋零，百姓整天胆战心惊。李知滁后，猛药治其重症，阔斧斩其祸根，社会治安很快好转，街市繁荣，百姓安生，滁人始终感念。对此康熙版《滁州志》有载云：

旧郡无军营，军士窝处寺观，不足，则翦茅以居。境内有淫祀淄宇凡二百四十余所，为盗寇薮，吏莫敢捕。公乃撤其屋，制四营军士，获安，寇盗屏迹。以其余材为东斋水阁，自为记。又于郡城西北为怀嵩楼，亦有记。郡人立祠于楼侧。

特别是他在州治之后，建东斋水阁、怀嵩楼，观赏风景，与民同乐，令滁人感恩戴德，李德裕自已也兴之所至，与民同喜，写下著名的《怀嵩楼记》。记曰：

怀崧[怀嵩]，思解组也。元和庚子岁，予获在内庭，同僚九人，丞弼者五。数十年间，零落将尽，今所存者，惟三川守李公而已（已殁者西川杜公、武昌元公、中书韦公、镇海路公、吏部沈公、左丞庾公、舍人李公）。洎太和己丑岁，复接旧老，同升台阶，或才叹止舆，已协白鸡之梦，或未闻税驾，遽有黄犬之悲，向之荣华，可以凄怆。况余忧伤所侵，疲薾多病，常惊北叟之福，岂忘东山之归。

此地旧隐曲轩，傍施僻块，竹树阴合，檐槛昼昏，喧雀所依，凉飙罕至。余尽去危堞，敞为虚楼，剪榛木而始见前山，除密篠而近对嘉树（厅事前有大辛夷树，方为草木所蔽），延清辉于月观，留爱景于寒荣。晨憩宵游，皆有殊致，周视原野，永怀崧[嵩]峰。肇此佳名，且符夙尚，尽庾公不浅之意，写仲宣极望之心，贻于后贤，斯乃无愧。

丙辰岁丙辰月，银青光禄大夫守滁州刺史李德裕记。

怀嵩楼造得巍然壮观，直至宋代尚存。庆历五年（1095）欧阳修知滁，闲暇时就常登怀嵩楼饮酒赋诗，留下了《怀嵩楼晚饮示徐无党无逸》《怀嵩楼新开南轩与郡僚小饮》等诗篇。滁人对李德裕很敬仰怀念，数百年间，都将他放在丰乐亭内九贤祠（今之危楼）和七贤堂中祭祀。

滁州流寓文学创作高峰，无疑要到宋代才出现。王禹偁因直言敢谏而被贬滁，知滁仅一年半，但《小畜集》中作于滁州诗文有 80 多篇，成为琅琊文化的一笔宝贵遗产。其本人为官清廉，爱民如子，深得滁州百姓拥戴。北宋后期滁州琅琊寺建有四贤堂，王禹偁名列其中，明代以来醉翁亭里二贤堂供奉的也就是他和欧阳修二人。王禹偁在滁州的大部分诗歌如《诏知滁州军州事因题二首》《滁州官舍二首》《制除工部郎中出内署》《戏题二章述滁州官况寄翰林旧同院》《雪中看梅花因书诗酒之兴》《朝簪》《身世》等，都集中表达了作者因直言被贬、官场受挫的迷茫和失落心情，而排解苦闷心情的方法就是醉心琅琊山水与关心民生疾苦。所谓“年来滁上兴何长，唯把吟情入醉乡”（《雪中看梅花因书诗酒之兴》），“去年自禁中出职，滁上临民，黾勉在公，忧虞度岁”（《扬州谢上表》），便是上述心情的真实写照。王禹偁这种身处逆境而不忘百姓的人生态度，对后来滁州为官者是一种激励。欧阳修知滁，作《书王元之画像侧》，更是从中获取了精神力量，为后来成就欧阳修的醉翁风神和为政风流提供了动力。

及至欧阳修被贬滁州，滁州文风才愈加昌盛，滁州流寓文学才真正迎来了它的高潮。作为北宋文坛领袖，欧阳修在滁州创作的诗文百余篇，其中诗 64 篇，文（包括记、序、祭文、奏状碑铭、墓表、书启、书简等）60 篇，佳作众多，除了《醉翁亭记》《丰乐亭记》双双入选《古文观止》，其他如《丰乐亭游春三首》《丰乐亭小饮》《菱溪大石》《菱溪石记》《梅圣俞诗集序》《啼鸟》《永阳大雪》《题滁州醉翁亭》《琅琊山六题》《石篆诗并序》《紫石屏歌》《秋怀二首寄圣俞》《别后奉寄圣俞二十五兄》《月石砚屏歌寄子美》《怀嵩楼晚饮示徐无党无逸》等佳篇，对欧阳修“六一风神”起到了重要作用。

欧阳修在滁州不仅是滁州文化的一个重要转折期，也是欧阳修独特文风诗风的重要培育期。基于欧阳修在宋代文坛的重要地位，欧阳修在贬滁期间的文人雅集唱和之作也留存不少，特别是与好朋友梅尧臣、苏舜钦等人的唱和引人注目。如梅尧臣留有《欧阳永叔寄琅琊山李阳冰篆十八字并永叔诗一首欲予继作因成十四韵奉答》《和欧阳永叔啼鸟十八韵》《寄题滁州醉翁亭》《寄题滁州丰乐亭》《和永叔桐花十四韵》《依韵和永叔澄心堂纸答刘原甫》《读月石屏诗》《和永叔琅琊山六咏》《寄

《醉翁亭记》楠木门刻图（滁州金丝楠木博物馆藏）

滁州欧阳永叔》《依韵和欧阳秋怀拟孟郊体见寄二首》等，苏舜钦则留有《和永叔琅琊山庶子泉阳冰石篆诗》《和菱溪石歌》《永叔月石屏图》等，此外还有张方平《酬欧阳舍人寄题醉翁亭诗》，曾巩《奉和滁州九咏九首并序》等唱和之作，与欧诗欧文共同描绘琅琊风情，传达醉翁神韵，抒发文人情怀，为滁州文化增添深厚的底蕴。其中关于滁州菱溪石的唱和尤为知名，欧阳修不仅自己赋诗作记，还向诗友梅尧臣、苏舜钦等炫耀报喜，梅、苏二友也致书赠诗贺喜，所谓“我思永叔滁阳时，大夸古翠菱溪获。作诗远寄予与苏，高唱相随无节拍”（梅尧臣《胡公疏示祖择之卢氏石诗和之》）。这块浸染了文人情怀的千古奇石，如今还静静伫立在醉翁亭畔，成为欧阳修亲手抚摸过的唯一琅琊遗存。

特别是《醉翁亭记》的闻名，产生了巨大的传播效应，也使得滁州山水之胜为天下所知。与《醉翁亭记》相关的词曲、书法、音乐等在宋代也创作不少精品，如苏唐卿的篆书，苏轼的楷草书，米芾的行书，沈遵作曲、苏轼作词的名曲《醉翁操》等。黄庭坚当时因酷爱《醉翁亭记》，曾将它改写成词叫《瑞鹤仙》，词曰：

环滁皆山也。望蔚然深秀，琅琊山也。山行六七里，有翼然泉上，醉翁亭也。翁之乐也。得之心，寓之酒也。更野芳佳木，风高日出，景无穷也。游也，山肴野蔌，酒洌泉香，沸筹觥也。太守醉也，喧哗众宾欢也。况宴酣之乐，非丝非竹，太守乐其乐也。问当时太守为谁，醉翁是也。

由于欧阳修的影响，滁州不再像是过去那样“舟车商贾，四

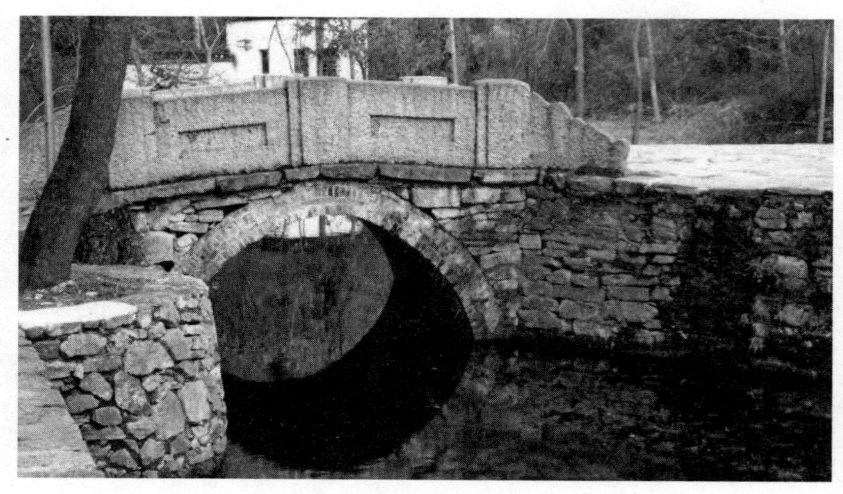

误传纪念薛时雨的薛老桥

方宾客之所不至”，慕名文人纷至沓来，如刘焘、杜符卿、钱公辅、韦骧、辛弃疾、林嘌等。宋人韦骧《钱塘集》作有《琅琊三十二咏》（皆五绝），其序云：“予官滁逾年矣，每投隙游琅琊山，爱赏不知厌已。虽数有篇句，然恨其池台亭阁景物之多，而写之不能尽，乃为三十二咏。”主要篇章有《琅邪山门》《净镜亭》《翠微亭》《白云亭》《醉翁亭》《班春亭》《薛老桥》《寂乐亭》《清风亭》《晓光亭》《会峰亭》《石庵》《阳冰篆》等，其中《薛老桥》一诗为纠正现今“薛老桥”误传是为了纪念全椒薛时雨而造提供了铁证。到了北宋后期，一时呈现出游赏滁州琅琊山之盛，至今在琅琊山龙蟠寺遗址还可以看见北宋名人刘焘游琅琊石刻诗，诗云：

幽谷琅琊偏上方，偶闻名胜未能忘。
漫山兔径春泥滑，十里龙蟠晓路长。

积雪正开银世界，初阳还放佛毫光。

平生最有云泉兴，谁信全于出使偿。

而距离这块碑刻不远处还有韦骧与宋代文人沈铢（唐宋八大家王安石的侄子）、蔡延庆（北宋名将）、钱晋臣、吕南仲、郭思礼、余无欲等在北宋元丰、重和年间游龙蟠寺时留下的石刻。在琅琊寺北面山坡上可以找到当年辛弃疾游历琅琊寺时留下的摩崖石刻。

辛弃疾在滁州游琅琊石刻字

乾道八年（1172）春，32 岁的辛弃疾由临安司农寺主簿，调任至饱受战争灾祸的淮南前线重镇滁州为知州，直到淳熙元年（1174）春，在任两年。期间，辛弃疾奋发有为，减少赋税，发展商业经济，使滁城面貌迅速改观，于是在乾道九年（1172）建奠枕楼，取天下太平、安居高卧、登临揽胜、与民同乐之意。楼初成，引来不少名士和朋友作文赋诗，友人周孚（字信道）来滁州充当辛弃疾的幕僚，与崔敦礼各作一篇《滁州奠枕楼记》略记其始末，辛弃疾则写下一首词《声声慢·滁州旅次登奠枕楼作·和李清宇韵》，词曰：

征埃成阵，行客相逢，都道幻出层楼。指点檐牙高处，浪拥云浮。今年太平万里，罢长淮、千骑临秋。凭栏望，有东南佳气，西北神州。

千古怀嵩人去，应笑我、身在楚尾吴头。看取弓刀，陌上车马如流。从今赏心乐事，剩安排、酒令诗筹。华胥梦，愿年年、人似旧游。

全词上片描写奠枕楼的宏伟气势以及登高远眺的所见所感，写奠枕楼高耸入云，百姓安居乐业，国家气象吉祥；下片则写词人胸怀天下，仍不能忘怀沦陷的中原大地，对收复失地充满期待。

滁州奠枕楼（重建）

当年友人范氏访晤滁州，辛弃疾则赋词《西江月·为范南伯寿》为他祝寿，词曰：

秀骨青松不老，新词玉佩相磨。灵槎准拟泛银河。剩摘天星几个。

奠枕楼东风月，驻春亭上笙歌。留君一醉意如何。金印明年斗大。

范南伯是辛弃疾妻兄，名范如山，字南伯。全词上片称颂范南伯具有不老青松秀骨，享有新词玉佩，于贺寿之时，顺带贺其得子；下片则借风月笙歌，留君一醉，表达双方的真挚友情，最后引用《世说新语·尤悔篇》“明年杀诸贼奴，当取金印如斗大”的典故，彼此勉励要为国家为民族建功立业。

乾道九年（1173）中秋前夕，协助辛弃疾政事副手范昂任满，奉诏返京，辛弃疾则作词《木兰花慢·滁州送范倅》作别，词曰：

老来情味减，对别酒，怯流年。况屈指中秋，十分好月，不照人圆。无情水都不管；共西风、只管送归船。秋晚莼鲈江上，夜深儿女灯前。

征衫，便好去朝天，玉殿正思贤。想夜半承明，留教视草，却遣筹边。长安故人问我，道愁肠殢酒只依然。目断秋霄落雁，醉来时响空弦。

全词对范昂被召回临安寄寓了殷切的期望，希望他能受到皇帝的重用，鼓励他积极到前方去筹划军事。词人在表达离别之情和激励友人奋进之时，也倾诉了自己满腹的忧国深情和壮志难酬的苦闷，富于慷慨悲凉之情、磊落不平之气。应当说辛弃疾在滁州，传承了欧阳修“为官一方，造福百姓”的太守精神，为滁州文学增添了光彩。

金元以来战乱不断，滁州难免战火之灾，文化一度凋零。元文宗时著名文人虞集曾来滁游览琅琊胜境，可是醉翁亭已荡然无存，寻来醉翁亭图看，感慨万千，便写下了七绝《醉翁亭图》，诗曰：

醉翁四十谩称翁，宾客相随乐意同。
前引朱幡垂白发，花开山谷几春风。

醉翁亭景区怡亭

直到明代，滁州作为直隶州地位的提升，特别是明代国家养马行政机关——南太仆寺设在滁州，吸引众多文人前来做官游览，不仅重修醉翁亭，还复建增建很多其他亭台楼阁，如二贤堂、见梅亭、梅亭、皆春亭（今意在亭）、解酲阁、宝宋斋、曲水流觞等，作为太仆寺官员宴饮、赏景、行乐场所，寻找当年欧阳修逍遥生活状态。据统计，有明一代仅醉翁亭大规模维修就达九次之多，围绕修缮游览形成了大量琅琊诗文的创作，如杨士奇《寻醉翁亭故址》诗和《重建醉翁亭记》文，尚书大学士商辂、南京太仆卿赵釴、南京太仆寺丞秦致恭、尚宝司少卿杨于庭《重修醉翁亭记》，南京太仆寺卿沈思孝《解酲阁记》，吏部尚书兼东阁大学士叶向高《重修醉翁丰乐亭记》，南京太仆寺少卿冯若愚《宝宋斋记》等。

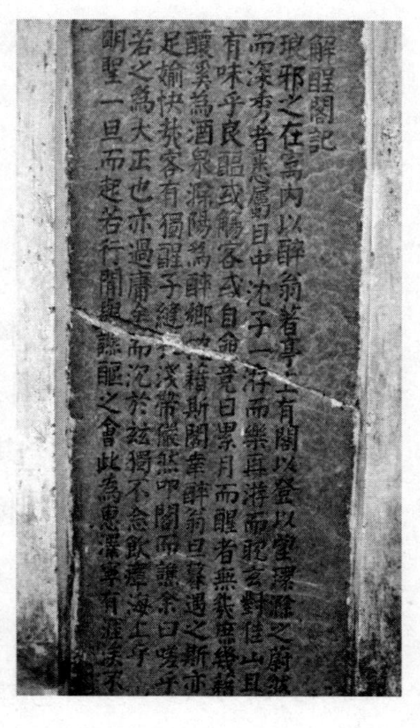

醉翁亭景区南京太仆寺卿沈思孝《解酲阁记》碑刻

著名台阁文人杨士奇于永乐十八年（1420）曾宦游滁州，作诗曰：“一入滁阳郡，桑阴翳广原。纷纷纳禾稼，渺渺散鸡豚。清夜无鸣柝，长途不闭门。皆云贤守化，深荷圣朝恩。”（《过滁州马上口号寄陈廷器》）对滁州清明安宁的生活表示赞叹，诗尾除了“颂圣”的表达，还强调了历史上以欧阳修为代表的“贤守”们的道德化育。当时醉翁亭因战火被毁，只留下遗址，但杨士奇还是禁不住要去拜谒，留下《寻醉翁亭故址》诗：“空山泉石四无邻，亭构当年已化尘。前辈文章关气运，后来瞻仰愧乡人。寒林缥缈荒烟外，霜径逶迤古涧滨。景物已殊风俗在，壶浆来往见滁民。”六年后，即宣德元年（1426），南京太仆寺卿赵次进“出俸倡僚”大规模重建醉翁亭诸景，杨士奇欣然作《滁州重建醉翁亭记》，记叙醉翁亭记在明初的兴废。杨士奇在文中回忆六年前过滁所见醉翁亭被毁坏的严重情况，只剩下寒芜荒址，当时曾痛心叹息道：“此邦先贤之迹，弃不治如此，其政可知矣。”将修不修醉翁亭看成是滁州守臣治理有无成效的标志。他在文中不仅对欧阳修“凛然忠义之气”敬佩有加，认为“三代以下，以仁厚为治者莫逾于宋”，特别是“昭陵之世，当时君臣一德，若韩、范、富、欧号称人杰，皆以国家生民为心，以太平为己任”。文中还特别提到明仁宗对于欧阳修文章的态度及评价，曰：“我仁宗皇帝在东宫，览公奏议，爱重不已，有生不同时之叹，尝举公所以事君者勉群臣，又曰：‘三代以下之文，惟欧阳文忠有雍容醇厚气象。’既尽取公文集，命儒臣校定刻之。”在这里，仁宗皇帝发出“生不同时”之叹，说欧阳修文具有“雍容醇厚气象”，命臣子刊刻欧阳修文集，足见其对欧阳修人品和文品崇敬有加，也推动了包括《醉翁亭记》在内的欧阳修作品的传播，并说明在明前期，官方的态度是尊欧、重欧的，突出了欧阳修在“文统”中的崇高地位。杨士奇这段记载后也见清代谷应泰所著《明史纪事本末》，不过更加详尽，文辞上也略有差异，如“雍容醇厚”变成了“雍容和平”等。史载曰：

十八年秋九月己巳，北京宫殿垂成，钦天监言："明年正月朔吉，宜御新殿。"命户部尚书夏原吉召太子、太孙于京师，期十二月终至北京。太子赴北京，过滁州，登琅琊山，指示杨士奇曰："此醉翁亭故址也。"因叹欧阳修立朝正言不易得，今人知其文，鲜知其忠。盖太子为文章尤善修，每曰："三代以下，文人独修有雍容和平气象。"尤爱其奏议切直，尝命刊修文以赐群臣，且谕之曰："修之贤，非止于文，卿等当考其所以事君者而勉之。"

——《明史纪事本末》卷二六《太子监国》

明代驻足琅琊比较有名的文人有：明代开国文臣宋濂《琅琊山游记》文和《扈从至滁阳登琅琊山》诗。明代心学大师、南京太仆少卿王阳明不仅在滁州讲学，而且在滁州留下众多诗文。其弟子、《阳明年谱》作者钱德洪写道："滁山水佳胜，先生督马政，地僻官闲，日与门人遨游琅琊、让泉间。月夕则环龙潭而坐者数百人，歌声震山谷。诸生随地请正，踊跃歌舞，旧学之士皆日来臻，于是从游之众自滁始。"可见当时从学王阳明的文人学士已多达数百人，是他正式授徒七八年来，规模最大的时期，也可以说是继欧阳修之后滁州文坛又一盛事。为了纪念王阳明对滁州文化所作的贡献，嘉靖年间滁人徐子林于丰乐亭畔建祠祭祀阳明。此外，明代历任滁州知州和南太仆寺官员中的祝孟献、陈琏、卢祥、周正、文徵明、庄昶、夏崇文、王以旗、郑大同、张舜臣、毛纲、朱天球、赵汝濂、萧崇业、詹沂、文翔凤、刘日升、戴瑞卿、邹维琏、李觉斯等也留下众多琅琊诗文。途经滁州的著名文人王世贞曾留下过

《陈体乾太仆邀饮醉翁亭》《夜过柏子潭恭读御碑是高皇三注矢得雨事》等诗。

这里特别值得一提的是明代开国文臣宋濂创作的《游琅琊山记》，虽然创作主旨最终归结为“颂圣”，但却成为研究明代琅琊山和醉翁亭的重要文献。全文主要记述他奉命陪同皇太子外出打猎，路过滁州，因闻琅琊山“秀丽伟拔，为淮东奇观”，便经得太子同意与四长史同赴琅琊山游玩。文曰：

洪武八年十有一月壬子，皇上以皇太子暨诸王久处宫掖，无以发舒精神，命西幸中都，沿道校猎，以讲武事。濂实奉诏扈从。

十有二月戊午，次滁州驿。濂进启曰：“臣闻琅琊山在州西南十里，晋元帝潜龙之地。帝尝封琅邪王，山因以名，颇闻秀丽伟拔，为淮东奇观，愿一游焉，而未能也，敢请。”皇太子欢然可之。即约四长史同行：秦王府则林伯恭，晋王府则朱伯贤，楚王府则朱伯清，靖江王府则赵伯友。

遂自驿西南出，过平皋约三里所望丰山盘亘雄伟，出琅琊诸峰上。唐梁载言《十道志》又云“丰亭山”。山上有汉高祖祠，又有饮马池，世俗妄传汉高祖曾饮马于此。国朝以山麓为畜牧之场，别凿池饮马，仍揭以旧名。居人指云：“山下有幽谷，地形低洼，四面皆山，其中有紫薇泉，宋欧阳公修所发。泉上十余步即丰乐亭。直丰乐之东数百步，至山椒即醒心亭。由亭曲转而西入天宁寺。今皆废，唯凉烟白草而已。”濂闻其语，为怅然者久之。

山东南有柏子潭，潭在深谷底，延袤亩余，色正深黑，即欧阳公赛龙处，上有五龙君祠。皇上初龙飞，屯兵于滁，会旱暵，亲挟雕弓，注矢于潭者三，约三日雨，如期果大雨。及御宝历为作栏循护潭，且新其庙。庙侧有时若亭，濂坐亭上，问潭侧双燕洞及其南白鸽洞，以肆穷览，人无知者，乃止。复西行，约三里所，有泉泻出于两山之间，分流而下，曰酿泉，潺湲清澈，可鉴毛发。傍岸有亭曰“渐入佳境”，今亦废，唯四大字勒崖石间，淳熙中郡守张商卿等题名尚存。沿溪而上，过薛老桥，入醉翁亭。亭久废，名人石刻颇夥，兵后焚炼为垩殆尽。亭后四贤堂亦废。亭侧有玻璃泉，又名六一泉，石栏覆之，栏下压以巨石，中疏一窍通泉，径可五六寸，手掬饮之温。

是日天阴，雪花翩翩飘。伯清亟倡曰：“雪作矣，不还将何为？”濂游兴方浓，掉头去弗顾，其步若飞，历石径一里所至回马岭。伯友追而至，伯清继之。伯友曰：“二客足力弱，不能从矣。”二客伯贤、伯恭也。其谓回马岭者，建炎寇盗充斥，郡守向子伋因山为寨，植东西二门，西曰太平，东乃回马也。岭之东有醴泉，又其东南有栲栳山。山之南有桃花洞，又南有丫头山，山之下有熙阳洞，皆未暇往。蛇行磬折黄茅白苇间，莽不知所之。宋熙宁初，僧崇定获佛舍利六百，垒石为四十九塔于道隅，累累如贯珠，塔虽废，幸有遗址可凭。径行疑其路若穷，又复轩豁，盖峰回路转，九锁而至开化禅院，院在琅琊山最深处，惜乎山皆童，而无“蔚然深秀”之处。唐大历中，刺史李幼卿与僧法琛同建此院，即张文定公方平写二生经处。三门外有观音泉。入院皆瓦砾之区，唯新构屋三楹间，中施佛像。僧绍宁出速，坐方定，龙兴院僧德学，同太子赞善孟益、秦王伴读赵鑦、吴王伴读王骥、楚王伴读陈子晟，闻濂入山，咸来会。晟云：“太子正字桂彦良憩六一泉上，亦足弱不能进，恐随二客归矣。”

宁具饭，饭客。饭已，学引观庶子泉。泉出山罅中，乃幼卿所发，李阳冰所篆铭，铭已亡。张亿书三字碑亦断裂卧泉下。石崖上多诸儒题名，陷石为一方，镌勒其中，自皇祐、淳熙、乾道以来皆有之，字或篆或隶或楷，或可辨或不可辨。山之东西，在在皆然，不特此泉也。泉之南有白龙泉，祷雨多验。童行堂下有明月溪，稍南有吴道子画观音及须菩提像刻石壁上，傍镌淮东部使者八人，舜臣《琅琊山记》颇不合文体，为之破颜一笑。又稍南，有华严池。由明月溪而上，入归云洞，访于佛塔遗址。过石屏路，俯窥大历井，井亦幼卿所凿。沿山腰陟摩陀岭，远望大江如练，钟阜若小青螺，在游气冥茫中。岭下有琅琊洞，洞广两屋，中有一穴，深不可测，名人题识无异庶子泉。惧日夕，复不暇往焉。

自幼卿博求胜迹，凿石引泉以为溪，左右建上下坊，作禅室、琴台，后人颇继其风。山中之亭几二十所，而日观、望月为尤胜。今荆榛弥望，虽遗迹亦无从求之，可叹哉！夫亭台废兴，乃物理之常，奚足深慨？所可慨者，世间奇山川如琅琊者何限？第以处于偏州下邑，无名胜士如幼卿者黼黻之，故潜伏而无闻焉。且幼卿固能使琅琊闻于一方，自非欧阳公之文，安足以达于天下？或谓文辞无关于世，果定论耶？然公以道德师表一世，故人乐诵其文。不然，文虽工未必能久传也。传不传亦不足深论，独念当元季绎骚，窜伏荒土，朝不能谋夕，今得以厕迹朝班，出陪帝子巡幸，而琅琊之胜遂获穷探，岂非圣德广被，廓清海寓之所致耶？非惟濂等获沾化育生成之恩，而山中一泉一石亦免震惊之患，是宜播之声歌，以侈上赐游观云乎哉。因取《醉翁亭记》中语“风霜高洁，水落石出”

字为韵，各赋一诗，授主僧绍广刻诸山石云。

——［明］宋濂《宋学士集卷二》

文章详细记载了宋濂一行人游琅琊山的游踪，文笔细腻，描景状物极见功底，堪称游记文学佳作。如描写山路的蜿蜒曲折，说“蛇行磬折黄茅白苇间，莽不知所之”；写“酿（让）泉”的明净，说“潺湲清澈，可鉴毛发”；写“六一泉”方位，说“石栏覆之，栏下压以巨石，中疏一窍通泉，径可五六寸，手掬饮之温”，如在目前；而写冬日天气，则用“雪花翩翩飘”几个字就概括掉了；写作者在琅琊山顶所望之景：“远望大江如练，钟阜若小青螺，在游气冥茫中”等等，都给读者留下了深刻印象。我们可以想见，由于雪大地滑，山路难行，加上琅琊寺、醉翁亭、丰乐亭等著名景点都不同程度遭到元末战火的破坏，景象是萧索冷清的，却为何丝毫没有破坏作者的游兴？在同游一部分人畏雪打退堂鼓的情况下，宋濂却“游兴方浓，掉头去弗顾，其步若飞”，是什么在吸引他不顾恶劣天气而要坚持将游程游完，显然是欧阳修的吸引力。故而全文在结尾议论中，作者虽然由眼前衰败之景引出当今太平盛世，讴歌“圣德广被，廓清海寓”，能使“山中一泉一石亦免震惊之患”，也使自己“琅琊之胜遂获穷探”，带有“颂圣”的光明尾巴，但是作者本意却不专注于此，而是想要宣扬自李幼卿以来，特别是欧阳修寓滁期间所留下的宝贵文化与精神财富，所谓“亭台废兴，乃物理之常，奚足深慨？所可慨者，世间奇山川如琅琊者何限？第以处于偏州下邑，无名胜士如幼卿者黼黻之，故潜伏而无闻焉。且幼卿固能使琅琊闻于一方，自非欧阳公之文，安足以达于天下？或谓文辞无关于世，果定论耶？然公以道德师表一世，故人乐诵其文。不然，文虽工未必能久传也”。在宋濂看来，欧阳修的文章固然好，但人们乐于诵读欧阳修的文章，更在于他“以道德师表一世”，否则“文虽工未必能久传也”。所以宋濂游琅琊，主要因为仰慕欧阳修为人风范，他同时所作《扈从至滁阳登琅琊山》诗亦可印证，诗曰：“承恩扈跸幸中京，侍从銮舆老亦荣。彩结千门迎左纛，帆飞万轴引前旌。琅琊山近浮龙气，六一泉清泻玉声。宸翰喜观新制作，南薰调古和难成”。由于宋濂的影响，历代创作“琅琊山游记”的作者也不少，但能超过宋濂的并不多。值得一提的是，民国知名女作家方令孺在 1936 年清明节期间与友人（据考有著名画家徐悲鸿，还有盛成、郑坚夫妇以及郑坚小弟郑成武）同游琅琊山，归来作散文《琅琊山游记》，记叙为期两日的游览经过，已成为现代散文名篇。方令孺在散文中也表现出她对欧阳修的仰慕，赞扬“欧阳修的潇洒和爱的风神”，所以“这几天身子觉得十分疲倦，但回味这次游山的经过，可以说是天衣无缝，没有缺憾”。

明代由于朱元璋的缘故，滁州地位不断提升，加上国家马政机构——南京太仆寺设在滁州，许多著名文人纷至沓来，留下的诗文甚多。这些诗文或多或少都要感慨欧阳修当年在滁州留下的胜迹，去追慕醉翁的人格风范，虽然常常摆脱不了颂圣的倾向，但却留下了丰富的醉翁文化遗产，值得后人去细心品味与挖掘。如胡广《皆山轩记》：

国家建太仆寺于滁阳，以总江淮群牧之政。圣天子莅阼，尤

滁州的南京太仆寺（重建）

重其事，乃遴选贤能授以是职。吴侯鉴以将家子魁杰负才气，擢为太仆寺丞，治事有法，率以古之君子期待，不肯为苟且之政，比年，马大蕃息，公私优裕。侯尤好学，于公退之暇，即赋诗写画自娱。尝于官署之偏，筑室数楹，为宴休之所。引酿[让]泉为渠，纡流于外。举目而望，则丰山、琅琊诸峰，环列远近，发奇吐秀，隐见于烟云杳霭间。而朝暮之景，变化无穷，乃取欧阳公之言，名之曰“皆山轩”，征予言为记。

滁之山水，名大著于天下后世者，盖自欧阳公始也。公为守于滁，筑亭于山水之间，日与滁人游而乐之。顾望清流之关，思宋太祖尝破李景兵十五万，擒其将皇甫晖、姚凤于滁东门外。求其迹，盖百年之间，故老已尽，漠然徒见山高而水清。而当时得以乐其乐者，伊畴之力也。滁人盖未必知之，而公与之言，忠厚之至也。

予惟今之滁，非可同于昔日。我太祖皇帝龙飞淮甸，由滁阳而基帝业。呼吸雷动，群策响应，英雄荡灭，涤碘百年旧染之风，尽复衣冠礼乐之旧。神圣功德，与开天辟地而同其盛。岂但平一城、擒一二将之足拟哉？昔者滁当干戈之际，为用武之乡。今为邦畿千里之地，而凡得以居其间者，顾瞻山川，仰思太祖开拓平治之功，而当时故老犹有存者，皆能道其盛也。况草木云霞，蔚葱炫烂，五色之气，凝为龙文，结为凤彩，霓旌翠华，俨乎在目。而向之徒见山高而水清者，漠乎其微矣，又乌知有待于今日之盛也哉。昔有睹山河而思禹迹者，禹之功盛大，故人莫能忘。我太祖功德卓冠万世，天下之所仰赖，而人心有所不忘。矧侯居官是邦，优游无事，以乐乎雍熙太平之盛，其所以感慕之者，宜何如也？

予知侯之修其德而勤其职，思以报夫国家生育之深仁，庶几侯之心，矧侯之父兄，皆攀鳞附翼以取功名，侯又当思振其家声，异时忠孝之名有所闻焉，则是轩与滁阳山水竞光华于久远矣。予窃幸与侯同其遭逢之盛，是以惓惓焉，为侯道之也。

——［明］程敏政编《明文衡》卷三十三，《四库全书·集部》

全文毫无疑问是一篇歌功颂德之作，但却透露了欧阳修《醉翁亭记》在明代的传播情况。由于欧阳修的缘故，滁州山水知名度被大大提升了，所谓“滁之山水，名大著于天下后世者，盖自欧阳公始也”。这必将吸引更多文人雅士驻足滁州，留下美文佳作。

明末清初社会动乱，曾一度阻碍滁州文化的发展，但好在清代统治者很快意识到华夏文化对稳固自己统治的重要性，注意笼络汉儒，甚至以华夏文化正宗继承者自居。如康熙和乾隆都通过

醉翁亭景区明代尹梦璧石刻题字“寒流疏影”

评说表现出对《醉翁亭记》和《丰乐亭记》的喜爱，乾隆还为欧阳修小像题过诗。由康熙版、光绪版《滁州志》及续志看，清代滁州文风尚算昌盛，留下诸多文学遗产，而多是流寓文人创作。如顺治进士胥庭清、《滁州志》主修余国楷、神韵派大诗人王士祯、康熙进士武英殿大学士张鹏翮、康熙进士内阁学士张榕端、滁州训导陆宝书、山东巡抚两江总督铁保等。滁州文脉遭致破坏主要在咸丰、同治年间，琅琊寺、醉翁亭、丰乐亭以及周围的二贤堂、意在亭、古梅亭、怡亭、览余台等亭堂皆于清咸丰年间毁于太平军兵火。当时滁城被太平天国叛将李昭寿占领，盘踞多年，战乱不断，直到曾国藩、李鸿章剿灭太平天国才算平息。直至光绪七年（1881），方由全椒文人薛时雨筹款将醉翁亭、丰乐亭等重修，民国以后和二十世纪中后期又将其余诸亭堂陆续重建和整修，并留下不少楹联诗词，如“山行六七里亭影不孤，翁去八百载醉乡犹在”（醉翁亭联），“踞石而饮，扣槃而歌，最难得梅边清福；环山不孤，让泉不冷，何须恋湖上风光”（影香亭联），“愿将山色共生佛，修到梅花伴醉翁”（琅琊寺山门联）等。至今“醉翁亭”三字门匾，冯公祠前门额上的“晴岚叠翠”，二贤堂院门的“有亭翼然”等仍为薛时雨手迹。今天看到的醉翁亭建筑群基本上维持薛时雨重修时的格局，而滁州人也对薛时雨怀有较深感激之情，他们在醉翁亭景区内建了“薛楼”便是最好的表达。

总之，唐宋以来，滁州流寓文人以不同人生境遇寄居琅琊，以自己卓越创作为滁州文化不断增添魅力，也使得滁州自然山水与人文能更好地融合，这期间，欧阳修成为滁州流寓文学承上

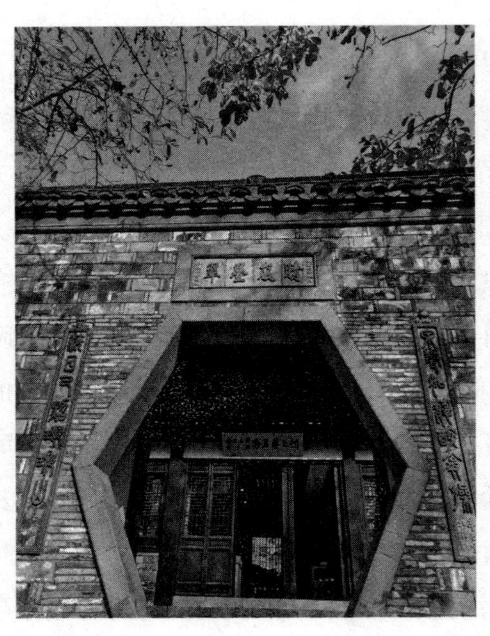

晚清全椒薛时雨题冯公祠前门额“晴岚叠翠”

启下创作成就最高最杰出的代表，为现当代滁州文学的发展奠定了坚实的历史文化基础，更成为现代滁州文化发展的坚定基石。欧阳修滁州流寓文学创作不仅丰富了宋代文学作品宝库，而且通过其创作为后世留下了丰富的精神文化遗产，值得后人继承发扬。

第二节　欧阳修与滁州文献整理

滁州历史上文风昌炽，与欧阳修的影响有较大的关系。滁州也因此留下了大量文献资料急待整理，可为当代滁州地方文化建设提供服务与借鉴。

首先，醉翁文化研究应当善于从滁州方志文献中挖掘利用资料。不仅欧阳修在滁州的诗文多被方志采集，还有许多慕名而来的文人政客在滁州留下的作品，多借方志被记载下来。滁州古代方志修撰历史源远流长，可以上溯北宋，有记载的有十几部，但失传遗散的较多，目前仅存5部，即明万历《滁阳志》，清康熙、光绪《滁州志》，康熙《滁州续志》，民国杭海编《滁州乡土志》。其中，明代万历《滁阳志》，清康熙、光绪《滁州志》三本原刻版本存于台湾，滁州市只存有三部志书的影印版，后请周惟熙先生校点了万历《滁阳志》和康熙、光绪版《滁州志》这三部志书，由黄山书社出版。现存滁州地方志最早版本应为明代弘治六年（1493年），比现在普遍认为最早的万历《滁阳志》还要早122年，根据是日本人于1995年出版的《新编日本现存明代地方志目录》，据说原刻本藏于日本国立国会图书馆，但国内外学者没人见过这本书，滁州派人远赴东瀛多方探求，也是一无所获。现在能看到的最早的滁州地方志就是万历《滁阳志》，它是滁州知州戴瑞卿，邀集儒学学正李之茂等，收集南宋和明初的各种《滁州志》版本，经过补充订正编纂而成，计8册14卷，该志书辑存了有关琅琊山各名胜古迹的记载，以及唐代到明代文人描写琅琊山胜迹和人物的诗文400多篇（首），是现存最早的一部滁州志书，原藏日本，后来被国内影印出版，有《中国方志丛书》本，还有《稀见中国地方志汇刊》本。

其次，醉翁文化研究要充分利用前人留下的地方艺文志书。这里特别要提出的是，明代滁州太仆寺卿赵廷瑞编、林烇增编《南滁会景编》（十二卷，内府藏本）。明代朱元璋建都南京，明洪武六年，在滁州设立太仆寺（俗称“马政”），是历史上唯一设在滁州的中央级单位，是明代唯一设在都城南京之外的中央衙门，管辖区域广大，辖应天府、凤阳府等十二个府州六十七个州县及滁州卫。因为有了太仆寺，才有《南滁会景编》。该书是一部地方艺文总集，是研究安徽滁州历史上文学文化及其发展状貌的重要地方文献。南京太仆寺官员、历代滁州官员及滁州本地人物诗文尽收其中。其十四卷本保存了唐至明末题咏安徽滁州山水的大量诗文，分门别类，有《柏子潭诗集》《醉翁亭文集》《丰乐亭文集》《醉翁亭诗集》《琅琊山诗集》《环山楼诗集》《清流关诗集》等卷，许多作品未见载于文人总集、别集、选集、诗话、笔记、类书等文献，具有重要的诗文辑佚价值，目前已由黄山书社影印出版。

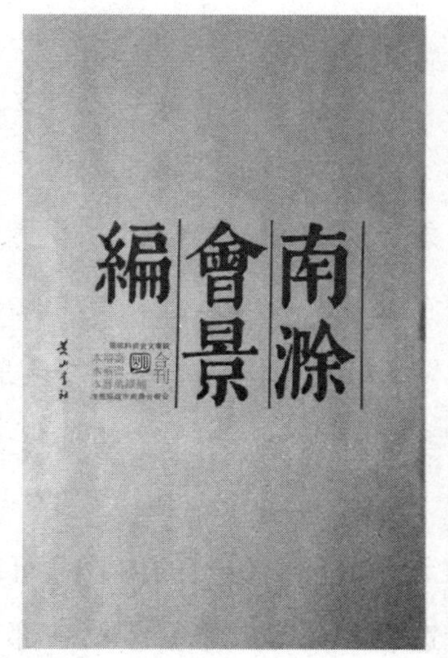

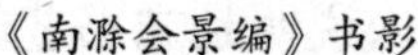
《南滁会景编》书影

《南滁会景编》书影

其三，醉翁文化研究要重视琅琊山摩崖石刻碑刻的文物文献价值。琅琊山摩崖石碑刻 2013 年已被列为全国重点文物保护单位。琅琊山的古碑摩崖留存了从唐代至今的名人官宦手迹。内容上有对山景的咏赞，有游览纪胜，亦有题名记事。书法体例方面有楷、草、隶、篆。题刻的人物有李幼卿、柳遂、皇甫曾、苏轼、辛弃疾、文徵明等。虽经漫长时间的风雨侵蚀、剥落，尚可辨识的仍有二百多块。其中柳遂、皇甫曾刻诗为《全唐诗》所未收，具有较高的文献价值。琅琊山碑石以明代为最多，题刻多为南京太仆寺官员所作，记录了琅琊山的自然景色与人文风光。如明代盛汝谦题诗碑（位置在琅琊山寺院的大雄宝殿后檐壁墙上。碑刻面积 140×68 厘米。草书。字迹保存完好），描写当年琅琊山一棵奇松——石上松（又称“六朝松”），借物寓志：

君不见琅琊石上松，碧潭倒影吐孤悰，百尺藤萝仍去住，满山红紫孰朋从。君不见青松之傍有绿竹，郁郁猗猗相倚伏，檀栾楝矗傲冰霜，就里空通百万斛。君不见绸缪松竹丛，才着梅花便不同，翻光落素无销歇，抽心插故竞东风。世人交结皆如此，生者无惭死者起。萍逢逆旅总须臾，肯为山间三友訾。

明嘉靖癸亥孟秋，古泉山人盛汝谦题。

长期以来，对琅琊山石刻缺乏系统的、历史的内容考订。民国十七年（1928），琅琊寺住持达修和尚等人修纂了第一部《琅琊山志》，留存了众多诗文资料，但未说明是志书艺文还是石刻抄录。1989年由黄山书社出版了新版《琅琊山志》，1989年安

醉翁亭景区清代王赐魁石刻题字“翠积清香”

徽人民出版社出版了《琅琊山石刻选》，滁州市文化局还内部刊印了《滁州文物志》。滁州市文化局《琅琊山石刻选》，对琅琊山石刻进行拓片、照相，对于保护、宣传琅琊山石刻艺术起到了重要作用。陕西师大王浩远博士在此基础上重新整理并考订出《琅琊山石刻》一书，2011年由黄山书社出版。

醉翁亭景区古梅亭石刻

其四，醉翁文化研究应当集聚当代科研力量开展滁州历代诗文总集搜集整理工作。目前关于滁州的古代诗文到底有多少，还没有一个统计数字，除了散见于各种方志中的作品（没有一部是全的），还有不少散见于众多文人的集子中，有待钩沉汇总。二十世纪八十年代滁州谭庆龙先生曾经收集历代琅琊山诗词上千首，后选了400首简编为《琅琊山诗词选》，由黄山书社1990年11月出版，且考订不精，错讹不少。琅琊山文集更是缺乏系统整理。这里可以提供一个案例，说明整理滁州历史文献的重要性。

众所周知，滁州人杰地灵，人文荟萃，历史上不少著名文人都曾驻足过滁州，如韦应物、欧阳修、辛弃疾、王阳明等。那么，李白曾来过滁州吗？可惜目前还没有资料证明他光临过滁州，尽管晚年李白主要在沿皖江一带活动，到过滁州的可能性是有的，但凡事还要拿证据说话。不过，让我们稍感欣慰的是，有证据表明李白并非与滁州一点瓜葛都没有。李白曾留有一首诗《送族弟凝之滁求婚崔氏》（见清代王琦注《李太白全集》卷之十六），说明李白在滁州有亲戚。诗曰：

与尔情不浅，忘筌已得鱼。
玉台挂宝镜，持此意何如。
坦腹东床下，由来志气疏。
遥知向前路，掷果定盈车。

此诗大概作于天宝四、五载（745—746）间，为李白辞朝后居于东鲁时所作。全诗大意是夸赞族弟李凝才比王羲之志气疏阔，尽可以坐等为东床快婿，最后还想象族弟去滁的路上一定会像当年帅哥潘安那样拥有众多女粉丝，水果掷满车子。诗写得很俏皮，但足见他与族弟“与尔情不浅，忘筌已得鱼”的感情。

李凝何许人也？据《新唐书·宗室世系表》，李姓姑臧大房下右卫长史李防有子名凝，当即其人。李凝曾作过单父县（今山东单县）主簿、摄宋城县（今河南商丘）主簿。除本诗，李白还为族弟留有《送族弟凝至晏堌单父三十里》《送族弟单父主簿凝摄宋城主簿至郭南月桥却回栖霞山留饮赠之》等诗，另在《单父东楼秋夜送族弟沈之秦》诗自注：“时凝弟在席。”此诗亦天宝四载作。山东单县也是个山清水秀、风景宜人的地方，文化底蕴深厚，这里牌坊林立，名胜古迹甚多，尤以单城北堤之上单父宰宓子贱抚琴处琴台（“琴台夜月”）、城内吕仙井（“吕井寒泉”）、护城堤西南角栖霞山（“栖霞晚照”）、城东南山（“玕山积雪”）、城东堤涞河（“涞河归帆”）、城西南隅青冢（“青冢暮云”）、城西北普照寺（“普照晨钟”）、城北堤外仙人桥（“仙桥流水”），景观独特，被誉为“单城八景”，吸引众多文人骚客、名士贤达前来探访驻足，唐朝时“竹溪六逸”之一的陶沔也曾出任单父尉。李凝在单县做官，应当说为单县招来了更有影响力的文化资源。由于族弟李凝的缘故，李白、杜甫、高适联袂来游登琴台、入酒垆、游梁园、猎孟渚，畅饮高歌，乐而忘返，并留下一首首脍炙人口的佳作。这次李白送族弟李凝到在当时还较偏僻的滁州向崔家女求婚，为什么李白家族在滁州会有这段姻缘关系，尚待进一步考究。

第七章 ‖ 醉翁文化的当下价值

第一节　醉翁文化与滁州文化精神

一座城市需要自身独到的城市精神，它是区别于其他城市的不同的文化个性与品格。何为滁州城市精神？可能有很多答案，但城市不是空洞的外壳，而是与这里世代生活的人民密切相关，离开现实当中的活生生的人也就无从谈起城市精神，在这个意义上滁州城市精神就是滁州人的精神，而不是少数人出于某种形势需要，往这个城市去硬贴政治标签。滁州城市精神不能脱离历史形成过程，应具有广泛的认同性、独特性和概括性，能引领城市未来发展，而这离不开对醉翁文化精神的提炼。谈醉翁文化精神首先不能不先谈中国独特的贬谪文化，欧阳修被贬滁州看似为其人生的悲哀，实乃其人生之幸事。

尽管在古代文人被贬或外派是家常便饭，但没有一个被贬文人说是心甘情愿的，特别是那些深受儒家思想熏陶、身怀雄心壮志的文人，由于政治上或者其他迫不得已的原因而招致流落寓居他乡，一定会有一个心理上的自我调适期，这时候当事人的思想修养就显得尤为重要了，于是乎“儒道互补”常成为古代文人安身立命的人生追求。不过，“儒道互补”说起容易做起来难，更多迁客骚人往往要在兼济天下与独善其身之间痛苦徘徊。面对朝野两极世界的不同风光，多少仁人志士陷入了进退维谷的人生困境：出仕时深感宦海的险恶与不适，独处时又常会为壮志难酬而抑郁。于是乎“中隐”成为不少为官者明智的选择，那就是与朝廷上层保持一定的距离，但并不像陶渊明那样归隐田园，而是乐于在地方做官。一方面可以继续享受国家的俸禄，不会为温饱问题发愁；另一方面可以多接近百姓、体察民生疾苦，践行自己早年立下的理想抱负。因此，贬官不同于完全罢官，只不过在实现仕途管理层级的转换而已。在朝廷做官可能机会更多些，但“高处不胜寒”，政治风险更大；在地方做官则更能体恤下情，务实地开展工作，尽可能地避免朝廷的政治纷争。

当然，在野或在地方做官毕竟与中国绝大多数士子们早年对理想的期望值会有一定的差距，特别是被迫无奈而为之，若没有很好的人生修养做保障，往往很难从个人的患得患失中解脱出来。不少贬官士人仕途遭受挫折，对宦海浮沉、世态炎凉有了更深刻的认识之后，普遍地表现出对人生的失望与无奈，时常流露一种避世的淡泊情思。所以，纵观历史上中国的贬官流放文学，忧愁与忧患、悲凉和怨怼仍为其主色调。当然，也有一些贬官士人，其政治悲剧不仅没能打垮他们，反而更激发了他们热爱山水、热爱百姓的热情，他们的功名心逐渐淡漠，面对个人得失能够淡然处之，往往在优游山水中追求一份心灵的恬静。欧阳修和他的学生苏东坡便是这一类人。欧阳修被贬滁州期初的心境是郁闷的，但他没有被现实压倒，反而从优美的风景和淳朴的民风中实现了精神的回归。欧阳修在滁州仅仅才两年的时间，却实现了他文学创作与人生境界上一次新的跨越。欧阳修在滁州是其“六一风神”创作审美特征形成的非常重要的阶段。南宋叶梦得《避暑录话》卷上曰：“庆历后，欧阳修以文章擅天下，世莫敢有抗衡者。”而欧阳修在滁州所形成的“为政风流”更是后人很难效仿的。

那么，醉翁文化精神较为核心的层面有哪些呢？

其一，四海为家、家国一体的主人翁精神。

古代知识分子读圣贤书，抱着“为天地立心，为生民立命，为往圣继绝学，为万世开太平”（《张子语录·语录中》）的人生理想，背井离乡，四海为家，“少小离家老大回”已成人生常态。欧阳修也是这样，祖籍江西吉安，出生四川绵阳，自打步入仕途，一生却很少再回归故土，以至晚年退隐安徽颍州，卒葬河南新郑。可以说，他每到一处就爱一处，不论时间长短，都以此处为家，为当地百姓造福。欧阳修被贬滁州虽然只有两年多时间，却不把自己当作一个“异乡客”，而是把这里当作自己的第二故乡。他更是全身心投入对滁州的生产与文化建设，倡导农桑，筑城强兵，促使滁州岁物丰成，努力解决滁州百姓的温饱问题，并凿泉修亭，“与民共乐”，真正做到了“为官一方，造福一方”，与滁州百姓结下了深厚的感情。欧阳修离开滁州之后，虽再也没有回来过，但他的心中却时刻想念着滁州。熙宁三年（1070）已经64岁的欧阳修，离开滁州22年了，但在《寄答王仲仪太尉素》诗中一开头便写道：“丰乐山前一醉翁，馀龄有几百忧攻。”说明他始终不忘“醉翁”这个号，依然念念不忘在滁州的那段美好生活。

其二，身处逆境、乐观向上的人生情怀。

欧阳修被贬滁州，经受的是多重的精神打击，这在一般人显然是难以承受的。换一个人，由于心理上排解不掉，只会自哀自叹，寄情山水，借酒浇愁，不问世事。“贬官任上无所事”成了许多贬官感愤怀才不遇、看重一己身名利禄、无所作为的开脱之词。明代朱同《杜君游观图序》曾对比欧阳修的“与民同乐”与柳宗元的“忘故都、消抑郁”的感情差异：

余谓“醒心”“丰乐”“醉翁”之亭，“黄溪”“西山”“钴鉧潭”“袁家渴”之记，昔贤为政游观之胜，发前人所未发者，固未尝不同，而亦未始能同也。欧阳公当宋之隆平，是以惟宣上德化，与民同其乐。子厚则娱情山水，以忘其故都，而消其抑郁。若吾杜侯，则抚字之情，不能胜赋役之重。乐民之乐，与欧公之时固有间矣，且以强仕之年始于百里之寄，方将尽蕴奥展经纶于时，宁有柳柳州之怀哉？

——［明］朱同《覆瓿集》卷四

的确，欧阳修天性豁达乐观，能尽快摆脱郁闷，泰然面对一切，积极作为，勇于担当，不以己悲而懒政，不以官小而怠政，把治滁作为施展自己政治才华和理想抱负的机会，造福一方百姓，成功化解苦难，满足自己的文人性情，实现人格的完善，获得心灵的自由。这种在逆境中保持乐观向上、在苦难中主动寻求解脱、心态平和、意气自若的泱泱君子的坦荡情怀，成全了欧阳修令后人仰慕不止的“六一风神”与“太守风流”。

其三，以德治民、宽简勤俭的仁政理想。

欧阳修信奉儒家的民本思想，体恤民情，强调以德治民，以德服人，积极追求仁政理想，而实现这一理想的重要途径之一就是勤政。一个好的社会需要政治清明，老百姓心地善良，心情舒畅，安居乐业。《醉翁亭记》所展示的就是这种桃花源般的与民同乐、和谐幸福的理想世界，而这一理想在欧阳修那里并非完全虚幻，通过“勤政”在较短的时间里得以实现。欧阳修所处时代是宋朝比较繁盛的时期，正是他实现自己仁政理想的好时机。欧阳修具有政治家与文学家的双面性，不单纯是一个感性、审美、诗意的文学家，同时也注重政史之事，关注现实，关心民生疾苦。他来滁以后，效仿前贤、“宽简”治政，倡导农桑，筑城强兵，很快收到了明显效果。在滁州任上的第三年，滁州先涝后旱，由于日常“劝农节用，均丰补欠”，灾年里不但没有饥民逃荒现象，反而实施了兴修城隍（无水城壕）的大工程，大有唐代韦应物知滁州时“身多疾病思田里，邑有流立愧俸钱”的仁政遗风和爱民情怀。

欧阳修的“宽简”政策在历史上非常有名，可以说是他一生为政的风格。所谓宽简，即宽容和简化，办事遵循人情事理，不求博取声誉，务求将事情办好就行。早在景祐元年在《答西京王相公书》中欧阳修就曾说过：“某闻古之为政者，必视年之丰凶，年凶则节国用、振民穷，奸盗生争讼多而其政繁；年丰民乐，然后休息而简安之，以复其常。此善为政者之术，而礼典之所载也。”认为政令的繁简乃视年之凶丰不同而定，宽简为治乃为政常态，“治民如治病”，关键在于药到病除，而不在于处方上名目的繁多，最好是简方，能有效果就行。欧阳修这种主张在滁州治理上得到了较好体现，所谓“不见治迹，不求声誉，以宽简不扰为意”（朱熹《宋名臣言行录》后集卷二），深受滁州百姓欢迎。其后来权知开封府也带去这种作风，与前任有名的“铁面老包”包拯形成鲜明对比，老包办事无比威严，而欧阳修则持以宽简，不动声色中照样将开封府治理得井井有条，故清朝时有人在开封府衙东西侧各树一座牌坊，一边写着“包严”，一边写着“欧宽”。

其四，亲近山水、天人合一的和谐境界。

《醉翁亭记》处处写“乐”，由禽鸟自乐，到众人游乐，再到太守乐其乐，最终达到一种自然美景与太平盛世美景完美融合而感到的一种“至乐”。在物质文明高度发达、自然环境日益恶化、人类精神需求匮乏的今天，醉翁文化核心精神所要告诉人们的，恰恰是一种人类的快乐源泉是什么，其实就是来自于人与人之间、人与自然之间的和谐相处，由此展现的人与自然和谐共生的画面，正是中国人千百年来孜孜以求的万物和美、天人合一的理想境界。

鉴于上述论述，滁州城市精神我们可以基于醉翁文化精神探讨，再结合其他滁州文化元素加以提炼，用以指导实践，可以概括为 16 个字：敢为人先，亲近山水，达观包容，务实进取。

敢为人先。历史地来看，滁州人并不因为贫困落后而消极怠世，而能以积极进取的人生态度去因地制宜谋发展，具有“敢为人先”的敢干苦干实干的精神，而这恰恰是国家改革开放迫切需要的精神，也是滁州市未来发展的原动力。凤阳县小岗村人民敢为天下先，首创“大包干”精神，成为中国农村改革的发源地；国家和省内多项新政先后在滁州改革试点并成功推广。滁州建设“最美滁州”，奋力冲刺全省第三，最需要的精神就是这种敢闯敢试敢干的精神。

亲近山水。滁州独特的丘陵地理山水风貌，使得滁州人容易亲近山水，进而铸就了他们热爱山水的情怀。这种情怀也最终凝聚为《醉翁亭记》的人文情怀或言醉翁情怀，一句“醉翁之意不在酒，在乎山水之间也”，道出了滁州人醉心故乡山水的历史情结。滁州山水虽不比五岳那样宏大俊伟，犹如大家闺秀，却也自然野朴，清秀可人，犹如村野乡姑、小家碧玉，容易亲近，宜居宜业，当代滁州人打造山水醉城、建设生态文明滁州，需要这种人与自然和谐相处的历史文化情结。

达观包容。滁州历史上由于种种原因，经济上欠发达，但滁州人并不甘心落后，奋力直追，可在发展中又不会把金钱物质的追求看得太重，而注重生活得潇洒自在。2011 年 5 月 6 日，中国社会科学院发布《2011 年中国城市竞争力蓝皮书：中国城市竞争力报告》，滁州“幸福感指数”位列安徽省第二，绝不是空穴来风。当然，每个人对幸福的理解可能会存在着差异性，但滁州人整体上懂得物质满足，崇尚健康快乐，应是不争的事实，而这是有历史文化传承性的。欧阳修《丰乐亭记》说滁州人“安于畎亩衣食，以乐生送死”，说明滁州人天性中就有乐天达观的一面。欧阳修《醉翁亭记》中“乐”的情怀受到滁州人的感染熏陶，山水之乐因为浸染了“与民同乐”而成为“乐以无穷矣”。达观之人才会有包容之心，加上滁州地处江淮分水岭核心地带，南北不同文化在此交融，更是铸就了滁州人开明开放的心胸。唯有秉持开明开放、求实包容的心态，才能兼蓄南北文化精华，做到不僵化不保守，厚德载物，进而助推滁州实现跨越式的发展。

务实进取。醉翁文化精神中便具有作风务实、责任担当的一面。执政一方，为民造福，实现富民强市目标，是各级党委政府的重要责任。每一个滁州人也都必须振作精神，务实进取，以谋求富强为己任，脚踏实地，无私奉献，最终为实现“美好滁州”梦而不懈奋斗！

第二节 醉翁文化与滁州亭城文化

汉许慎《说文解字》释“亭”为：“亭，民所安也。”《释名·释宫室》又云：“亭，停也，人所停集也。”说明它是供人休息之所。最早作为国防军事建筑，始建于春秋战国时期，皆设于边疆要塞，作用为监视敌情、传递烽火。秦汉时代，亭发展成一种多用途、实用性很强的建筑形象的统称。按其功能可分为四类：城市中的亭，如街亭、市亭、都亭、旗亭等。基层行政单位的亭，按秦制十里一亭，十亭一乡，亭由负责维护法律和秩序的亭长管理。《汉书注》应劭曰：“亭有两卒，一为亭父，掌开闭扫除，一为求盗，掌逐捕盗贼。”《史记》就记载刘邦“及壮，试为吏，为泗水亭长”。边防报警的亭。驿亭，或称邮亭，设于交通要道，兼有邮递、驿站等作用。亭由原始的物质需求发展而来，具有中国古代建筑结构的基本特征，如梁、枋、柱等，特别是斗拱为东方建筑所独有的特殊构件，具有中国古代建筑特有的艺术韵味，在此基础上配以富有寓意的丹青、彩画等加以更高艺术层面的润饰，便使亭子由

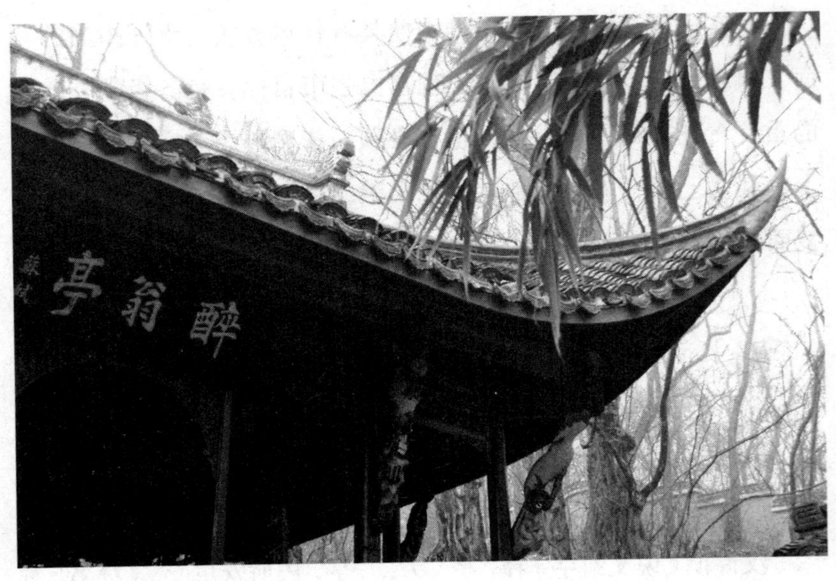

滁州醉翁亭斗拱彩绘

最初的实用功能开始成为一种审美的象征，寄托着古人一种吉祥美好的愿望。

亭文化通过文学的解读被赋予了更丰富更深刻的内涵。以魏晋南北朝为分水岭，亭的实用价值被逐渐改变，观赏价值逐渐增强，并进入文学创作视域。东晋永和九年（353）三月三日王羲之与谢安、孙绰等名流文士于山阴兰亭（今浙江省绍兴市西南）修禊（上巳日临水宴会以祓除不祥），王羲之应景而作《兰亭集序》。此次文人聚会，共成诗37首，编为《兰亭集》。兰亭诗的内容，或抒写山水游赏之乐，表现文人的审美情趣，或由山水直接抒发玄理，反映了魏晋士子追慕自然、笑傲江湖的浪漫气质，也意味着动荡时代传统儒家道德教条和仪礼规范约束力的减弱，文人名士开始寄情山水、崇尚隐逸，并从自然中表现自我、体悟玄理。唐宋时期，文人于亭创作渐盛，尤以宋人突出。比较而言，宋人笔下的亭意象更趋向于大众化的山水，由贵族别业发展到寻常，审美更趋于世俗，如用于山水之赏的赏心亭、澄江亭、谢公亭、列岫亭、五柳亭、昭亭、沧浪亭等。欧阳修笔下除了亭记散文，还有《竹间亭》《会峰亭》《丛翠亭》等诗，而苏轼诗中也有《绿筠亭》《四望亭》《东阳水乐亭》等。随着亭文化的发展，亭不仅成为文人结交挚朋道友、切磋诗艺的理想的交流空间，更成为文人内心建构的精神绿洲之外化。“亭”与“停”谐音，古人有郊外亭中设宴饯别的习俗，所谓“十里一长亭，五里一短亭”，亭意象与伤春悲秋意象一样成为了离别这一抒情母题的象征。亭的文化象征意义还有形而上哲理层面的更高意义，即基于中国人“天人合一”的思维模式，亭构成从有限通向无限的媒介，在亭中人与自然之间双向建构，在物我沟通、情景融合中“仰观宇宙之大，俯察品类之盛”，达到一种物我两忘的境界。

显然，滁州市借“华夏第一亭”醉翁亭之名，所要打造的“千年亭城”之策略，不仅仅是多建几个亭子而已，而是把亭作为“天人合一”的媒介，去打造融入醉翁文化精神、人与自然和谐相处、宜业宜居的城市文化品位。滁州枕山带河，风光秀丽，目前已是全国园林城市和安徽省历史文化名城，应当确立好滁州城市园林建筑设计整体风格是“城市山林”，深入挖掘滁州传统文化资源，特别是亭文化的丰富内涵，打响欧阳修的牌子。

“山行六七里亭影不孤，翁去八百年醉乡犹在。”让醉翁文化精神融入当代滁州人的血液中吧，让我们为打造山水醉城，千年亭城，为实现美好滁州梦而努力奋斗。

参考文献

[1]李逸安.欧阳修全集(全六册)[M].北京:中华书局,2001.

[2]洪本健.欧阳修诗文集校笺(全三册)[M].上海:上海古籍出版社,2009.

[3]洪本健.欧阳修资料汇编[G].北京:中华书局,1995.

[4](元)脱脱等.宋史[M].北京:中华书局,1977.

[5]李之亮.欧阳修集编年笺注(全八册)[M].成都:巴蜀书社,2007.

[6]东英寿.新见欧阳修九十六篇书简笺注[M].上海:上海古籍出版社,2014.

[7]王水照,崔铭.欧阳修传[M].天津:天津人民出版社,2013.

[8]陈铭.欧阳修传[M].广州:广东高等教育出版社,1998.

[9]刘德清.欧阳修传[M].哈尔滨:哈尔滨出版社,1996.

[10]刘德清、刘菊芳.欧阳修传略[M].南昌:江西人民出版社,2012.

[11]刘德清.欧阳修纪年录[M].上海:上海古籍出版

社，2006.

［12］黄进德．欧阳修评传［M］．南京：南京大学出版社，1998.

［13］陈新，杜维沫．欧阳修选集．上海：上海古籍出版社，1986.

［14］黄进德．欧阳修诗词文选评［M］．上海：上海古籍出版社，2004.

［15］施培毅．欧阳修诗选［M］．合肥：安徽人民出版社，1982.

［16］刘扬忠．欧阳修诗词［M］．北京：中华书局，2014.

［17］王水照，王宜媛．欧阳修散文选集［M］．天津：百花文艺出版社，1995.

［18］黄一权．欧阳修散文研究［M］．上海：华东师范大学出版社，2003.

［19］洪本健．欧阳修和他的散文世界［M］．上海：上海古籍出版社，2017.

［20］张华盛．欧阳修［M］．合肥：安徽人民出版社，1981.

［21］王洲明等．历代文豪传［M］．济南：山东人民出版社，1997.

［22］李洪连．文章太守欧阳修［M］．成都：西南交通大学出版社，2015.

［23］吴梅影．欧阳修［M］．北京：中华书局，2019.

［24］程宇静．欧阳修遗迹研究［M］．北京：人民出版社，2018.

［25］释根定．欧阳修轶事［M］．武汉：长江出版社，2016.

［26］王秋生．欧阳修苏轼颍州诗词详注辑评［M］．合肥：黄山书社，2004.

［27］曾枣庄．欧阳修诗文赏析集［M］．成都：巴蜀书

社，1989.

［28］上海辞书出版社文学鉴赏辞典编纂中心．欧阳修诗文鉴赏辞典［M］．上海：上海辞书出版社，2013.

［29］刘文源．庐陵文章耀——千古全国首届欧阳修学术讨论会论文集［C］．南昌：百花洲文艺出版社，1999.

［30］刘德清，丁功谊．一代文宗传风神——2012年欧阳修国际学术研讨会论文集［C］．南昌：江西人民出版社，2014.

［31］刘德清，欧阳明亮．欧阳修研究：纪念欧阳修诞辰1000周年国际学术研讨会论文集［C］．上海：学林出版社，2008.

［32］唐珂．醉翁神韵——纪念欧阳修千年诞辰文集［C］．合肥：安徽教育出版社，2007.

［33］刘德书等．大宋文宗六一风神——2014年欧阳修国际学术研讨会论文集［C］．北京：现代出版社，2015.

［34］阜阳师范大学皖北文化研究中心．2017欧阳修国际学术研讨会论文选编［C］．合肥：黄山书社，2019.

［35］管笛．醉翁亭记研究［M］．合肥：黄山书社，1999.

［36］罗超华．欧阳修交游考［D］．四川师范大学硕士学位论文2015.

［37］宋清．欧阳修醉翁亭记的传播与接受［D］．福建师范大学硕士学位论文2017.

［38］裘新江．醉翁亭文化初论［J］．滁州师专学报，2004（1）.

［39］裘新江．欧阳修与滁州流寓文学［C］// 斯文，总第2辑．北京：社会科学文献社出版，2018.

［40］曹家富．欧阳修与滁州［J］．滁州职业技术学院学报，2003

（5）.

［41］景刚．欧阳修与滁州［J］．滁州学院学报，2010（1）.

［42］郭春林．从滁州诗歌创作看欧阳修中年时期的贬官意识［J］．广西社会科学，2005（7）.

［43］朱哲保．滁州山水与欧阳修的贬谪诗文［J］．现代交际，2010（9）.

［44］陈学军．欧阳修滁州诗文创作与行迹研究［J］．滁州学院学报，2018（1）.

［45］汪国林．论欧阳修被贬滁州时期雅集唱和诗作［J］．毕节学院学报，2011（3）.

［46］陈文忠．“历代文话”的接受史意义——《醉翁亭记》接受史的四个时代［J］．安徽师范大学学报，2017（3）.

［47］唐亚飞．从滁州唱和看欧阳修与曾巩的诗歌交游［J］．辽宁工业大学学报，201 7（1）

［48］张仲谋．梅尧臣欧阳修交谊考辨［J］．徐州师范学院学报，1992（4）.

［49］庆振轩．其奥妙在醒醉之间——欧阳修贬滁心态散论［J］．兰州大学学报，2011（6）.

［50］程宇静．论《醉翁亭记》主题思想的建构、原因及影响［J］．滁州学院学报，2013（1）.

［51］杨锦鸿，洪山．从《醉翁亭记》看“醉翁文化”的内涵及其影响［J］．滁州学院学报，2011（6）.

［52］王波．中国古今文学作品中的亭文化探讨［J］．湖北社会科学，2005（8）.

后记：城市山林最羡滁

作为滁州文化丛书第一批出版书目，推介欧阳修似乎是题中之意，理所当然。若说滁州对外文化影响力，首推欧阳修，讲好欧阳修与滁州的故事，传承好“醉翁文化”精神，不仅是提升滁州城市文化品位的需要，更是坚定中国人“文化自信”的需要。不过，欧阳修不仅仅属于滁州，欧阳修一生辗转各地，在很多地方都留下了人生足迹，作为北宋文坛领袖和百科全书式的人物，更是在学界形成诸多学术的热点，还成立了中国欧阳修研究会，多次召开过全国性学术研讨会，滁州也曾于2010年由滁州学院联合研究会主办过一次研讨会，研究成果丰硕，特别是各种欧阳修传记，能让更多读者了解“一代文宗”的人生轨迹和心路历程。

然而，对众多普通读者来说，走近欧阳修主要还是通过他的《醉翁亭记》，进而去认识欧阳修与滁州这段情缘。可是，各种传记资料和专题论文涉及欧阳修与滁州这段经历，限于体例或篇幅，不可能全面深入挖掘下去，这便为笔者在前人基础上，撰写一部全面系统介绍欧阳修与滁州关系的著作提供了契机，加上前期自己也有一些研究积累，便欣然接下写作任务。不过，真正动起笔来，并不如先前想象得那样简单，这当中不仅涉及很多学术性的争论，甚至欧阳修在滁州生活轨迹的描述也必须进行必要的考订，以免给读者传达错误的文化信息，为此笔者必须对欧阳修在滁州留下的相关文献进行系统梳理，特别是要准确把握欧阳修贬滁后的心态变化，这样才能给读者呈现一个真实的醉翁形象。

当然，我们着眼于滁州来介绍欧阳修，还有一个重要的目的，就是想借此传播独具魅力的醉翁文化，深入挖掘其精神内涵，让之成为我们这个时代新文化精神的有益营养。所以，本书题作《醉翁亭畔话醉翁》，分成上下两编呈现，上编侧重欧阳修在滁州生活轨迹的勾勒，下编侧重醉翁文化的阐释，相互配合，相得益彰，以便读者自外而内、自古及今全面系统地了解认识醉翁形象及醉翁文化的现实价值。书稿原计划将欧阳修滁州作品鉴赏单独设为一编，以便读者通过作品更加感性地认识醉翁，可惜受到篇幅限制，这次只能割舍，好在一些比较重要的作品都在行文中得以转引与分析，读者若有兴趣可继续钻研下去。

“城市山林最羡滁，山宜樵牧水宜鱼。残碑断石犹存古，赢得天闲此附居”（戴金《以欧之《醉翁亭记》“环滁皆山”韵漫成四绝》）滁州自古就有“城市山林”之美誉，山清水秀的自然环境，特别宜居宜业，若能进一步挖掘当地的文化资源，特别是叫响欧阳修与醉翁亭的牌子，一定会为“中国亭城”彰显更加厚重的文化底蕴。本书若能为滁州城市文化建设提供可借鉴的有价值的东西，将是作者内心里感到最为快慰的事。

本书在编撰过程，广泛汲取了有关欧阳修的著作和文章，限于丛书体例未能在书中一一全部注出，在此一并表示感谢！还要感谢安徽省社会科学院刘思祥先生百忙之中认真审阅了全稿，并提出中肯宝贵的意见。限于时间与能力，本书一定还会存在一些不足之处，欢迎广大读者批评指正，以便有机会再版时进一步修订完善。

裘新江

2019 年 11 月于琅琊山下